rowohlt

Paul Auster

DAS BUCH DER ILLUSIONEN

Roman

Deutsch von Werner Schmitz

Rowohlt

Die Originalausgabe erschien 2002 bei
Henry Holt and Company, Inc., New York,
unter dem Titel «The Book of Illusions»

Umschlaggestaltung any.way, Walter Hellmann

1. Auflage Juli 2002

Satz aus der Caslon 540 PostScript PageMaker
Pinkuin Satz und Datentechnik, Berlin
Druck und Bindung Clausen & Bosse, Leck
Printed in Germany
ISBN 3 498 00052 7

Die Schreibweise entspricht den Regeln
der neuen Rechtschreibung.

Der Mensch hat nicht nur ein Leben.
Er hat viele Leben, eins am anderen, und das ist die Ursache seines Unglücks.

Chateaubriand

1

Alle dachten, er sei tot. Als 1988 mein Buch über seine Filme erschien, hatte man von Hector Mann seit fast sechzig Jahren nichts mehr gehört. Abgesehen von einer Hand voll Historiker und alten Filmfreaks schienen nur wenige Leute zu wissen, dass er überhaupt einmal gelebt hatte. *Doppelt oder nichts*, die letzte der zwölf kurzen Filmkomödien, die er am Ende der Stummfilmzeit produziert hatte, erlebte ihre Premiere am 23. November 1928. Zwei Monate später verließ er, ohne sich von einem seiner Freunde oder Mitarbeiter zu verabschieden, ohne einen Brief zu hinterlassen oder jemanden von seinen Plänen zu unterrichten, das von ihm gemietete Haus am North Orange Drive und ward nicht mehr gesehen. Sein blauer DeSoto stand in der Garage; der Mietvertrag galt noch für drei Monate; die Miete war vorausbezahlt. Lebensmittel lagerten in der Küche, Whiskey stand in der Hausbar, in seinen Schlafzimmerschränken fehlte nicht ein einziges Kleidungsstück. Dem *Los Angeles Herald Express* vom 18. Januar 1929 zufolge *sah es so aus, als sei er lediglich zu einem kurzen Spaziergang aufgebrochen und werde jeden Augenblick zurückkommen.* Aber er kam nicht zurück, und von da an war es, als sei Hector Mann wie vom Erdboden verschluckt.

Nach seinem Verschwinden zirkulierten ein paar Jahre lang diverse Geschichten und Gerüchte über sein Schicksal, aber bei diesen Mutmaßungen kam nie etwas heraus.

Die plausibelsten – dass er Selbstmord begangen habe, dass er einem Verbrechen zum Opfer gefallen sei – ließen sich weder beweisen noch widerlegen, da seine Leiche niemals gefunden wurde. Andere Berichte über Hectors Schicksal waren phantasievoller, optimistischer und passten besser zu den romantischen Implikationen eines solchen Falls. Zum Beispiel sollte er in sein Geburtsland Argentinien zurückgekehrt und dort Besitzer eines kleinen Provinzzirkus sein. Oder er sei in die Kommunistische Partei eingetreten und beschäftige sich unter falschem Namen damit, die Molkereiarbeiter in Utica, New York, zu organisieren. Oder er sei als Opfer der Wirtschaftskrise unter den Landstreichern gelandet. Wäre Hector ein größerer Star gewesen, hätten sich solche Geschichten zweifellos noch lange gehalten. Er hätte in den Dingen weitergelebt, die man sich von ihm erzählte, und wäre nach und nach zu einer jener Symbolfiguren geworden, die die Niederungen der kollektiven Erinnerung bewohnen, eine Metapher für Jugend und Hoffnung und die teuflischen Wendungen des Schicksals. Aber nichts von alledem geschah, denn tatsächlich hatte Hector eben erst angefangen, Hollywood seinen Stempel aufzudrücken, als seine Karriere so plötzlich wieder endete. Er war zu spät gekommen, um sein Talent voll zur Geltung zu bringen, und er war nicht lange genug geblieben, um einen dauerhaften Eindruck von dem zu hinterlassen, was er war und was er konnte. Noch ein paar Jahre vergingen, dann hatten die Menschen ihn vergessen. Bereits 1932, 1933 gehörte Hector einem erloschenen Universum an, und falls noch Spuren von ihm übrig waren, dann allenfalls in Form von Fußnoten in obskuren Büchern, die niemand mehr lesen wollte. Der Film hatte das Sprechen gelernt, die flackernden Stummfilme der Frühzeit waren in

Vergessenheit geraten. Keine Clowns mehr, keine Pantomimen, keine hübschen Pagenköpfe, die zu den Rhythmen unhörbarer Orchester tanzten. Sie waren erst vor wenigen Jahren ausgestorben, wurden aber schon als prähistorisch empfunden, ähnlich wie die Wesen, die über die Erde streiften, als die Menschen noch in Höhlen lebten.

In meinem Buch war ich kaum auf Hector Manns Leben eingegangen. *Die stumme Welt des Hector Mann* war ein Werk über seine Filme, keine Biographie, und was ich an unbedeutenden Fakten über seine außerfilmischen Aktivitäten einstreute, hatte ich unmittelbar den üblichen Quellen entnommen: Filmenzyklopädien, Memoiren, Büchern über die Frühzeit Hollywoods. Ich schrieb das Buch, weil ich meine Begeisterung über Hectors Filme vermitteln wollte. Die Geschichte seines Lebens war für mich zweitrangig, und statt darüber zu spekulieren, was aus ihm geworden oder nicht geworden sein mochte, konzentrierte ich mich nahezu ausschließlich auf die Interpretation seiner Werke. In Anbetracht der Tatsache, dass er im Jahre 1900 geboren worden war und dass man ihn seit 1929 nicht mehr gesehen hatte, wäre es mir nie in den Sinn gekommen zu behaupten, dass Hector Mann noch am Leben sei. Tote erheben sich nicht aus ihren Gräbern, und wie ich es sah, konnte sich nur ein Toter so lange versteckt gehalten haben.

Vergangenen März war es elf Jahre her, dass das Buch bei der University of Pennsylvania Press erschien. Drei Monate später, kurz nachdem Filmzeitschriften und Fachjournale die ersten Rezensionen gebracht hatten, fand ich einen Brief im Briefkasten. Der Umschlag war größer und hatte ein anderes Format als die, die man gewöhnlich zu kaufen bekommt, und da er aus dickem, teurem Papier war, kam ich zunächst auf den Gedanken, es könne sich nur um eine

Hochzeits- oder Geburtsanzeige handeln. Mein Name und meine Adresse standen in eleganter, schwungvoller Handschrift auf der Vorderseite. Falls die Schrift nicht von einem professionellen Kalligraphen stammte, dann zweifellos von jemandem, der großen Wert auf eine gefällige Erscheinung legte, von einem Menschen, der die alte Schule der Etikette und des gesellschaftlichen Anstands durchlaufen hatte. Die Briefmarke war in Albuquerque, New Mexico, gestempelt, aber aus der Adresse des Absenders auf der Rückseite konnte man schließen, dass der Brief anderswo geschrieben worden sein musste – vorausgesetzt, es gab einen solchen Ort überhaupt, und weiter vorausgesetzt, es gab eine Stadt solchen Namens. Die zwei Zeilen lauteten: Blue Stone Ranch; Tierra del Sueño, New Mexico. Vielleicht habe ich gelächelt, als ich das las, aber ich kann mich nicht mehr erinnern. Ein Name war nicht angegeben, und als ich den Umschlag aufriss, um den Text auf der Karte darin zu lesen, wehte mir ein feiner Hauch von Parfüm entgegen, ein kaum noch spürbarer Duft von Lavendelwasser.

Sehr geehrter Professor Zimmer, begann das Schreiben. *Hector hat Ihr Buch gelesen und würde Sie gern kennen lernen. Haben Sie Interesse, ihn zu besuchen? Hochachtungsvoll, Frieda Spelling (Mrs. Hector Mann).*

Ich las das sechs- oder siebenmal. Dann legte ich das Blatt beiseite, ging ans andere Ende des Zimmers und wieder zurück. Als ich den Brief wieder aufnahm, war ich mir nicht sicher, ob die Worte immer noch dastanden. Oder, falls ja, ob es noch dieselben Worte waren. Ich las die Zeilen weitere sechs- oder siebenmal, und da ich immer noch nicht schlau daraus wurde, tat ich den Brief erst einmal als Streich ab. Aber sogleich befielen mich Zweifel, und dann wiederum befielen mich Zweifel an meinen Zweifeln. Jeder Gedanke rief einen gegenteiligen Gedanken hervor, und kaum hatte dieser zweite den ersten verdrängt, erhob sich ein dritter und verdrängte den zweiten. Da mir nichts Besseres einfiel, stieg ich ins Auto und fuhr zur Post. Im Postleitzahlenverzeichnis stand jede einzelne Adresse der USA, und wenn Tierra del Sueño dort nicht zu finden war, konnte ich die Karte wegschmeißen und die Angelegenheit vergessen. Aber es war dort zu finden. Es stand in Band 1, Seite 1933, zwischen Tierra Amarilla und Tijeras, ein richtiger Ort mit Postamt und eigener fünfstelliger Postleitzahl. Das allein verifizierte den Brief natürlich nicht, verhalf ihm aber immerhin zu einiger Glaubwürdigkeit, und als ich wieder nach Hause kam, war mir klar, dass ich eine Antwort schreiben musste. Einen solchen Brief kann man nicht einfach ignorieren. Hat man ihn erst einmal gelesen, weiß man, dass man sich die Mühe machen und ihn beantworten muss, weil er einen sonst bis ans Lebensende verfolgen wird.

Ich besitze keine Abschrift meiner Antwort, weiß aber noch, dass ich sie mit der Hand geschrieben und mich bemüht habe, sie so kurz wie möglich zu halten, mich auf wenige Sätze zu beschränken. Ohne viel nachzudenken, übernahm ich den kategorischen, kryptischen Stil des Briefes, den ich bekommen hatte. Auf diese Weise fühlte ich mich geschützter, als könnte derjenige, der sich diesen Streich ausgedacht hatte – falls es denn ein Streich war –, mich dann nicht so ohne weiteres für einen Einfaltspinsel halten. Von der einen oder anderen Formulierung abgesehen, lautete meine Antwort etwa so: *Sehr geehrte Frieda Spelling. Selbstverständlich würde ich Hector Mann gern kennen lernen. Aber woher soll ich wissen, dass er noch lebt? Soweit ich weiß, ist er seit über einem halben Jahrhundert nicht mehr gesehen wor-*

den. Ich bitte um nähere Einzelheiten. Mit freundlichen Grüßen, David Zimmer.

ICH nehme an, wir alle möchten gern an Unmögliches glauben, uns einreden, dass Wunder wirklich geschehen können. Wenn man bedenkt, dass ich der Verfasser des einzigen Buches war, das jemals über Hector Mann geschrieben wurde, schien es nicht unwahrscheinlich, dass irgendjemand auf die Idee gekommen sein könnte, ich würde mich auf die Chance stürzen und tatsächlich glauben, dass er noch lebte. Aber ich war nicht in der Stimmung, mich auf irgendetwas zu stürzen. Zumindest dachte ich das. Mein Buch war aus einem Zustand großer Trauer heraus entstanden: das Buch lag nun hinter mir, aber die Trauer war immer noch da. Über Filmkomödien zu schreiben war nicht mehr als ein Vorwand gewesen, eine absonderliche Medizin, die ich über ein Jahr lang täglich zu mir genommen hatte, in der vagen Hoffnung, dass sie den Schmerz in meinem Innern betäuben möge. Und das tat sie auch bis zu einem gewissen Grade. Frieda Spelling (oder wer auch immer sich als Frieda Spelling ausgab) konnte das freilich nicht gewusst haben. Sie konnte nicht gewusst haben, dass meine Frau und meine beiden Söhne am 7. Juni 1985, nur eine Woche vor unserem zehnten Hochzeitstag, bei einem Flugzeugabsturz ums Leben gekommen waren. Vielleicht hatte sie gesehen, dass mein Buch ihnen gewidmet war (*Zum Gedenken an Helen, Todd und Marco*), aber diese Namen konnten ihr nichts gesagt haben, und selbst wenn sie deren Bedeutung für den Autor geahnt hätte, konnte sie nicht gewusst haben, dass diese Namen ihm alles bedeuteten, was seinem Leben irgendeinen Sinn verliehen hatte – und dass, als Helen mit sechsunddreißig, Todd mit sieben und Marco mit vier Jahren umgekommen waren, ein großer Teil von ihm mit ihnen gestorben war.

Sie waren auf dem Weg nach Milwaukee gewesen, um Helens Eltern zu besuchen. Ich war in Vermont geblieben, um Aufsätze zu korrigieren und die Abschlussnoten für das eben zu Ende gegangene Semester abzuliefern. Das war meine Arbeit – Professor für vergleichende Literaturwissenschaft am Hampton College in Hampton, Vermont –, und daran kam ich nicht vorbei. Normalerweise wären wir am vierundzwanzigsten oder fünfundzwanzigsten alle zusammen geflogen, aber Helens Vater hatte gerade eine Tumoroperation am Bein hinter sich, und der Familienrat hatte beschlossen, dass sie und die Jungen ihn so bald wie möglich besuchen sollten. Das machte ebenso hektische wie komplizierte Verhandlungen mit Todds Schule erforderlich, da wir deren Einverständnis brauchten, dass er die letzten zwei Wochen des zweiten Schuljahrs verpassen durfte. Die Rektorin zögerte zunächst, war aber dann so verständnisvoll, dass sie schließlich nachgab. Auch dies zählte zu den Dingen, über die ich nach dem Unglück ständig nachdenken musste. Hätte sie unseren Wunsch abgelehnt, hätte Todd zwangsläufig bei mir zu Hause bleiben müssen und wäre nicht gestorben. Dann wäre wenigstens einer von ihnen verschont geblieben. Wenigstens einer von ihnen wäre nicht elf Kilometer tief vom Himmel gestürzt, und ich wäre nicht allein in einem Haus zurückgeblieben, in dem eigentlich vier Menschen wohnen sollten. Es gab natürlich auch anderes, andere mögliche Szenarios, über die ich nachgrübelte, mit denen ich mich quälte, und es schien, als wollte ich es niemals müde werden, mich immer wieder in diesen Sackgassen zu verrennen. Alles war miteinander verzahnt, jedes Glied in der Kette von Ursache und Wirkung war ein wesentlicher Teil dieser entsetzlichen Geschichte – vom Krebsgeschwür im Bein meines Schwiegervaters bis zum Wetter in Milwaukee in jener Woche und der Telefonnummer der Reiseagentur, bei der wir die Flugtickets gebucht hatten. Das Schlimmste war, dass ich darauf bestanden hatte, sie selbst nach Boston zu fahren, damit sie einen Direktflug nehmen konnten. Ich hatte nicht gewollt, dass sie von Burlington abflogen. Denn dann hätten sie erst mit einer achtzehnsitzigen Propellermaschine nach New York fliegen müssen, um dort den Anschlussflug nach Milwaukee zu nehmen, und ich hatte noch zu Helen gesagt, diese kleinen Maschinen gefielen mir nicht. Die seien zu gefährlich, sagte ich, ich könne die Vorstellung nicht ertragen, sie und die Jungen ohne mich mit so etwas fliegen zu lassen. Also ließen sie es sein – um mich zu beschwichtigen. Sie nahmen ein größeres Flugzeug, und das Schreckliche daran war, dass ich selbst sie in aller Eile dorthin brachte. An jenem Morgen herrschte starker Verkehr, und als wir endlich nach Springfield kamen und den Mass Pike runterfuhren, musste ich das Tempolimit schon sehr überschreiten, um noch rechtzeitig am Logan Airport anzukommen.

Was in diesem Sommer mit mir los war, habe ich nur noch bruchstückhaft in Erinnerung. Mehrere Monate lang ertränkte ich Trauer und Selbstmitleid in Alkohol, ging nur selten aus dem Haus, machte mir kaum die Mühe, etwas zu essen, mich zu rasieren oder die Kleider zu wechseln. Die meisten meiner Kollegen waren bis Mitte August in Urlaub; auf diese Weise blieben mir immerhin viele Besuche und die quälenden Formalitäten gemeinsamer Trauer erspart. Natürlich meinten sie es nur gut, und wann immer Freunde von mir vorbeikamen, bat ich sie ins Haus, auch wenn ihre Tränen und Umarmungen und ihr langes bedrücktes Schweigen mich nicht trösten konnten. Es war besser, allein zu sein, fand ich, besser, die Tage einsam in der Finsternis meines Schädels auszuweiden. Wenn ich nicht betrunken war oder im Wohnzimmer vor dem Fernseher auf dem Sofa lag, streifte ich im Haus umher. Ich ging ins Zimmer meiner Söhne, setzte mich auf den Fußboden und umgab mich mit ihren Spielsachen. Ich war nicht fähig, unmittelbar an sie zu denken oder sie mir irgendwie bewusst vors innere Auge zu rufen, aber wenn ich ihre Puzzles zusammensetzte, wenn ich ihre Legosteine nahm und immer kompliziertere und verschrobenere Bauwerke konstruierte, hatte ich das Gefühl, vorübergehend wieder in ihre Haut zu schlüpfen – ihr junges Geisterleben für sie fortzuführen, indem ich die Gesten wiederholte, die sie gemacht hatten, als sie selbst noch in ihren Körpern steckten. Ich las Todds Märchenbücher und ordnete seine Baseballkarten. Ich sortierte Marcos Stofftiere nach Spezies, Farbe und Größe, bei jedem Besuch in seinem Zimmer nach einem anderen System. Auf diese Weise verschwanden viele Stunden, schmolzen ganze Tage dahin, und wenn ich es nicht mehr aushielt, ging ich ins Wohnzimmer und holte mir den nächsten Drink. Die seltenen Nächte, in denen ich nicht auf dem Sofa wegdämmerte, verbrachte ich gewöhnlich in Todds Bett. In meinem eigenen Bett befiel mich nur immer der Traum, Helen läge neben mir, und jedes Mal wenn ich die Hand nach ihr ausstreckte, fuhr ich mit einem heftigen Ruck aus dem Schlaf, meine Hände zitterten, meine Lungen rangen nach Luft, als sei ich gerade noch dem Tod durch Ertrinken entronnen. Nach Einbruch der Dunkelheit konnte ich unser Schlafzimmer nicht betreten, aber tagsüber war ich oft und lange dort, stand vor Helens Kleiderschrank, berührte ihre Sachen, hängte mir ihre Jacken und Pullover um, nahm ihre Kleider von den Bügeln und breitete sie auf dem Boden aus. Einmal zog ich eins davon an, ein andermal stieg ich in ihre Unterwäsche und schminkte mir mit ihrem Make-up das Gesicht. Das war eine zutiefst befriedigende Erfahrung, aber nach einigen weiteren Experimenten fand ich heraus, dass Parfüm eine noch stärkere Wirkung entfaltete als Lippenstift und Wimperntusche. Es schien sie lebendiger zurückzuholen, ihre Gegenwart für längere Zeiträume heraufzubeschwören. Wie es der Zufall wollte, hatte ich ihr zum Geburtstag im März eine neue Flasche Chanel No. 5 geschenkt. Ich beschränkte mich auf täglich zwei kleine Spritzer und konnte den Vorrat so bis Ende des Sommers strecken.

Für das Herbstsemester ließ ich mich beurlauben, doch statt zu verreisen oder Hilfe bei einem Psychologen zu suchen, blieb ich weiter im Haus und versackte. Ende September oder Anfang Oktober war ich so weit, dass ich jeden Abend mehr als eine halbe Flasche Whiskey trank. Das hielt mich davon ab, allzu viel zu empfinden, nahm mir aber gleichzeitig jeden Gedanken an die Zukunft, und ein Mensch, der nichts mehr hat, auf das er sich freuen kann, kann ebenso gut auch tot sein. Mehr als einmal ertappte ich mich bei weitschweifigen Tagträumen von Schlaftabletten und Kohlenmonoxidvergiftung. Ich bin zwar nie so weit gegangen, tatsächlich etwas zu unternehmen, aber wenn ich heute an diese Zeit zurückdenke, muss ich schon damals begriffen haben, wie wenig noch dazu fehlte. Die Tabletten waren im Arzneischrank, und ich hatte die Flasche schon drei- oder viermal herausgenommen, hatte mir die Tabletten schon in die Hand geschüttet. Und wenn dieser Zustand noch länger angehalten hätte, dürfte ich wohl kaum die Kraft aufgebracht haben, weiter Widerstand zu leisten.

So standen die Dinge für mich, als plötzlich Hector Mann in mein Leben trat. Ich hatte keine Ahnung, wer er war, war noch niemals auch nur über seinen Namen gestolpert, aber eines Abends kurz vor Winteranfang, als die Bäume längst alle Blätter verloren hatten und der erste Schnee zu fallen drohte, sah ich im Fernsehen zufällig einen Ausschnitt aus einem seiner alten Filme und musste lachen. Das mag nicht wichtig klingen, aber es war seit Juni das erste Mal, dass ich über irgendetwas gelacht hatte, und als meine Brustmuskeln so unerwartet in zuckende Bewegung gerieten und meinen Lungen dieses Rasseln auspressten, begriff ich, dass ich noch nicht ganz am Boden lag, dass in mir noch etwas war, das weiterleben wollte. Insgesamt konnte das höchstens ein paar Sekunden gedauert haben. Es war ein ganz normales Lachen, weder sonderlich laut noch anhaltend, aber es kam völlig überraschend, und die Tatsache, dass ich es nicht zu unterdrücken versuchte und mich auch nicht schämte, weil ich in den wenigen Augenblicken, die Hector Mann auf dem Bildschirm zu sehen war, meine Trauer vergessen hatte, zwang mich zu dem Schluss, dass in mir noch etwas war, von dem ich bis dahin gar nichts geahnt hatte, etwas anderes als nur der schiere Tod. Ich rede nicht von irgendeiner vagen Eingebung oder einer sentimentalen Sehnsucht nach dem, was hätte sein können. Ich hatte eine empirische Entdeckung gemacht, und die besaß das ganze Gewicht eines mathematischen Beweises. Wenn ich noch lachen konnte, bedeutete das, dass ich nicht vollständig abgestumpft war. Es bedeutete, dass ich mich nicht so gründlich vor der Welt abgeschottet hatte, dass nichts mehr zu mir vordringen konnte.

Es muss kurz nach zehn Uhr gewesen sein. Ich kauerte wie üblich auf dem Sofa, ein Glas Whiskey in der einen Hand, die Fernbedienung in der anderen, und zappte gedankenlos durch die Kanäle. Irgendwann stieß ich auf eine Sendung, die schon eine Weile lief, aber ich kam schnell dahinter, dass es sich um eine Dokumentation über Stummfilmkomiker handelte. All die vertrauten Gesichter tauchten auf – Chaplin, Keaton, Lloyd –, daneben aber auch Szenen aus raren Streifen, die ich noch nie zuvor gesehen hatte, weniger bekannte Gestalten wie John Bunny, Larry Semon, Lupino Lane und Raymond Griffith. Ich verfolgte das komische Geschehen mit einer Art gemessener Reserviertheit, nicht sonderlich aufmerksam, aber hinreichend gefesselt, dass ich nicht auf irgendeinen anderen Sender umschaltete. Hector Mann erschien erst ziemlich spät, und dann auch nur in einem einzigen Ausschnitt, einer zweiminütigen Szene aus *Der Kassierer*; der Film spielte in einer Bank, und Hector war in der Rolle eines fleißigen Angestellten zu sehen. Ich kann nicht erklären, warum mich das packte, aber wie er da im weißen Tropenanzug und mit schwarzem Oberlippenbärtchen an einem Tisch stand und dicke Geldstapel zählte, das hatte was; er arbeitete mit so rasender Effizienz, mit solch furiosem Tempo und manischer Konzentration, dass ich den Blick nicht von ihm lassen konnte. Eine Etage höher verlegten Arbeiter neue Dielenbretter im Büro des Bankdirektors. Auf der anderen Seite des Raums saß eine hübsche Sekretärin an ihrem Schreibtisch und polierte sich hinter einer großen Schreibmaschine die Fingernägel. Erst sah es so aus, als könnte nichts Hector davon abhalten, seine Arbeit in Rekordzeit abzuschließen. Dann aber begann ganz langsam in dünnen Rinnsalen Sägemehl auf sein Jackett zu rieseln, und wenige Sekunden darauf nahm er endlich auch das Mädchen wahr. Aus einem Element waren plötzlich drei geworden, und von da an sprang die Handlung hin und her im Dreivierteltakt von Arbeit, Eitelkeit und Begierde: dem Bemühen, das Geld zu Ende zu zählen, dem Wunsch, den geliebten Anzug sauber zu halten, und dem Drang, Augenkontakt mit dem Mädchen herzustellen. Dabei zuckte Hector ab und zu konsterniert mit dem Schnurrbart, als kommentierte er das Geschehen mit matten Seufzern oder beiseite gemurmelten Bemerkungen. Das Ganze hatte weniger mit Slapstick und Anarchie zu tun als vielmehr mit Charakter und Tempo; es war eine elegant inszenierte Mixtur von Gegenständen, Körpern und Gedanken. Jedes Mal wenn Hector beim Zählen den Faden verlor, musste er wieder von vorn anfangen, und das beflügelte ihn nur, sein Tempo zu verdoppeln. Jedes Mal wenn er zur Decke hochsah, um festzustellen, wo das Sägemehl herkam, geschah dies den Bruchteil einer Sekunde nachdem die Arbeiter das Loch oben mit einem neuen Brett geschlossen hatten. Jedes Mal wenn er zu dem Mädchen hinüberschielte, blickte sie gerade in die falsche Richtung. Und doch gelang es Hector bei alldem, die Fassung zu bewahren, indem er sich von derlei unbedeutendem Ungemach weder in seiner Entschlossenheit noch in seiner guten Meinung von sich selbst beirren ließ. Es war vielleicht nicht die erstaunlichste Slapstickszene, die ich je gesehen hatte, aber sie zog mich doch so an, dass ich mich vollkommen hineinversenkte, und beim zweiten oder dritten Zucken von Hectors Schnurrbart war es so weit: ich lachte, ich lachte tatsächlich laut auf.

Ein Sprecher kommentierte das Geschehen, aber da

mich die Bilder so sehr fesselten, bekam ich nicht alles mit, was er sagte. Ich glaube, es ging um Hectors geheimnisvollen Rückzug aus dem Filmgeschäft und darum, dass man ihn für den letzten großen Komiker des Kurzfilms hielt. Die erfolgreicheren und innovativeren Komiker hätten sich in den zwanziger Jahren längst auf abendfüllende Filme verlegt, mit der Folge, dass die Qualität des Kurzfilms drastisch gesunken sei. Hector Mann habe dem Genre nichts Neues hinzugefügt, erklärte der Sprecher, doch sei er als talentierter Komiker mit außergewöhnlicher Körperbeherrschung anerkannt, ein bemerkenswerter Nachzügler, von dem man sicher noch Bedeutendes hätte erwarten können, wäre seine Karriere nicht so abrupt zu Ende gegangen. An dieser Stelle brach die Szene ab, und ich konzentrierte mich ganz auf die Ausführungen des Sprechers. Während Dutzende Fotos von Komikstars über den Bildschirm zogen, beklagte die Stimme den Verlust so vieler Filme aus der Stummfilmzeit. Nach Aufkommen des Tonfilms habe man die Stummfilme in den Archiven verrotten lassen, sie seien bei Bränden vernichtet und als Müll weggeworfen worden, und so seien Hunderte dieser Streifen für immer verschwunden. Aber die Hoffnung sei noch nicht ganz erloschen, fügte die Stimme hinzu. Gelegentlich tauchten alte Filme wieder auf, in den letzten Jahren habe man eine Reihe beachtlicher Funde gemacht. Man denke nur an Hector Mann, sagte der Sprecher. Bis 1981 seien weltweit nur drei seiner Filme bekannt gewesen. Spuren und Fragmente der anderen neun fänden sich in diversem Sekundärmaterial – in Presseberichten, Standfotos, Vorschauen –, aber die Filme selbst habe man für verloren gehalten. Dann aber sei im Dezember dieses Jahres im Büro der Cinémathèque Française in Paris ein anonymes Päckchen eingetroffen. Allem Anschein nach in Los Angeles aufgegeben, enthielt es eine nahezu makellose Kopie von *Hampelmänner*, dem siebten von Hector Manns zwölf Filmen. Im Lauf der nächsten drei Jahre bekamen größere Filmarchive auf der ganzen Welt acht ähnliche Päckchen: das Museum of Modern Art in New York, das British Film Institute in London, das Eastman House in Rochester, das American Film Institute in Washington, das Pacific Film Archive in Berkeley, und schließlich noch einmal die Cinémathèque in Paris. 1984 war Hector Manns Gesamtwerk auf diese sechs Organisationen verstreut, aber komplett zugänglich. Jedes Päckchen war in einer anderen Stadt abgeschickt worden, in so entfernt voneinander liegenden Orten wie Cleveland und San Diego, Philadelphia und Austin, New Orleans und Seattle, und da den Filmen niemals irgendein erklärendes Schreiben beigelegt war, war es unmöglich, den Stifter zu identifizieren oder auch nur eine Hypothese über ihn oder seinen Wohnort aufzustellen. Dem Leben und der Karriere des rätselhaften Hector Mann sei ein weiteres Geheimnis hinzugefügt worden, sagte der Sprecher; dennoch seien die so aufgetauchten Filme unschätzbar, und die Gemeinde der Filmfreunde könne nur dankbar sein.

Ich hatte kein Interesse an Rätseln und Geheimnissen, aber als ich den Nachspann der Sendung ablaufen sah, ging mir durch den Kopf, dass ich diese Filme gern mal sehen würde. Insgesamt waren es zwölf, verstreut auf sechs verschiedene Städte in Europa und den Vereinigten Staaten, und wer sie alle sehen wollte, würde einen beträchtlichen Teil seiner Zeit dafür opfern müssen. Mindestens ein paar Wochen, stellte ich mir vor, vielleicht aber auch einen oder anderthalb Monate. Zu diesem Zeitpunkt wäre es mir niemals eingefallen, dass ich eines Tages ein Buch über Hector

Mann schreiben würde. Ich war nur auf der Suche nach etwas, das mich beschäftigen könnte, etwas, das mich auf harmlose Weise ablenken würde, bis ich wieder imstande war, meine Arbeit fortzusetzen. Fast ein halbes Jahr lang hatte ich mir dabei zugesehen, wie ich vor die Hunde ging, und mir war klar, dass ich, wenn ich dabei bliebe, sterben würde. Was ich unternahm oder was ich damit zu gewinnen hoffte, war nebensächlich. Inzwischen wäre jede Entscheidung ein Zufallsprodukt gewesen, aber an diesem Abend war mir ein Vorschlag gemacht worden, und zwei Minuten Film und ein einziges kurzes Lachen brachten mich zu dem Entschluss, um die Welt zu ziehen und mir Stummfilmkomödien anzusehen.

Ich war kein Filmkenner. Mit Mitte zwanzig, nach Abschluss meines Studiums, hatte ich als Literaturdozent angefangen, und seitdem hatte meine Arbeit ausschließlich mit Büchern zu tun gehabt, mit Sprache und dem geschriebenen Wort. Ich hatte eine Reihe europäischer Dichter übersetzt (Lorca, Eluard, Leopardi, Michaux), Rezensionen für Zeitschriften und Zeitungen verfasst und zwei Bücher über Literaturkritik veröffentlicht. Das erste, *Stimmen aus dem Kriegsgebiet*, beschäftigte sich mit den Zusammenhängen von Politik und Literatur und untersuchte das Werk von Hamsun, Céline und Pound mit Blick auf ihre profaschistischen Aktivitäten zur Zeit des Zweiten Weltkriegs. Das zweite, *Der Weg nach Abessinien*, handelte von Schriftstellern, die das Schreiben aufgegeben hatten: eine Meditation über das Schweigen. Rimbaud, Dashiell Hammett, Laura Riding, J. D. Salinger und andere – Dichter und Romanciers von außerordentlichem Talent, die aus irgendwelchen Gründen plötzlich aufgehört hatten. Als Helen und die Jungen ums Leben kamen, hatte ich gerade ein neues

Buch in Planung, in dem es um Stendhal gehen sollte. Nicht dass ich irgendetwas gegen das Kino gehabt hätte – es bedeutete mir nur nicht sehr viel, und nicht ein einziges Mal in über fünfzehn Jahren Lehr- und Schreibtätigkeit war es mir in den Sinn gekommen, mich darüber zu äußern. Ich mochte Filme wie jeder andere – als Zerstreuung, als belebte Tapete, als leichte Kost. Ganz gleich, wie schön oder hypnotisierend die Bilder gelegentlich sein mochten, sie befriedigten mich niemals so sehr wie das geschriebene Wort. Für mein Empfinden zeigten Filme zu viel, ließen der Phantasie des Betrachters zu wenig Spielraum; dazu kam der paradoxe Eindruck, dass Filme die Welt – die Welt in uns und außer uns – desto schlechter repräsentierten, je genauer sie die Wirklichkeit nachahmten. Das war auch der Grund, warum mir Schwarzweißfilme instinktiv immer lieber gewesen waren als Farbfilme, Stummfilme lieber als Tonfilme. Das Kino war eine optische Sprache, eine Methode, Geschichten zu erzählen, indem man Bilder auf eine zweidimensionale Leinwand projizierte. Der Zusatz von Ton und Farbe hatte die Illusion einer dritten Dimension erzeugt, den Bildern aber zugleich ihre Reinheit genommen. Jetzt brauchten sie nicht mehr die ganze Arbeit alleine zu leisten, aber statt den Film zur perfekten Mischform zu machen, zur besten aller möglichen Welten, hatten Ton und Farbe eben die Sprache geschwächt, die sie eigentlich verstärken sollten. Als ich an diesem Abend in Vermont in meinem Wohnzimmer saß und Hector und die anderen Komiker ihre Kunststücke machen sah, kam mir der Gedanke, dass ich eine untergegangene Kunstform beobachtete, ein völlig ausgestorbenes Genre, das niemals mehr ausgeübt werden würde. Und dennoch, trotz aller Veränderungen, die sich seither ergeben hatten, waren diese Werke so frisch und belebend wie damals, als sie zum ersten Mal gezeigt worden waren. Grund dafür war, dass sie die Sprache beherrschten, die sie da sprachen. Sie hatten eine Syntax des Auges, eine Grammatik der reinen Bewegung erfunden, und wenn man einmal von den Kostümen, den Autos und den kuriosen Möbeln im Hintergrund absah, konnte nichts von alldem wirklich alt werden. Hier wurden Gedanken in Handlung umgesetzt, hier drückte sich der menschliche Wille durch den menschlichen Körper aus, und dies war etwas, das zu jeder Zeit Gültigkeit besaß. Die meisten Stummfilmkomödien machten sich kaum die Mühe, eine Geschichte zu erzählen. Eher glichen sie Gedichten, nachgestellten Traumszenen, komplexen Choreographien des Geistes; und da sie längst überholt waren, sprachen sie uns Heutige wahrscheinlich sogar noch intensiver an als das Publikum ihrer Zeit. Wir sahen sie über einen breiten Abgrund des Vergessens hinweg, und die Dinge, die uns von ihnen trennten, waren in Wirklichkeit genau die, die sie für uns so fesselnd machten: ihr Stummsein, ihre Farblosigkeit, ihr ruckhafter, beschleunigter Rhythmus. All das waren Hindernisse, die uns das Sehen erschwerten; andererseits befreite es die Bilder von der Last, etwas darstellen zu müssen. Es stand zwischen uns und dem Film, und daher brauchten wir nicht mehr so zu tun, als ob wir die reale Welt betrachteten. Die flache Leinwand war die Welt, und sie existierte in zwei Dimensionen. Die dritte Dimension befand sich in unserem Kopf.

Nichts hielt mich davon ab, meine Koffer zu packen und am nächsten Tag abzureisen. Für das laufende Semester hatte ich mir freigenommen, und das nächste fing erst Mitte Januar an. Ich konnte tun, was ich wollte, konnte gehen, wohin meine Beine mich trugen, und falls ich mehr Zeit brauchen sollte, konnte ich auch einfach immer weitergehen, über den Januar hinaus, über den September hinaus, über alle September und Januare hinaus, so lange wie es mir gefiel. Denn auch dies zählte zur Ironie meines absurden, erbärmlichen Lebens: Der Tod von Helen und den Kindern hatte mich zum reichen Mann gemacht. Als Erstes kam das Geld von der Lebensversicherung, zu deren Abschluss Helen und ich uns kurz nach Beginn meiner Lehrtätigkeit in Hampton hatten beschwatzen lassen – *das beruhigt ungemein*, hatte der Mann gesagt –, und da sie in das Gesundheitsprogramm des Colleges integriert war und nicht viel kostete, hatten wir den niedrigen Monatsbeitrag gezahlt, ohne viel darüber nachzudenken. Als das Flugzeug abstürzte, hatte ich gar nicht mehr an diese Versicherung gedacht, aber keinen Monat später tauchte ein Mann bei mir auf und überreichte mir einen Scheck über mehrere hunderttausend Dollar. Wenig später einigte sich die Fluggesellschaft mit den Familien der Opfer, und da ich bei dem Absturz gleich drei Angehörige verloren hatte, bekam ich den größten Batzen aus dem Entschädigungstopf zugeteilt, einen gigantischen Trostpreis für einen willkürlichen Tod und das unerforschliche Walten Gottes. Helen und ich hatten immer Mühe gehabt, mit meinem Gehalt und den gelegentlichen Honoraren auszukommen, die sie mit ihrer freiberuflichen Schriftstellerei erzielte. Tausend Dollar zusätzlich wären uns jederzeit eine enorme Hilfe gewesen. Jetzt hatte ich das Tausendfache, und es bedeutete mir nichts. Als die Schecks bei mir eintrafen, schickte ich die Hälfte des Geldes an Helens Eltern, aber die sandten es umgehend zurück, dankten mir für die Geste, versicherten jedoch, dass sie es nicht haben wollten. Ich kaufte für Todds Grundschule neue Spielplatzgeräte, spendete Marcos Kindergarten zweitausend Dollar für Bücher und einen hochmodernen Sandkasten und bewegte meine Schwester und ihren Mann, einen Musiklehrer, dazu, einen größeren Geldbetrag aus dem Zimmer-Sterbefonds zu akzeptieren. Hätte es noch mehr Menschen in meiner Familie gegeben, würden auch sie etwas bekommen haben, aber meine Eltern lebten nicht mehr, und außer Deborah hatte ich keine Geschwister. Stattdessen stiftete ich, um einen weiteren Batzen loszuwerden, am Hampton College ein Stipendiat auf Helens Namen: das Helen-Markham-Reisestipendium. Die Idee war ganz einfach. Jährlich sollte einem Hochschulabsolventen ein Geldpreis für außerordentliche geisteswissenschaftliche Leistungen zuerkannt werden. Das Geld war zur Finanzierung von Reisen bestimmt, ansonsten waren keinerlei Bestimmungen, Bedingungen oder Ansprüche damit verbunden. Der jeweilige Preisträger sollte von einem turnusmäßig wechselnden Komitee aus Professoren verschiedener Fakultäten (Geschichte, Philosophie, Anglistik, Fremdsprachen) gewählt werden, und solange das Geld zur Finanzierung einer Auslandsreise verwendet wurde, konnten die Markham-Stipendiaten damit machen, was sie wollten; Rechenschaft war nicht erforderlich. Um das zu arrangieren, musste ein gewaltiger Kapitalbetrag angelegt werden, aber so groß dieser Betrag auch war (das Äquivalent von vier Jahresgehältern), er riss nur ein kleines Loch in mein Guthaben, und als mir schließlich nichts Sinnvolles mehr einfiel, was ich mit dem vielen Geld noch finanzieren konnte, besaß ich immer noch mehr, als ich jemals hätte ausgeben können. Es war eine groteske Situation, ein entsetzliches Übermaß an Reichtum, bis zum letzten Penny erworben durch Blut. Hätte ich meine Pläne nicht so plötzlich geändert, würde ich das Geld wahrscheinlich einfach irgendwie vergeudet haben, bis nichts mehr übrig gewesen wäre. Aber eines kalten Abends Anfang November setzte ich mir in den Kopf, selbst auf Reisen zu gehen, und ohne die nötigen Mittel dazu hätte ich ein so spontanes Vorhaben niemals verwirklichen können. Bis dahin war mir das Geld nur eine quälende Last gewesen. Jetzt betrachtete ich es als Heilmittel, als Medizin, mit der ich meinen endgültigen Zusammenbruch abwenden konnte. In Hotels zu leben, in Restaurants zu essen – das war ein kostspieliges Unternehmen, aber ausnahmsweise hatte ich diesmal keinen Anlass zur Sorge darüber, ob ich mir das, was ich tun wollte, überhaupt leisten konnte. Verzweifelt und unglücklich, wie ich war, war ich auch ein freier Mann, und da ich Gold in den Taschen hatte, konnte ich die Bedingungen dieser Freiheit selbst festlegen.

DIE Hälfte der Filme befand sich an Orten, die ich von zu Hause aus mit dem Auto erreichen konnte. Rochester lag ungefähr sechs Stunden westlich, New York ebenso wie Washington genau südlich – die erste Etappe etwa fünf Stunden, dann nochmal fünf für die zweite. Ich beschloss, mit Rochester anzufangen. Der Winter stand vor der Tür, und je länger ich die Fahrt dorthin aufschob, desto größer wurde das Risiko, in Sturm und Glatteis zu geraten und im rauen nördlichen Wetter stecken zu bleiben. Am nächsten Morgen rief ich im Eastman House an und fragte, ob ich mir die Filme dort im Archiv ansehen könne. Ich hatte keine Ahnung, wie so etwas zu arrangieren sei, wollte aber, als ich mich am Telefon vorstellte, nicht allzu unwissend erscheinen und fügte daher hinzu, ich sei Professor am Hampton College. Damit hoffte ich, die Leute dort hinreichend zu beeindrucken, dass sie mich für einen ernsthaften Menschen hielten und nicht für irgendeinen Irren, der einfach so bei ihnen anrief, was ja im Grunde der Fall war. Ach, sagte die Frau am anderen Ende der Leitung, Sie schreiben also etwas über Hector Mann? Sie stellte die Frage so, als gäbe es nur eine einzige mögliche Antwort darauf, und nach einer kleinen Pause brummte ich die Worte, die sie zu hören erwartete. Ja, sagte ich, richtig, stimmt genau. Ich schreibe ein Buch über ihn, und zu meinen Recherchen gehört auch, dass ich mir seine Filme ansehe.

Und damit hatte das Projekt angefangen. Es war gut, dass dies so früh geschah, denn als ich die Filme in Rochester (*Der Jockeyclub* und *Der Schnüffler*) erst einmal gesehen hatte, stand für mich fest, dass es keine Zeitverschwendung war, was ich da trieb. Hector war in jeder Hinsicht so talentiert und vielseitig, wie ich es mir erhofft hatte, und wenn die anderen zehn Filme auf dem gleichen hohen Niveau wie diese beiden waren, verdiente er, dass ein Buch über ihn geschrieben wurde, verdiente er die Chance, neu entdeckt zu werden. So kam es, dass ich mir Hectors Filme von Anfang an nicht nur ansah, sondern sie studierte. Ohne dieses Telefonat mit der Frau in Rochester wäre mir das nie in den Sinn gekommen. Mein ursprünglicher Plan war viel einfacher gewesen, und ich bezweifle, dass ich mich über Weihnachten oder Neujahr hinaus damit beschäftigt haben würde. So aber wurde es Mitte Februar, bis ich mein Studium von Hectors Filmen abgeschlossen hatte. Ursprünglich hatte ich vorgehabt, mir jeden seiner Filme nur einmal anzusehen. Nun aber sah ich sie mir alle mehrmals an, und statt mich nur für wenige

Stunden in einem Archiv aufzuhalten, saß ich dort tagelang, studierte die Filme auf Projektoren und an Schneidetischen, beobachtete Hector ganze Vor- und Nachmittage lang, spulte die Kopien vor und zurück, bis ich die Augen nicht mehr offen halten konnte. Ich machte mir Notizen, konsultierte Bücher, schrieb erschöpfende Kommentare über Schnitttechnik, Kamerawinkel und Beleuchtung, analysierte sämtliche Aspekte jeder einzelnen Szene bis zu den nebensächlichsten Einzelheiten, und erst wenn ich mit alldem fertig war, wenn ich so lange mit dem Material gelebt hatte, dass ich jeden Zentimeter dieser Streifen auswendig kannte, reiste ich weiter.

Ob der Aufwand sich lohnte, fragte ich mich nicht. Ich hatte meine Aufgabe, und für mich zählte nur, daran festzuhalten und sie zu Ende zu bringen. Ich wusste, Hector war allenfalls eine Randgestalt, ein weiterer Name auf der Liste der Übergangenen und Durchgefallenen, aber das hielt mich nicht davon ab, sein Werk zu bewundern und mich an seiner Gesellschaft zu erfreuen. Seine Filme waren im Lauf eines einzigen Jahres entstanden, jeden Monat einer, mit winzigen Budgets weit unterhalb der Beträge, die sonst für die spektakulären Gags und atemberaubenden Sequenzen, wie man sie gemeinhin aus Stummfilmkomödien kennt, aufgebracht wurden; und so war es schon ein Wunder, dass er überhaupt etwas hatte produzieren können, zu schweigen von ganzen zwölf absolut sehenswerten Filmen. Nach dem, was ich gelesen hatte, hatte Hector als Requisiteur, Kulissenmaler und Gelegenheitsstatist in Hollywood angefangen, dann in einigen Filmen Nebenrollen gespielt und schließlich von einem gewissen Seymour Hunt die Chance bekommen, als Regisseur und Hauptdarsteller eigene Filme zu machen. Hunt, ein Bankier aus Cincinnati, der ins Filmgeschäft einsteigen wollte, war Anfang 1927 nach Kalifornien gekommen und hatte dort seine Produktionsfirma Kaleidoscope Pictures gegründet. Allem Anschein nach ein stürmischer, intriganter Charakter, wusste Hunt so gut wie nichts vom Filmemachen und gar noch weniger vom Geschäftemachen. (Kaleidoscope wurde nach nur anderthalb Jahren wieder aufgelöst. Hunt, wegen Aktienschwindels und Unterschlagung angeklagt, erhängte sich noch vor Prozessbeginn.) Finanziell und personell schlecht ausgestattet, geplagt von Hunt, der sich ständig einmischen wollte, ergriff Hector dennoch die Gelegenheit und versuchte, das Beste daraus zu machen. Selbstverständlich gab es weder Drehbücher noch irgendwelche vorher angefertigten Kulissen. Nur Hector und ein Gespann von Gagschreibern, Andrew Murphy und Jules Blaustein, die während der Arbeit improvisierten; gedreht wurde häufig nachts, an gemieteten Sets, mit erschöpftem Personal und altersschwacher Ausrüstung. Es war nicht drin, ein Dutzend Autos zu Schrott zu fahren oder eine Rinderstampede zu inszenieren. Sie konnten weder Häuser einstürzen noch Gebäude explodieren lassen. Überschwemmungen, Hurrikane, exotische Schauplätze waren ausgeschlossen. Extras waren unerschwinglich, und wenn etwas nicht funktionierte, konnten sie sich nicht den Luxus leisten, die Szene noch einmal neu zu drehen. Alles musste nach einem engen Zeitplan erledigt werden, Zeit zum Überlegen gab es nicht. Gags auf Kommando, drei Lacher pro Minute, dann die nächste Münze in den Schlitz. Trotz all dieser Nachteile schien Hector von den Beschränkungen, die ihm auferlegt waren, geradezu beflügelt. Die Bandbreite seiner Arbeit war bescheiden, und doch hatte sie etwas Anheimelndes, das den Betrachter fesselte und ihn zwang, darauf zu reagieren. Ich begriff, warum Filmexperten seine Arbeit schätzten – und auch, warum niemand völlig begeistert davon war. Er hatte keinerlei Neuland erschlossen, und nachdem jetzt alle seine Filme wieder zugänglich waren, stand fest, dass die Geschichte jener Zeit nicht würde neu geschrieben werden müssen. Hectors Filme waren gewiss nur kleine Beiträge zur Kunst des Kinos, klein, aber nicht unbedeutend, und je öfter ich sie sah, desto mehr Gefallen fand ich an ihrer Anmut, an ihrem subtilem Witz, an der komischen und liebenswerten Art ihres Stars. Wie ich bald erfuhr, hatte noch niemand alle seine Filme gesehen. Die letzten waren erst vor allzu kurzer Zeit aufgetaucht, und bis dahin hatte es nicht ein einziger Mensch auf sich genommen, die auf der ganzen Welt verstreuten Archive und Museen vollständig abzuklappern. Wenn es mir gelang, meinen Plan durchzuführen, wäre ich der Erste.

Vor der Abreise aus Rochester rief ich Smits an, meinen Dekan in Hampton, und teilte ihm mit, dass ich meinen Urlaub auf das folgende Semester auszudehnen gedächte. Zunächst reagierte er ein wenig ungehalten und behauptete, meine Vorlesungen seien bereits im Verzeichnis angekündigt, aber als ich ihm die Lüge auftischte, ich müsse mich psychiatrischer Behandlung unterziehen, bat er um Entschuldigung. Das war gewiss ein unfeiner Trick, aber zu der Zeit kämpfte ich um mein Leben und hatte einfach nicht die Kraft, ihm zu erklären, warum das Betrachten von Stummfilmen plötzlich so wichtig für mich geworden war. Am Ende unterhielten wir uns noch ziemlich freundlich, und er wünschte mir alles Gute; wir taten zwar beide so, als würde ich im Herbst wieder anfangen, aber ich denke, er hat gespürt, dass ich schon auf dem Rückzug war, nicht mehr mit dem Herzen bei der Sache.

Skandal und *Wochenende auf dem Lande* sah ich in New York, dann fuhr ich nach Washington und sah mir *Der Kassierer* und *Doppelt oder nichts* an. Die Stationen der weiteren Reise buchte ich bei einer Reiseagentur am Dupont Circle (mit Amtrak nach Kalifornien, mit der QE 2 nach Europa), nur um am nächsten Morgen in einem jähen Anfall blindwütigen Heldentums die Fahrkarten wieder zu stornieren und dafür Flugtickets zu nehmen. Das war reine Torheit, aber da sich die Sache jetzt so verheißungsvoll angelassen hatte, wollte ich nicht den Schwung verlieren. Unwichtig, dass ich mich sehr dazu überreden musste, genau das zu tun, was niemals mehr zu tun ich mir geschworen hatte. Ich konnte jetzt einfach nicht langsamer werden, und wenn das Problem nicht anders als pharmakologisch zu lösen war, würde ich eben so viele Beruhigungspillen schlucken, wie dazu nötig wären. Eine Frau vom American Film Institute nannte mir den Namen eines Arztes. Ich nahm an, der Besuch in seiner Praxis würde nicht mehr als fünf oder zehn Minuten in Anspruch nehmen. Ich wollte ihm sagen, weshalb ich die Pillen brauchte, er würde mir ein Rezept ausstellen und fertig. Flugangst war schließlich ein verbreitetes Leiden, und ich hätte es gar nicht nötig, von Helen und meinen Söhnen zu erzählen oder ihm sonstwie mein Herz auszuschütten. Ich wollte mein Zentralnervensystem ja nur für ein paar Stunden ausschalten, und da man das Zeug nicht frei kaufen konnte, bestand seine Aufgabe allein darin, mir ein Stück Papier mit seiner Unterschrift in die Hand zu drücken. Dr. Singh erwies sich jedoch als gewissenhafter Mann, und während er meinen Blutdruck maß und mir das Herz abhorchte, stellte er mir so viele Fragen, dass ich eine Dreiviertelstunde in seiner Praxis verbrachte. Er war zu klug, nicht gründlich nachzuforschen, und so kam nach und nach die Wahrheit ans Licht.

Wir alle sterben einmal, Mr. Zimmer, sagte er. Wie kommen Sie darauf, dass Sie in einem Flugzeug sterben werden? Wenn man den Statistiken glauben darf, besteht eine viel größere Wahrscheinlichkeit, dass Sie zu Hause im Sessel sterben werden.

Ich habe nicht gesagt, dass ich Angst vor dem Sterben habe, antwortete ich, ich habe gesagt, dass ich Angst habe, in ein Flugzeug zu steigen. Das ist ein Unterschied.

Aber wenn das Flugzeug nicht abstürzt – warum sollten Sie sich Sorgen machen?

Weil ich mir selbst nicht mehr traue. Ich habe Angst, die Kontrolle zu verlieren, und ich möchte nicht unangenehm auffallen.

Ich kann Ihnen nicht recht folgen.

Ich stelle mir vor, wenn ich in ein Flugzeug steige, würde ich schon durchdrehen, bevor ich meinen Sitz erreicht habe.

Durchdrehen? Wie meinen Sie das? Geistig durchdrehen?

Ja, ich breche vor vierhundert Fremden zusammen und verliere den Verstand. Ich laufe Amok.

Und wie sieht das in Ihrer Vorstellung aus?

Kommt drauf an. Manchmal schreie ich. Manchmal schlage ich irgendwem ins Gesicht. Manchmal renne ich ins Cockpit und versuche, den Piloten zu erwürgen.

Hält Sie jemand auf?

Ja, natürlich. Die Leute stürzen sich auf mich und werfen mich zu Boden. Sie schlagen mich zusammen.

Wann hatten Sie das letzte Mal eine Schlägerei, Mr. Zimmer?

Das weiß ich nicht mehr. Als kleiner Junge, nehme ich an. So mit elf, zwölf. Auf dem Schulhof. Als ich mich gegen einen Schläger gewehrt habe.

Und was bringt Sie auf die Idee, dass Sie jetzt wieder anfangen könnten, sich zu schlagen?

Gar nichts. Ich spüre es einfach in den Knochen, das ist alles. Ich glaube, wenn mir irgendetwas auf die Nerven geht, kann ich mich nicht mehr beherrschen. Da könnte alles Mögliche passieren.

Aber warum gerade Flugzeuge? Warum haben Sie keine Angst, die Kontrolle zu verlieren, wenn Sie auf festem Boden stehen?

Weil Flugzeuge sicher sind. Das weiß jeder. Flugzeuge sind sicher, schnell und effizient, und wenn man erst mal oben ist, kann einem nichts mehr passieren. Darum habe ich Angst. Nicht weil ich denke, ich könnte getötet werden – sondern weil ich weiß, dass ich nicht getötet werde.

Haben Sie jemals einen Selbstmordversuch unternommen, Mr. Zimmer?

Nein.

Haben Sie schon einmal daran gedacht?

Selbstverständlich. Ich wäre kein Mensch, wenn ich nie daran gedacht hätte.

Sind Sie deswegen gekommen? Um sich ein Rezept für ein schön starkes Medikament zu holen und sich dann umzubringen?

Ich suche Vergessen, Doktor, nicht den Tod. Das Medikament wird mich schlafen lassen, und solange ich nicht bei Bewusstsein bin, brauche ich nicht darüber nachzudenken, was ich tue. Ich werde da sein, aber nicht ganz, und in dem Ausmaß, in dem ich nicht da bin, werde ich mich sicher fühlen.

Sicher vor was?

Vor mir selbst. Vor der schrecklichen Gewissheit, dass mir nichts geschehen wird.

Sie erwarten, einen reibungslosen, ruhigen Flug zu haben. Ich verstehe immer noch nicht, warum Ihnen das Angst machen sollte.

Weil meine Chancen so gut stehen. Ich werde sicher starten und landen, und wenn ich mein Reiseziel erreicht habe, werde ich lebendig aus dem Flugzeug steigen. Schön für mich, sagen Sie, aber indem ich das tue, spucke ich auf alles, woran ich glaube. Ich beleidige die Toten, Doktor. Ich mache aus einer Tragödie einen simplen Fall von «Pech gehabt». Verstehen Sie mich jetzt? Ich sage den Toten, dass sie umsonst gestorben sind.

Er verstand. Ich hatte gar nichts Konkretes gesagt, aber dieser Arzt besaß einen feinen, durchdringenden Verstand und war in der Lage, sich den Rest hinzuzudenken. J. M. Singh, Absolvent des Royal College of Physicians, Internist am Georgetown University Hospital, ein Mann mit präzisem britischem Akzent und vorzeitigem Haarausfall, verstand jetzt auf einmal, was ich ihm in dieser kleinen Kabine mit dem Neonlicht und den metallisch glänzenden Oberflächen zu erzählen versucht hatte. Ich saß noch auf dem Untersuchungstisch und knöpfte mir das Hemd zu, den Blick auf den Boden gerichtet (ich wollte ihn nicht ansehen, wollte die peinliche Situation vermeiden, in Tränen auszubrechen), als er mir nach einer, wie mir schien, langen und verlegenen Pause eine Hand auf die Schulter legte. Entschuldigen Sie, sagte er. Das tut mir wirklich sehr Leid.

Es war das erste Mal seit Monaten, dass jemand mich berührte, und ich fand es beunruhigend, ja beinahe Ekel erregend, zum Gegenstand solchen Mitgefühls gemacht zu werden. Ich will Ihr Mitleid nicht, Doktor, sagte ich. Ich will nur diese Pillen.

Er wich mit einer leichten Grimasse zurück und setzte sich auf einen Hocker in der Ecke. Während ich mir das Hemd in die Hose stopfte, sah ich, wie er einen Rezeptblock aus der Tasche seines weißen Kittels zog. Ich will Ihnen den Gefallen tun, sagte er, aber bevor Sie gehen, möchte ich Sie bitten, Ihre Entscheidung noch einmal zu überdenken. Ich glaube, ich kann mir ungefähr vorstellen, was Sie durchgemacht haben, Mr. Zimmer, aber ich habe Bedenken, Sie in eine Lage zu bringen, die Ihnen so große Qualen bereiten könnte. Es gibt auch andere Reisemöglichkeiten. Vielleicht wäre es besser, Flugzeuge fürs Erste zu meiden.

Das habe ich mir auch schon überlegt, sagte ich, und mich dagegen entschlossen. Die Entfernungen sind einfach zu groß. Mein nächstes Ziel ist Berkeley in Kalifornien, und anschließend muss ich nach London und Paris. Der Zug an die Westküste braucht drei Tage. Die Rückfahrt dauert noch einmal so lange; dazu kommen weitere zehn Tage für die Fahrt über den Atlantik und wieder zurück, und schon haben wir mindestens sechzehn verlorene Tage. Was soll ich mit dieser ganzen Zeit anfangen? Aus dem Fenster starren und die Landschaft genießen?

Ein wenig innehalten könnte nichts schaden. Vielleicht würde es Ihnen helfen, den Stress ein wenig abzubauen.

Aber Stress ist genau das, was ich brauche. Wenn ich jetzt nachlasse, fliege ich auseinander. Ich würde in alle Himmelsrichtungen zerstieben und könnte mich nie wieder zusammensetzen.

Ich sprach diese Sätze mit solchem Nachdruck, in meiner Stimme schwangen solcher Ernst und solche Verrücktheit mit, dass sich der Arzt fast zu einem Lächeln hinreißen ließ – jedenfalls schien er mir eines zu unterdrücken. Na, das wollen wir natürlich nicht, sagte er. Wenn Sie so sehr aufs Fliegen aus sind, dann tun Sie's. Aber wir wollen immerhin dafür sorgen, dass Sie's nur in eine Richtung tun. Und mit dieser schnurrigen Bemerkung nahm er einen Stift aus der Tasche und kritzelte eine Reihe unleserlicher Zeichen auf den Block. Bitte sehr, sagte er, riss das oberste Blatt ab und drückte es mir in die Hand. Ihr Ticket für Air Xanax.

Nie davon gehört.

Xanax. Ein starkes, höchst gefährliches Medikament. Auch wenn Sie es strikt nach Anweisung nehmen, Mr. Zimmer, macht es Sie zum Zombie, zu einem Wesen ohne Ichbewusstsein, zu einem gefühllosen Klumpen Fleisch. Mit dem Zeug können Sie über ganze Kontinente fliegen, und ich garantiere Ihnen, Sie werden nicht einmal mitbekommen, dass Sie überhaupt abgehoben haben.

Am Nachmittag des folgenden Tages war ich schon in Kalifornien. Keine vierundzwanzig Stunden danach ging ich ins Pacific Film Archive und sah mir in einem separaten Vorführraum die nächsten zwei Hector-Mann-Komödien an. *Wilder Tango* erwies sich als die verrückteste, überschäumendste seiner Produktionen; *Heim und Herd* als die sorgfältigste. Ich verbrachte mehr als zwei Wochen mit diesen Filmen, stellte mich jeden Morgen um Punkt zehn in dem Gebäude ein, und wenn es geschlossen hatte (Weihnachten und Neujahr), arbeitete ich im Hotel weiter, las Bücher, ordnete meine Notizen und bereitete mich auf die nächste Etappe meiner Reise vor. Am 7. Januar 1986 schluckte ich wieder ein paar von Dr. Singhs Zauberpillen und flog von San Francisco nach London – sechstausend

Meilen nonstop mit dem Katatonie-Express. Diesmal war eine größere Dosis erforderlich, aber ich machte mir Sorgen, dass auch die nicht reichen würde, und so nahm ich kurz vorm Besteigen des Flugzeugs noch eine Pille zusätzlich. Gewiss war es dumm von mir, mich nicht an die Anweisung des Arztes zu halten, aber die Vorstellung, womöglich mitten im Flug aufzuwachen, erschreckte mich dermaßen, dass ich mich beinahe für immer in Schlaf versetzte. Ein Stempel in meinem alten Pass beweist, dass ich am 8. Januar nach Großbritannien eingereist bin, aber ich habe keine Erinnerung an die Landung, keine Erinnerung an die Zollkontrolle, keine Erinnerung daran, wie ich in mein Hotel gelangt bin. Am Morgen des 9. Januar erwachte ich in einem fremden Bett, und erst da fing mein Leben wieder an. So gründlich hatte ich mich noch nie zuvor aus den Augen verloren.

Es waren noch vier Filme übrig – *Cowboys* und *Ein Niemand* in London, *Hampelmänner* und *Der Requisiteur* in Paris –, und mir war klar, eine zweite Chance, sie zu sehen, würde ich nicht bekommen. Die amerikanischen Archive konnte ich, falls nötig, jederzeit wieder besuchen, aber eine Rückkehr zum BFI und zur Cinémathèque war ausgeschlossen. Ich hatte es geschafft, mich nach Europa zu befördern, aber ein zweiter Versuch, das Unmögliche zu vollbringen, würde über meine Kräfte gehen. Aus diesem Grund blieb ich viel länger als nötig in London und Paris – insgesamt fast sieben Wochen, den halben Winter lang vergraben wie ein wahnsinniges, im Boden lebendes Tier. Bis dahin war ich gründlich und gewissenhaft gewesen, jetzt aber steigerte sich das Projekt zu nie da gewesener Intensität, zu einer Zielstrebigkeit, die an Besessenheit grenzte. Nach außen gab ich vor, die Filme Hector Manns studieren und mir einverleiben zu wollen, in Wahrheit aber brachte ich mir bei, mich zu konzentrieren, an einen und nur einen Gegenstand zu denken. Es war das Leben eines Monomanen, aber an jedem anderen Leben wäre ich zerbrochen. Als ich im Februar schließlich nach Washington zurückkehrte, schlief ich die Nachwirkungen des Xanax in einem Flughafenhotel aus, holte am nächsten Morgen mein Auto vom Langzeitparkplatz ab und fuhr nach New York. Nach Vermont konnte ich noch nicht zurück. Wenn ich das Buch wirklich schreiben wollte, brauchte ich einen Ort, an dem ich mich verkriechen konnte, und New York schien mir von allen Städten der Welt diejenige zu sein, die mir am wenigsten auf die Nerven gehen würde. Fünf Tage lang suchte ich nach einer Wohnung in Manhattan, fand aber nichts. Die Wall Street hatte damals Hochkonjunktur, bis zum Crash von '87 sollte es noch zwanzig Monate dauern, und Wohnraum zur Miete oder Untermiete war sehr knapp. Schließlich fuhr ich über die Brücke nach Brooklyn Heights und nahm die erstbeste Wohnung, die ich mir ansah – ein kleines Apartment in der Pierrepont Street, das gerade an diesem Morgen frei geworden war. Es war teuer, schmuddelig und schlecht geschnitten, aber ich pries mich glücklich, es ergattert zu haben. Ich kaufte eine Matratze für das eine Zimmer, Stuhl und Schreibtisch für das andere, und dann zog ich ein. Der Mietvertrag lief über ein Jahr. Er begann am 1. März, und genau an diesem Tag begann ich das Buch zu schreiben.

2

Vor dem Körper ist das Gesicht, und vor dem Gesicht ist die schmale schwarze Linie zwischen Hectors Nase und Oberlippe. Ein zuckendes Angstfädchen, ein metaphysisches Springseil, ein tänzelnder Verwirrungsindikator: der Schnurrbart als Seismograph von Hectors inneren Zuständen, der den Zuschauer nicht nur zum Lachen bringt, sondern ihm auch sagt, was Hector denkt, ihm direkten Eintritt in die Maschinerie seiner Gedanken verschafft. Auch anderes ist daran beteiligt – die Augen, der Mund, das präzis inszenierte Taumeln und Stolpern –, aber der Schnurrbart ist das wichtigste Werkzeug der Kommunikation, und mag auch seine Sprache keine Wörter kennen, so ist doch sein Wackeln und Zucken so klar und verständlich wie eine Mitteilung in Morsezeichen.

Nichts davon wäre möglich ohne die Mitwirkung der Kamera. Die Vertrautheit mit dem sprechenden Schnurrbart ist ein Werk des Objektivs. In jedem von Hectors Filmen gibt es plötzliche Änderungen der Perspektive, wird von einer Totalen oder Halbtotalen unvermittelt auf eine Nahaufnahme umgeschnitten. Hectors Gesicht füllt die ganze Leinwand aus, und wenn auf diese Weise jeglicher Bezug zur Umgebung eliminiert ist, wird der Schnurrbart zum Mittelpunkt der Welt. Er gerät in Bewegung, und da Hector die Fähigkeit besitzt, alle anderen Gesichtsmuskeln unter Kontrolle zu behalten, scheint der Schnurrbart sich selbständig zu bewegen, wie ein kleines Tier, das über eigenes Bewusstsein und Willen verfügt. Die Mundwinkel krümmen sich ein wenig, die Nasenflügel weiten sich kaum merklich, ansonsten aber bleibt das Gesicht, während der Schnurrbart seine Kapriolen macht, im Wesentlichen unbewegt, und in dieser Unbewegtheit sieht man sich selbst wie in einem Spiegel, denn in diesen Augenblicken ist Hector ganz und gar und am überzeugendsten menschlich, ein Abbild dessen, was wir alle sind, wenn wir uns allein mit unserem Innern befassen. Diese Großaufnahmen sind den entscheidenden Stellen der Geschichte vorbehalten, den Momenten größter Spannung oder Überraschung, und nie dauern sie länger als vier oder fünf Sekunden. Wenn sie erscheinen, bleibt alles andere stehen. Der Schnurrbart beginnt seinen Monolog, und für diese wenigen kostbaren Sekunden muss die Handlung dem Denken weichen. Wir können Hectors Gedanken lesen, als ob sie ausgeschrieben auf der Leinwand stünden, und bevor diese Schrift wieder verschwindet, ist sie nicht weniger sichtbar als ein Gebäude, ein Klavier oder eine Torte im Gesicht.

In Bewegung ist der Schnurrbart ein Werkzeug, das die Gedanken aller Menschen auszudrücken vermag. In Ruhe ist er wenig mehr als ein Ornament. Er bezeichnet Hectors Platz in der Welt, benennt den Charakter, den er repräsentieren soll, und erklärt, wen er in den Augen der anderen darstellt – aber er gehört nur einem einzigen Menschen, und da es sich um einen lächerlich dünnen und schmierigen kleinen Schnurrbart handelt, kann nie ein Zweifel daran aufkommen, was für ein Mensch das ist. Es ist der südamerikanische Dandy schlechthin, der Latin Lover, der dunkle Schurke mit dem heißen Blut. Zusammen mit dem ölig zurückgekämmten Haar und dem unvermeidlichen weißen Anzug ergibt dies eine unverkennbare Mischung aus Eleganz und Anstand. Das alles sagen die Bilder. Ihr Sinn wird mit einem einzigen Blick erfasst, und da in diesem mit ständig fehlenden Kanaldeckeln und explodierenden Zigarren präparierten Universum eine Sache stets zwangsläufig auf die andere folgt, weiß man, sobald man einen Mann im weißen Anzug durch die Straßen spazieren sieht, dass dieser Anzug ihn in Schwierigkeiten bringen wird.

Nach dem Schnurrbart ist der Anzug das zweitwichtigste Element in Hectors Repertoire. Der Schnurrbart ist die Verbindung zum inneren Ich, ein Metonym für Triebe, Überlegungen und geistige Unwetter. Der Anzug verkörpert Hectors Verhältnis zur Gesellschaft, und mit dem blitzblanken Weiß, das sich strahlend vom Grau und Schwarz seiner Umgebung abhebt, zieht er alle Blicke auf sich. Hector trägt diesen Anzug in jedem seiner Filme, und in jedem Film gibt es mindestens eine längere komische Szene, die sich um die Gefahren dreht, in die er bei dem Versuch gerät, den Anzug sauber zu halten. Schlamm und Kurbelgehäuseöl, Spaghettisauce und Melasse, Kaminruß und spritzende Pfützen – irgendwann droht jede dunkle Flüssigkeit und überhaupt jede dunkle Materie die makellose Würde von Hectors Anzug zu besudeln. Dieser Anzug ist sein stolzester Besitz, und er trägt ihn mit der gediegenen, kosmopolitischen Haltung eines Mannes, der die Welt zu beeindrucken gedenkt. Jeden Morgen steigt er in ihn hinein wie ein Ritter in seine Rüstung, wappnet sich für die Schlachten, die die Gesellschaft an diesem Tag für ihn bereithalten mag, und niemals kommt er auf die Idee, dass er damit genau das Gegenteil von dem erreicht, was er eigentlich vorhat. Er schützt sich nicht vor möglichen Schlägen, sondern macht sich zur Zielscheibe, zum Brennpunkt jeglichen Missgeschicks, das sich im Umkreis von hundert Metern um seine Person ereignen mag. Der weiße Anzug ist ein Zeichen für Hectors Verletzlichkeit und verleiht den Streichen, die die Welt ihm spielt, ein gewisses Pathos. Hartnäckig in seiner Eleganz, geklammert an die alte Vorstellung, der Anzug mache ihn zu einer überaus attraktiven und begehrenswerten Erscheinung, erhebt Hector seine Eitelkeit zu einer Sache, mit der das Publikum sympathisieren kann. Sieht man ihn in *Doppelt oder nichts* imaginäre Stäubchen von seinem Jackett schnippen, während er an der Haustür seiner Freundin klingelt, dann ist das keine Demonstration von Eigenliebe mehr: Es sind die Qualen der Befangenheit. Damit zieht er das Publikum auf seine Seite, und wenn einem Schauspieler das erst einmal gelungen ist, kann er sich fortan alles leisten.

Er war zu groß gewachsen, um einen typischen Clown zu spielen, zu elegant, um wie andere Komiker den naiven Tollpatsch zu mimen. Mit seinen dunklen, ausdrucksstarken Augen und der vornehmen Nase sah Hector wie ein zweitklassiger Hauptdarsteller aus, wie ein übertreibender romantischer Held, der bei den Dreharbeiten zum falschen Film aufgetaucht war. Er war ein Erwachsener, und schon die Anwesenheit einer solchen Person schien den etablierten Regeln der Komödie zuwiderzulaufen. Lustige Männer hatten klein, verwachsen oder fett zu sein. Sie waren Zwerge und Trottel, Einfaltspinsel und Außenseiter, Kinder, die sich als Erwachsene maskierten, oder Erwachsene mit dem geistigen Horizont von Kindern. Man denke an Arbuckles kindliche Pummeligkeit, an seine affektierte Schüchternheit und seine feminin geschminkten Lippen. Man erinnere sich an seinen Zeigefinger, der ihm jedes Mal wenn ein

Mädchen ihn ansieht, in den Mund springt. Sodann betrachte man die Liste der Requisiten und Kostüme, auf denen die anerkannten Meister ihre Karriere aufbauten: Chaplins Tramp mit seinen klaffenden Schuhen und den zerlumpten Kleidern; Lloyds tapferer Waschlappen mit seiner Hornbrille; Keatons Gimpel mit seiner Kreissäge und der starren Miene; Langdons Irrer mit der kalkweißen Haut. Sie alle sind Außenseiter, und da diese Figuren uns weder bedrohen noch mit Neid erfüllen können, drücken wir ihnen die Daumen, dass sie über ihre Feinde triumphieren und das Herz der Angebeteten erobern mögen. Nur werden wir stets im Zweifel darüber gelassen, ob sie mit dem Mädchen überhaupt etwas anfangen können, wenn sie dann einmal allein mit ihr sind. Bei Hector kommen uns solche Zweifel nie. Wenn er einer Frau zuzwinkert, besteht eine große Wahrscheinlichkeit, dass sie zurückzwinkert. Und wenn sie es tut, ist klar, dass weder sie noch er dabei ans Heiraten denkt.

Jedoch sind Lacher keineswegs garantiert. Hector ist nicht das, was man eine liebenswerte Gestalt nennen würde, und er ist auch niemand, mit dem man unbedingt Mitleid haben muss. Die Sympathie des Zuschauers gewinnt er, weil er niemals weiß, wann er aufhören soll. Immer fleißig und unbeschwert, die perfekte Verkörperung des *homme moyen sensuel*, gilt von ihm nicht, dass er nicht mit der Welt im Einklang sei; vielmehr ist er ein Opfer der Umstände, ein Mann mit dem unerschöpflichen Talent, in peinliche Situationen zu geraten. Hector hat immer einen Plan, sein Handeln ist stets von einem bestimmten Zweck bestimmt, und doch scheint sich jedes Mal etwas zu ergeben, das ihn an der Verwirklichung seines Ziels hindert. Seine Filme sind voller physikalisch absurder Geschehnisse, bizarrer

Maschinenpannen, voller Gegenstände, die sich einfach nicht so verhalten, wie sie sollten. Ein weniger selbstbewusster Mensch würde sich von solchen Rückschlägen besiegen lassen, doch abgesehen von gelegentlichen Verzweiflungsausbrüchen (die den Monologen des Schnurrbarts vorbehalten sind) klagt Hector nie. Türen zerquetschen ihm die Finger, Bienen stechen ihn in den Hals, Statuen fallen ihm auf die Füße, aber immer und immer wieder schüttelt er diese Missgeschicke ab und setzt seinen Weg fort. Man bewundert schon seine Standhaftigkeit, die geistige Ruhe, die er angesichts all dieser Widrigkeiten ausstrahlt, aber was einen geradezu fesselt, sind seine Bewegungen. Hector vermag den Zuschauer mit jeder seiner tausend verschiedenen Gesten zu bezaubern. Leichtfüßig und flink, nonchalant bis zur Gleichgültigkeit schlängelt er sich durch den Hindernisparcours des Lebens, ohne das geringste Anzeichen von Unbeholfenheit oder Furcht, verblüfft uns mit seinen Rückziehern und Ausweichmanövern, seinen Wendungen und Ausfallschritten, seinen Verzögerungen, Sprüngen und Pirouetten. Man beachte, wie er mit den Fingern spielt und trommelt, wie punktgenau er ausatmet, wie er den Kopf leicht schief legt, wenn etwas Unerwartetes in sein Blickfeld kommt. Diese Miniaturakrobatik ist eine Charakterfunktion, erfreut aber auch durch und für sich selbst. Auch wenn ihm Fliegenpapier an der Schuhsohle klebt und der junge Sohn des Hauses ihn gerade mit einem Lasso gefangen hat (sodass ihm die Arme an den Körper gebunden sind), bewegt sich Hector mit ungewöhnlicher Anmut und Haltung, als hege er keinen Zweifel daran, dass er sich schon bald aus dieser üblen Lage befreien werde – mag auch das nächste Übel bereits im Nebenzimmer auf ihn warten. Pech für Hector natürlich, aber so ist das nun mal. Wichtig ist nicht, wie gut man Schwierigkeiten aus dem Weg gehen kann, sondern wie man mit ihnen fertig wird, wenn sie einen ereilen.

Ziemlich oft findet sich Hector am unteren Ende der gesellschaftlichen Leiter. In nur zweien seiner Filme ist er verheiratet (*Heim und Herd* und *Ein Niemand*), und abgesehen von dem Privatdetektiv, den er in *Der Schnüffler* spielt, und seiner Rolle als reisender Zauberer in *Cowboys* ist er stets nur ein stures Arbeitstier, das sich in einfachen, schlecht bezahlten Jobs für andere abschuftet. Ob als Kellner in *Der Jockeyclub*, als Chauffeur in *Wochenende auf dem Lande*, als Handelsvertreter in *Hampelmänner*, als Tanzlehrer in *Wilder Tango* oder als Bankangestellter in *Der Kassierer*, stets wird Hector als ein junger Mann gezeigt, der soeben ins Leben hinaustritt. Seine Aussichten sind alles andere als ermutigend, aber nie vermittelt er den Eindruck, er sei ein Verlierertyp. Dazu ist seine Haltung viel zu stolz, und wenn man sieht, wie er mit dem gelassenen Selbstvertrauen eines Mannes, der auf seine Fähigkeiten bauen kann, an die Arbeit geht, dann begreift man, dass er eines Tages Erfolg haben muss. Demgemäß enden die meisten von Hectors Filmen so: Entweder er kriegt das Mädchen, oder er vollbringt irgendeine Heldentat, und sein Boss wird auf ihn aufmerksam. Und wenn der Boss ein Dummkopf ist und nichts mitbekommt (die Reichen und Mächtigen werden meist als Narren dargestellt), dann sieht wenigstens das Mädchen, was er tut, und das reicht ihm als Belohnung. Wann immer er sich zwischen Liebe und Geld entscheiden muss, hat die Liebe das letzte Wort. Als Kellner in *Der Jockeyclub* zum Beispiel bringt Hector es fertig, einen Juwelendieb zu schnappen, während er bei einem Festessen zu Ehren der Meisterfliegerin Wanda

McNoon mehrere Tische mit betrunkenen Gästen bedient. Mit einer Champagnerflasche in der Linken schlägt er den Dieb k. o., zugleich stellt er mit der Rechten das Dessert auf den Tisch; und da der Korken aus der Flasche fliegt und der Oberkellner mit einem Liter Veuve Clicquot bespritzt wird, verliert Hector seinen Job. Aber das macht nichts. Die temperamentvolle Wanda hat Hectors Kunststück wahrgenommen. Sie steckt ihm ihre Telefonnummer zu, und in der letzten Szene steigen die beiden zusammen in ihr Flugzeug und entschwinden in den Wolken.

Unvorhersehbar in seinem Verhalten, voller widersprüchlicher Antriebe und Wünsche, ist Hectors Charakter zu komplex, als dass uns in seiner Gegenwart ganz und gar behaglich zumute sein kann. Er entspricht keinem Typus, keiner vertrauten Rolle, und für jede seiner Handlungen, die wir nachvollziehen können, gibt es eine andere, die uns verwirrt und aus dem Gleichgewicht bringt. Er offenbart den ganzen erbitterten Ehrgeiz eines arbeitsamen Einwanderers, eines Mannes, der entschlossen ist, alle Hindernisse zu überwinden und sich im amerikanischen Dschungel seinen Platz zu erobern, und doch genügt ein einziger Blick einer schönen Frau, ihn aus der Bahn zu werfen, seine sorgsam geschmiedeten Pläne in alle Winde zu zerstreuen. Hectors Persönlichkeit ist in jedem Film die gleiche, aber es gibt keine feste Hierarchie seiner Vorlieben: Nie kann man ahnen, was ihm als Nächstes in den Sinn kommen mag. Er ist Populist und Aristokrat, er ist sinnlich und verkappt romantisch, ein Mann mit akkuraten, geradezu pedantischen Manieren, der nie vor großen Gesten zurückschreckt. Er schenkt seinen letzten Cent einem Bettler auf der Straße, doch was ihn dazu bewegt, ist weder Mitleid noch Mitgefühl, sondern viel eher die Poesie, die in dieser

Handlung steckt. So hart er arbeitet, so fleißig er die niedrigen und oft absurden Aufgaben erledigt, die man ihm aufträgt, stets vermittelt Hector ein Gefühl von Distanziertheit, als ob er sich irgendwie selbst verhöhnen und sich gleichzeitig dazu gratulieren würde. Er scheint in einem Zustand ironischer Belustigung zu leben, in der Welt engagiert und zugleich als ihr Beobachter aus weiter Ferne. In seinem vielleicht komischsten Film, *Der Requisiteur*, verschmilzt er diese gegensätzlichen Blickpunkte zu einem einheitlichen Prinzip des Chaos. In diesem neunten seiner Kurzfilme spielt Hector den Inspizienten einer kleinen, heruntergekommenen Theatertruppe. Die Gesellschaft kommt für ein dreitägiges Gastspiel in die Ortschaft Wishbone Falls, um *Bettler können nicht wählerisch sein* aufzuführen, einen Schlafzimmerschwank des bekannten französischen Dramatikers Jean-Pierre Saint Jean de la Pierre. Als sie den Lastwagen aufmachen und die Requisiten ausladen und ins Theater tragen wollen, stellen sie fest, dass die Sachen verschwunden sind. Was tun? Ohne Requisiten können sie nicht spielen. Es gilt, ein komplettes Zimmer zu möblieren, zu schweigen von etlichen wichtigen Kleinigkeiten, die zu ersetzen sind: ein Gewehr, ein Diamanthalsband, ein gegrilltes Schwein. Der Vorhang soll am nächsten Abend um acht Uhr hochgehen, und falls es ihnen bis dahin nicht gelingt, die komplette Ausstattung zusammenzubringen, sind sie aus dem Geschäft. Der Direktor der Truppe, ein aufgeblasener Wichtigtuer mit Ascot-Krawatte um den Hals und Monokel im linken Auge, späht in den leeren Lastwagen hinein und kippt ohnmächtig um. Die Sache liegt in Hectors Händen. Nach einigen schnellen, aber beißenden Kommentaren seines Schnurrbarts erwägt er in aller Ruhe die Lage, streicht sich den makellos weißen Anzug glatt und macht sich schnurstracks an die Arbeit. In den nächsten neuneinhalb Minuten veranschaulicht der Film Proudhons bekanntes anarchistisches Diktum: *Eigentum ist Diebstahl.* In einer Reihe kurzer, hektischer Episoden rennt Hector durch den Ort und klaut die Requisiten zusammen. Er fängt eine für das Lager eines Kaufhauses bestimmte Möbellieferung ab und zieht mit Tischen, Stühlen und Lampen von dannen – die er in seinen Wagen verstaut und sogleich zum Theater fährt. Aus einer Hotelküche lässt er Silberbesteck, Trinkgläser und ein komplettes Porzellangeschirr mitgehen. Er schwindelt sich mit dem gefälschten Bestellformular eines Restaurants ins Hinterzimmer einer Metzgerei und stapft mit einem geschlachteten Schwein auf der Schulter wieder ins Freie. Am Abend, auf einem Privatempfang für die Schauspieler, zu dem die prominentesten Bürger der Stadt geladen sind, gelingt es ihm, dem Sheriff die Pistole aus dem Holster zu ziehen. Ein wenig später macht er sich an eine korpulente Frau heran, und verzückt von der verführerischen Macht seines Charmes, bemerkt sie gar nicht, dass er den Verschluss ihres Halsbandes löst. Nie ist er so ölig wie in dieser Szene. Verächtlich in seiner Verstellung, abscheulich in der Heuchelei seiner Leidenschaft, kommt er auch als heldenhafter Outlaw rüber, als Idealist, der bereit ist, sich für die gute Sache zu opfern. Wir schrecken vor seiner Taktik zurück, zugleich aber beten wir, dass ihm der Diebstahl gelingen möge. Die Show muss weitergehen, und wenn Hector die Klunker nicht an sich bringt, gibt es keine Show. Um die Affäre noch komplizierter zu machen, hat Hector soeben die Stadtschönheit entdeckt (zufällig die Tochter des Sheriffs), und noch während er seine amouröse Attacke auf den alternden Drachen fortsetzt, beginnt er der jungen Schönen verstohlene Blicke zuzuwerfen. Zum Glück stehen Hector und sein Opfer hinter einem Samtvorhang, der halb eine offene Tür verdeckt, durch die man aus der Eingangshalle in den Salon gelangt. Hector hat so neben der Frau Aufstellung genommen, dass er, wenn er den Kopf nur ein wenig nach links bewegt, in den Salon hineinspähen kann. Die Frau aber bleibt außer Sicht, und so kann Hector das Mädchen sehen, und das Mädchen kann Hector sehen und ahnt doch nichts von der Frau neben ihm. Dies erlaubt ihm, seine beiden Ziele auf einmal zu verfolgen – die falsche Verführung und die echte –, und indem er mit einer raffinierten Mischung aus Schnitten und Perspektivwechseln das eine gegen das andere ausspielt, macht jedes dieser Elemente das andere weitaus komischer, als es für sich allein gewesen wäre. Das ist wesentlich für Hectors Stil. Ein Witz allein reicht ihm nie. Sobald eine Situation geschaffen ist, muss ihr noch etwas anderes hinzugefügt werden, und dann ein Drittes und womöglich gar ein Viertes. Hectors Gags entfalten sich wie musikalische Kompositionen, das Ganze ist ein Ineinanderfließen kontrastierender Handlungsstränge und Stimmen, und je mehr die Stimmen sich wechselseitig beeinflussen, desto unsicherer und instabiler wird die Welt. In *Der Requisiteur* kitzelt Hector die Frau hinter dem Vorhang am Hals, spielt mit dem Mädchen im Nebenzimmer Verstecken und zieht schließlich der Frau das Halsband ab, als ein vorbeieilender Kellner auf dem Saum ihres Gewandes ausrutscht und ihr ein Tablett voller Getränke über den Rücken schüttet – was Hector gerade genug Zeit verschafft, das Schloss aufzumachen. Er hat erreicht, was er sich vorgenommen hat – aber nur zufällig, wieder einmal gerettet vom rebellisch unvorhersehbaren Verhalten der Materie.

Am nächsten Abend kann der Vorhang hochgehen, und die Vorstellung wird ein gewaltiger Erfolg. Der Metzger, der Kaufhausbesitzer, der Sheriff und die dicke Frau befinden sich jedoch auch unter den Zuschauern, und während die Schauspieler sich noch vor der begeisterten Menge verbeugen und Kusshände werfen, legt ein Polizist Hector Handschellen an und bringt ihn ins Gefängnis. Aber Hector ist glücklich, und er zeigt keine Spur von Reue. Er hat den Sieg davongetragen, und nicht einmal der drohende Freiheitsentzug vermag seinen Triumph zu schmälern. Jeder der die Schwierigkeiten kennt, mit denen Hector bei den Arbeiten an seinen Filmen zu kämpfen hatte, kann den *Requisiteur* nur als Parabel der Umstände deuten, unter denen er, vertraglich an Seymour Hunt gefesselt, für Kaleidoscope Pictures schuften musste. Wenn jede einzelne Karte im Spiel gegen einen ist, kann man nur gewinnen, wenn man gegen die Regeln verstößt. Man tut eben, was man kann, wie die alte Wendung sagt, und wird man zufällig dabei erwischt, geht man wenigstens mit fliegenden Fahnen unter.

Dies fröhliche Pfeifen auf die Konsequenzen nimmt in Hectors elftem Film, *Ein Niemand*, dunklere Züge an. Inzwischen lief ihm die Zeit davon, und er hat wohl gewusst, dass es mit seiner Karriere aus wäre, sobald er den Vertrag erfüllt hätte. Der Tonfilm kam auf. Das war eine unausweichliche Tatsache, eine Gewissheit, die alles zerstören würde, was davor gewesen war: Die Kunst, um die sich Hector so sehr bemüht hatte, würde aussterben. Selbst wenn er seine Ideen der neuen Form anpassen konnte, würde ihm das nichts nützen. Hector sprach mit starkem spanischem Akzent, und das amerikanische Publikum würde ihn beim ersten Wort, das er von der Leinwand sprach, verstoßen. In *Ein Niemand* lässt er sich zu einer gewissen Bitterkeit hinreißen. Die Zukunft sah finster aus, die Gegenwart war von Hunts zunehmenden Geldproblemen überschattet. Mit jedem Monat erfassten die Verluste weitere Teile von Kaleidoscopes Unternehmungen. Budgets wurden gestrichen, Löhne nicht ausgezahlt, und die hohen Zinsen für kurzfristige Kredite hatten zur Folge, dass Hunt ständig Bargeld brauchte. Er borgte es sich von seinen Verleihern gegen zukünftige Einnahmen aus Kartenverkäufen, und nachdem er solche Abmachungen mehrmals gebrochen hatte, weigerten sich die ersten Filmtheater, seine Filme zu zeigen. Hector lieferte jetzt seine besten Arbeiten ab, aber die traurige Tatsache war, dass immer weniger Leute seine Filme noch sehen konnten.

Ein Niemand ist eine Antwort auf diese zunehmend frustrierende Situation. Der Schurke der Geschichte heißt C. Lester Chase, und ist man erst einmal auf die Ursprünge des sonderbaren, künstlichen Namens dieser Figur gestoßen, fällt es schwer, in ihm nicht einen symbolischen Vertreter Hunts zu sehen. *Hunt*, ins Französische übersetzt, ist *chasse*; streicht man daraus das zweite s, erhält man *chase*. Bedenkt man ferner, dass *Seymour* akustisch auch als *see more* verstanden werden kann und dass *Lester* häufig zu *Les* abgekürzt wird, dann kommt man auf *C. Les* – oder *see less* –, und die Beweislage ist ziemlich eindeutig. Chase ist der bösartigste Charakter aller Filme Hectors. Er ist darauf aus, Hector zu vernichten und seiner Identität zu berauben, und er sucht diesen Plan nicht zu verwirklichen, indem er Hector eine Kugel in den Rücken oder ein Messer ins Herz jagt, sondern indem er ihn mit einem Trick dazu bringt, einen Zaubertrank zu schlucken, der ihn unsichtbar macht. Das ist letztlich genau das, was Hunt mit Hectors Filmkarriere getan hat. Er hat ihn auf die Leinwand gebracht, und dann hat er dafür gesorgt, dass ihn dort praktisch niemand sehen konnte. Hector verschwindet in *Ein Niemand* nicht, aber nachdem er den Trank zu sich genommen hat, kann niemand ihn mehr sehen. Er bewegt sich zwar noch über die Leinwand, aber die anderen Darsteller in dem Film nehmen ihn nicht wahr. Er hüpft herum, er wedelt mit den Armen, er legt an einer belebten Straßenkreuzung seine Kleider ab, aber niemand nimmt Notiz von ihm. Wenn er den Leuten ins Gesicht schreit, bleibt seine Stimme ungehört. Er ist ein Gespenst aus Fleisch und Blut, ein Mensch, der kein Mensch mehr ist. Er weilt noch in der Welt, aber die Welt hat keinen Platz mehr für ihn. Er wurde ermordet, aber niemand war so höflich oder rücksichtsvoll, ihn auch wirklich zu töten. Er wurde einfach ausgelöscht.

Es ist das erste und einzige Mal, dass Hector einen reichen Mann spielt. In *Ein Niemand* besitzt er alles, was ein Mensch sich nur wünschen kann: eine schöne Frau, zwei kleine Kinder, ein riesiges Haus mit einem ganzen Stab von Angestellten. In der ersten Szene sitzt Hector beim Frühstück mit seiner Familie. Von einigen brillanten Slapstick-Motiven abgesehen – widerspenstige Butter auf einem Stück Toast, eine Wespe im Marmeladenglas –, dient diese Szene nur dem Zweck, uns ein Bild des Glücks zu zeigen. Wir werden auf die Verluste vorbereitet, die es bald geben wird, und ohne diesen Blick in Hectors Privatleben (perfekte Ehe, perfekte Kinder, häusliche Harmonie in ihrer romantischsten Form) würde das dann eintretende Unglück nicht so stark auf uns wirken. So aber trifft uns, was Hector widerfährt, wie ein Hammerschlag. Er gibt seiner Frau einen Abschiedskuss, und kaum dreht er sich um und geht aus dem Haus, stürzt er kopfüber in einen Albtraum.

Hector ist Gründer und Direktor einer erfolgreichen Limonadefabrik, der Fizzy Pop Beverage Corporation. Chase ist sein Vizedirektor und Berater, sein vermeintlich bester Freund. Aber Chase hat enorme Spielschulden angesammelt und wird von Kredithaien verfolgt, die ihn zu vernichten drohen, falls er nicht zahlt. Als Hector morgens ins Büro kommt und seine Angestellten begrüßt, spricht Chase in einem anderen Zimmer mit zwei finsteren Gestalten. Keine Sorge, sagt er. Ende der Woche bekommen Sie das Geld. Bis dahin habe ich die Firma unter Kontrolle, und da stecken Millionen drin. Die Gangster erklären sich bereit, ihm noch ein wenig Zeit zu lassen. Aber das ist deine letzte Chance, sagen sie. Noch eine einzige Verzögerung, und du schwimmst mit den Fischen im Fluss. Die Männer trampeln davon. Chase wischt sich den Schweiß von der Stirn und stöhnt. Dann nimmt er einen Brief aus der oberen Schublade seines Schreibtischs. Er überfliegt ihn kurz und macht ein sehr zufriedenes Gesicht. Mit bösem Grinsen faltet er ihn zusammen und lässt ihn in seiner Brusttasche verschwinden. Offenbar ist da schon etwas im Gange, aber was, das können wir noch nicht wissen.

Schnitt in Hectors Büro. Chase tritt ein, er hat etwas in der Hand, das wie eine große Thermoskanne aussieht, und fragt Hector, ob er einmal die neue Geschmacksrichtung probieren möchte. Wie heißt sie?, fragt Hector. Jazzmatazz, antwortet Chase, und Hector nickt beifällig, beeindruckt vom mitreißenden Klang dieses Namens. Arglos lässt er sich von Chase eine ordentliche Portion des neuen Gebräus einschenken. Als Hector das Glas entgegennimmt, beobachtet ihn Chase mit lauernden Blicken; er kann es kaum erwarten, dass der böse Trank seine Wirkung tut. Hector hebt in der Halbtotalen das Glas an den Mund und nimmt vorsichtig einen kleinen Schluck. Er rümpft missbilligend die Nase, seine Augen weiten sich, der Schnurrbart zuckt hin und her. Das Ganze wirkt nur komisch, und doch, als Chase ihn drängt und Hector das Glas für einen zweiten Versuch an die Lippen hebt, verdichtet sich der Eindruck, dass mit diesem Jazzmatazz etwas nicht stimmen kann. Hector nimmt noch einen Probeschluck. Er schmatzt, sieht Chase lächelnd an und schüttelt den Kopf, als wolle er andeuten, dass der Geschmack nicht ganz optimal sei. Chase ignoriert die Kritik seines Chefs, sieht auf die Uhr, spreizt die Finger der rechten Hand und zählt von eins bis fünf die Sekunden mit. Hector ist verblüfft. Aber noch ehe er ein Wort sagen kann, ist Chase bei der fünften und letzten Sekunde angekommen, und Hector kippt einfach so, ohne jede Vorwarnung, auf seinem Stuhl nach vorn und schlägt mit dem Kopf auf die Schreibtischplatte. Noch glauben wir, das Getränk habe ihn betäubt, er sei für kurze Zeit bewusstlos, doch während Chase ihn mit leerem, mitleidlosem Blick beobachtet, beginnt Hector zu verschwinden. Als Erstes verblassen seine Arme, langsam, bis sie nicht mehr zu sehen sind; dann der Oberkörper, schließlich der Kopf. Ein Körperteil nach dem anderen, und am Ende hat er sich vollständig in nichts aufgelöst. Chase schreitet aus dem Zimmer und schließt die Tür hinter sich. Auf dem Flur bleibt er stehen, um seinen Triumph auszukosten; er lehnt sich mit dem Rücken an die Tür und lächelt. Dazu wird der Text eingeblendet: *Tschüs Hector. War nett, dich gekannt zu haben.*

Chase geht. Als er das Bild verlassen hat, verweilt die Kamera noch ein, zwei Sekunden auf der Tür und fährt dann ganz langsam auf das Schlüsselloch zu. Eine phantastische Einstellung, geheimnisvoll und bedrohlich: Die Öffnung wird immer größer und nimmt immer mehr Raum auf der Leinwand ein, und schließlich können wir in Hectors Büro hineinsehen. Und dann sind wir unvermittelt im Büro selbst, und da wir erwarten, es leer vorzufinden, kommt das, was die Kamera uns zeigt, vollkommen überraschend. Wir sehen Hector auf dem Schreibtisch liegen. Er ist immer noch bewusstlos, jedoch wieder sichtbar, und unser Versuch, diese plötzliche und wundersame Kehrtwende zu erklären, kann uns nur zu einem Schluss führen: Die Wirkung des Getränks hat nachgelassen. Eben haben wir Hector verschwinden sehen, und wenn wir ihn jetzt sehen können, kann das nur bedeuten, dass der Trank weniger stark war, als wir dachten.

Allmählich kommt Hector zu sich. Dieses Lebenszeichen tröstet uns, wir fühlen uns wieder auf sicherem Boden. Wir nehmen an, die Ordnung sei ins Universum zurückgekehrt, und Hector werde sich nun daran machen, es Chase heimzuzahlen und ihn als Schurken zu entlarven. Es folgen gut zwanzig Sekunden, in denen er eine seiner komischsten, sarkastischsten Nummern abzieht. Wie jemand, der einen schlimmen Kater abzuschütteln versucht, erhebt er sich völlig benommen und orientierungslos von seinem Stuhl und taumelt im Zimmer umher. Wir lachen darüber. Wir glauben, was unsere Augen uns sagen, und da wir überzeugt sind, dass Hector wieder der Alte ist, vermag der Anblick seiner weichen Knie, seines benebelten Schwankens uns zu belustigen. Aber dann tritt Hector vor den Spiegel an der Wand, und alles ist wieder anders. Er will sich betrachten. Er will sich das Haar glatt streichen und seine Krawatte richten, doch als er in das spiegelnde Oval hineinblickt, ist sein Gesicht dort nicht zu sehen. Er hat kein Spiegelbild. Er betastet sich, um sich zu vergewissern, dass er existiert, dass er körperlich vorhanden ist, doch als er dann wieder in den Spiegel blickt, kann er sich immer noch nicht sehen. Hector ist verwirrt, aber er gerät nicht in Panik. Vielleicht stimmt ja etwas mit dem Spiegel nicht.

Er tritt auf den Flur hinaus. Eine Sekretärin geht vorbei, ein Bündel Papier unterm Arm. Hector lächelt ihr zu und winkt freundlich, aber sie scheint ihn nicht zu bemerken. Hector zuckt die Achseln. Dann nähern sich aus der anderen Richtung zwei junge Angestellte. Hector schneidet ihnen eine Grimasse. Er knurrt. Er streckt die Zunge raus. Einer der Angestellten zeigt auf die Tür von Hectors Büro. Ist der Chef schon da?, fragt er. Keine Ahnung, antwortet der andere. Ich habe ihn noch nicht gesehen. Als er das sagt, steht Hector natürlich unmittelbar vor ihm, kaum eine Handbreit von seinen Augen entfernt.

Die Szene wechselt ins Wohnzimmer von Hectors Haus. Seine Frau geht unruhig auf und ab, ringt abwechselnd die Hände und weint in ihr Taschentuch. Zweifellos hat sie bereits gehört, dass Hector verschwunden ist. Chase kommt herein, der niederträchtige C. Lester Chase, der Urheber der teuflischen Intrige, die Hector um sein Limonadenimperium bringen soll. Heuchlerisch tröstet er die arme Frau, tätschelt ihr die Schulter und schüttelt in gespielter Verzweiflung den Kopf. Er zieht den mysteriösen Brief aus der Brusttasche und gibt ihn ihr mit der Bemerkung, den habe er am Morgen auf Hectors Schreibtisch gefunden. Schnitt auf den Brief in Großaufnahme. *Meine herzlich Geliebte*, beginnt der Brief. *Bitte verzeih mir. Der Arzt sagt, ich leide an einer tödlichen Krankheit und habe nur noch zwei Monate zu leben. Um dir die Pein zu ersparen, habe ich beschlossen, mein Leben jetzt schon zu beenden. Um das Geschäft mach dir keine Sorgen. Bei Chase ist die Firma in guten Händen. Ich werde dich immer lieben. Hector:* Es dauert nicht lange, bis diese Lügen und Täuschungen ihre Wirkung tun. In der nächsten Einstellung entgleitet der Brief den Händen der Frau und flattert zu Boden. Das alles ist zu viel für sie. Die Welt ist auf den Kopf gestellt, kurz und klein geschlagen. Keine Sekunde später fällt sie in Ohnmacht.

Die Kamera folgt ihr auf den Fußboden und zeigt ihren reglos daliegenden Körper, der langsam in ein anderes Bild überblendet wird. Wir sehen Hector, der das Büro verlassen hat und durch die Straßen wandert, um sich mit dieser seltsamen, schrecklichen Sache zurechtfinden, die ihm da zugestoßen ist. Zum Beweis, dass es wirklich keine Hoffnung mehr gibt, bleibt er an einer belebten Kreuzung stehen und zieht sich bis auf die Unterwäsche aus. Er führt einen kleinen Tanz auf, geht auf den Händen, streckt den vorbeifahrenden Autos seinen Hintern entgegen, und als niemand ihn beachtet, steigt er missmutig wieder in seine Kleider und schlurft davon. Jetzt erst scheint Hector sich mit seinem Schicksal abgefunden zu haben. Er wehrt sich nicht gegen seinen Zustand, sondern versucht, ihn zu verstehen, und statt nach einem Weg zu suchen, sich wieder sichtbar zu machen (zum Beispiel könnte er ja Chase zur Rede stellen oder ein Gegenmittel aufspüren, das die Wirkung des Getränks rückgängig machen würde), unternimmt er eine Reihe abstruser spontaner Experimente, um herauszufinden, wer er ist und was aus ihm geworden ist. Urplötzlich – mit einer blitzschnellen Handbewegung – schlägt er einem Passanten den Hut vom Kopf. So ist das also, scheint Hector sich zu sagen. Ein Mensch kann für alle anderen unsichtbar sein, aber sein Körper hat immer noch einen direkten Bezug zur Welt. Wieder nähert sich ein Fußgänger. Hector streckt den Fuß aus und bringt ihn zu Fall. Ja, seine

Hypothese ist offenbar richtig, aber das bedeutet nicht, dass er auf weitere Untersuchungen verzichten kann. Allmählich freundet er sich mit seiner Aufgabe an: Er hebt den Rock einer Passantin hoch und betrachtet ihre Beine. Eine andere Frau küsst er auf die Wange. Eine dritte auf den Mund. Er streicht ein Stoppschild durch, und gleich darauf stößt ein Motorrad mit einer Straßenbahn zusammen. Er schleicht hinter zwei Männern her, tippt beiden auf die Schulter und tritt sie ans Schienbein, bis sie sich zu prügeln anfangen. Diese Streiche haben etwas Grausames und Kindisches, aber auch etwas sehr Befriedigendes, und jeder fügt der Beweismasse eine weitere Tatsache hinzu. Als Hector einen Baseball aufhebt, der ihm auf dem Bürgersteig entgegenrollt, macht er seine zweite wichtige Entdeckung. Wenn ein Unsichtbarer ein Ding in die Hand nimmt, wird es ebenfalls unsichtbar. Es schwebt nicht in der Luft, sondern wird verschluckt, verschwindet in demselben Nichts, das den Mann selbst umgibt: sobald es in diese Zaubersphäre eintritt, ist es weg. Der Junge, der den Ball verloren hat, läuft zu der Stelle, wo er seiner Meinung nach gelandet sein muss. Nach den Naturgesetzen müsste der Ball dort sein, aber da ist er nicht. Der Junge steht vor einem Rätsel. Als Hector das sieht, legt er den Ball auf den Boden und geht davon. Der Junge lässt den Kopf hängen, aber siehe da, da ist der Ball ja wieder, gleich vor seinen Füßen. Wie ist das nur möglich? Eine Nahaufnahme vom verdutzten Gesicht des Jungen schließt diese kleine Episode ab.

Hector biegt um die Ecke und schreitet den nächsten Boulevard hinunter. Sogleich wird er Zeuge eines abstoßenden Vorfalls, einer Tat, die einen in Rage bringen muss. Ein dicker, gut gekleideter Herr stiehlt einem blinden Zeitungsverkäufer ein Exemplar des *Morning Chronicle*. Der Mann hat kein Kleingeld dabei, und da er es eilig hat, zu eilig, um sich auf einen Schein herausgeben zu lassen, greift er sich einfach eine Zeitung und geht weiter. Empört läuft Hector ihm nach, und als der Mann an einer Ampel stehen bleibt, klaut Hector ihm das Portemonnaie aus der Tasche. Das ist komisch und verstörend zugleich. Wir haben nicht das geringste Mitleid mit dem Opfer, wundern uns aber sehr, wie unbekümmert Hector das Gesetz in die eigene Hand genommen hat. Auch als er zu dem Kiosk zurückgeht und dem blinden Verkäufer das Geld gibt, beruhigt uns das noch nicht ganz. In den ersten Sekunden nach dem Diebstahl werden wir zu der Annahme verführt, Hector werde das Geld für sich behalten, und in diesem kleinen, finsteren Zeitraum begreifen wir, dass er die Brieftasche des Dicken nicht gestohlen hat, um ein Unrecht wieder gutzumachen, sondern einfach, weil er wusste, dass er damit durchkommen würde. Seine Großmut ist allenfalls eine nachträglich angefügte Geste. Ihm ist jetzt alles möglich geworden, er braucht sich nicht mehr an die Regeln zu halten. Wenn er will, kann er Gutes tun, aber er kann auch Böses tun, und vorläufig haben wir keine Ahnung, wozu er sich entschließen wird.

Zu Hause hat sich Hectors Frau ins Bett gelegt.

Im Büro öffnet Chase einen Tresor und entnimmt ihm einen dicken Stapel Aktienzertifikate. Er setzt sich an seinen Schreibtisch und beginnt sie zu zählen.

Unterdessen schickt Hector sich an, sein erstes größeres Verbrechen zu begehen. Er betritt ein Juweliergeschäft, und vor einem halben Dutzend nichts sehender Zeugen leert unser ausradierter, von allen guten Geistern verlassener Held einen gläsernen Schaukasten, stopft sich seelenruhig die Taschen mit Armbanduhren, Ketten und Ringen voll. Er wirkt ebenso amüsiert wie zielstrebig und erledigt sein Geschäft mit einem feinen, aber merklichen Lächeln, das ihm die Mundwinkel nach oben zieht. Sein Handeln wirkt kaltblütig und kapriziös, und aufgrund der Beweislage können wir nur zu dem Schluss kommen, dass Hector auf die schiefe Bahn geraten ist.

Er verlässt den Laden. Befremdlicherweise steuert er als Erstes einen Abfalleimer an der Bordsteinkante an. Er fährt mit einem Arm tief in den Müll und zieht eine Papiertüte heraus. Die hat er offenbar selbst dort hineingeworfen, und es befindet sich auch schon etwas darin, nur was, das wissen wir nicht. Als Hector dann wieder ans Schaufenster des Ladens tritt, die Tüte aufmacht und eine pulvrige Substanz auf dem Bürgersteig verstreut, sind wir vollkommen ratlos. Es könnte Staub sein, es könnte Asche sein, es könnte Schießpulver sein; aber was auch immer es sein mag, wir verstehen nicht, warum Hector es auf den Boden schüttet. Nach wenigen Augenblicken zieht sich vom Schaufenster des Juweliergeschäfts bis zum Straßenrand eine dünne dunkle Linie. Nachdem er so den Bürgersteig markiert hat, schreitet Hector nun auf die Fahrbahn. Er weicht Autos aus, springt vor Straßenbahnen zur Seite, entzieht sich hüpfend allerlei Gefahren und leert dabei weiter seine Tüte aus, und während er so nach und nach die Straße überquert, gleicht er zunehmend einem wahnsinnigen Bauern, der seine Saat auswirft. Die Linie zieht sich jetzt über die ganze Breite der Straße. Als Hector den Bordstein auf der anderen Seite erreicht und die Linie weiterzieht, begreifen wir plötzlich: Er legt eine Spur. Wir wissen noch nicht, wohin sie führt, aber als er einen Hauseingang erreicht, die Tür aufdrückt und hineingeht, argwöhnen wir schon, dass uns nun der nächste Streich gespielt werden soll. Die Tür fällt hinter ihm zu, und die Kameraeinstellung wechselt zu einer Totalen des Gebäudes, das Hector soeben betreten hat: es ist die Zentrale der Fizzy Pop Beverage Corporation.

Jetzt beschleunigt sich die Handlung. In einer raschen Folge kurzer Szenen wird gezeigt, wie der Inhaber des Juweliergeschäfts entdeckt, dass er bestohlen wurde, auf den Bürgersteig rennt, einen Polizisten herbeiwinkt und diesem mit drängenden, panischen Gesten erklärt, was geschehen ist. Der Polizist bemerkt die dunkle Linie auf dem Bürgersteig und folgt ihr mit den Augen bis zu dem Fizzy-Pop-Gebäude auf der anderen Straßenseite. Das könnte eine Spur sein, sagt er. Sehen wir nach, wohin sie führt, sagt der Juwelier, und die beiden machen sich auf den Weg.

Schnitt auf Hector. Er geht jetzt einen Flur entlang, sorgfältig darauf bedacht, seine Spur zum Ziel zu bringen. Er kommt an eine Tür, und als er den Rest des Pulvers aus der Tüte auf die Schwelle streut, zieht die Kamera hoch und zeigt uns das Schild an der Tür: C. LESTER CHASE, VIZEDIREKTOR. Hector befindet sich noch in der Hocke, als die Tür plötzlich aufschwingt und Chase persönlich auf den Flur hinaustritt. Hector schafft es in letzter Sekunde – bevor Chase über ihn stolpern kann – zurückzuspringen, und während die Tür langsam wieder zufällt, schlüpft er hindurch und watschelt wie eine Ente in das Büro. Das Melodram steuert auf seinen Höhepunkt zu, und Hector häuft weiter einen Gag auf den anderen. Allein im Büro, erblickt er die auf Chases Schreibtisch ausgebreiteten Aktienzertifikate. Er schiebt sie zusammen, stößt die Kanten des Stapels mit akribischen Gebärden glatt und verstaut den Packen in seinem Jackett. Dann greift er sich mit hastigen, stechenden Bewegungen in die Taschen, zieht nach und nach den ganzen Schmuck hervor und häuft das Diebesgut auf Chases Schreibunterlage. Als er den letzten Ring zu der Sammlung legt, kommt Chase zurück, reibt sich die Hände und macht ein überaus selbstzufriedenes Gesicht. Hector tritt in den Hintergrund. Er hat sein Werk vollendet, und jetzt braucht er nur noch zuzusehen, wie sein Feind bekommt, was er verdient hat.

Das vollzieht sich in einem Strudel aus Verblüffung und Missverständnissen, aus Recht und Unrecht. Zunächst lenkt der Schmuck Chase davon ab, dass die Aktien verschwunden sind. Zeit geht verloren, und als er endlich in den glitzernden Haufen fasst und feststellt, dass die Zertifikate nicht mehr da sind, ist es zu spät. Die Tür springt auf, Polizist und Juwelier stürmen herein. Der Schmuck wird identifiziert, das Verbrechen ist gelöst, der Dieb wird verhaftet. Es spielt keine Rolle, dass Chase unschuldig ist. Die Spur hat zu seiner Tür geführt, sie haben ihn auf frischer Tat ertappt. Natürlich protestiert er, versucht durchs Fenster zu fliehen, bewirft seine Angreifer mit Limonadenflaschen, aber nach einem wilden Gerangel, bei dem auch Schlagstock und Bajonett nicht geschont werden, wird er schließlich überwältigt. Hector steht als grimmig unbekümmerter Zuschauer daneben. Auch als Chase in Handschellen gelegt und aus dem Büro geführt wird, frohlockt Hector keineswegs über seinen Sieg. Sein Plan ist perfekt aufgegangen, aber was hat er selbst davon? Der Tag neigt sich dem Ende zu, und er ist immer noch unsichtbar.

Er geht wieder auf die Straße und streift ziellos umher. Die Boulevards sind menschenleer, Hector scheint als Einziger in der Stadt geblieben zu sein. Was ist aus dem Gedränge geworden, durch das er sich vorhin geschoben hat?

Wo sind die Autos und Straßenbahnen, die Menschenmassen auf den Bürgersteigen? Wir fragen uns, ob etwa der Zauber jetzt umgekehrt wirkt. Vielleicht ist Hector wieder sichtbar, denken wir, und alle anderen sind verschwunden. Aber dann nähert sich plötzlich ein Lastwagen und rast durch eine Pfütze. Ein Wasserschwall ergießt sich in hohem Bogen auf den Bürgersteig. Auch Hector wird getroffen, doch als die Kamera sich ihm zuwendet, um uns den Schaden zu zeigen, ist sein Anzug immer noch makellos. Das müsste eigentlich komisch sein, ist es aber nicht, und da Hector die Szene mit Bedacht *nicht* komisch gestaltet (ein langer, trauriger Blick auf seinen Anzug; die Enttäuschung in seinen Augen, als er sieht, dass er nicht mit Schlamm bespritzt ist), ändert dieser simple Trick die Stimmung des ganzen Films. Als es dunkel wird, sehen wir ihn nach Hause kommen. Er tritt ein, steigt die Treppe ins Obergeschoss hoch und geht ins Zimmer seiner Kinder. Das Mädchen und der Junge schlafen schon, jedes in seinem Bettchen. Er setzt sich neben die Tochter, betrachtet sekundenlang ihr Gesicht und hebt die Hand, um ihr Haar zu streicheln. Doch als er sie schon fast berührt, hält er inne, denn plötzlich wird ihm klar, dass seine Hand sie wecken könnte, und wenn sie im Dunkeln erwachte und niemanden sähe, würde sie Angst bekommen. Hector spielt diese anrührende Szene ganz schlicht und zurückhaltend. Er hat nicht mehr das Recht, seine eigene Tochter zu berühren, und während er noch zögert und dann die Hand zurückzieht, erleben wir das volle Ausmaß des Fluchs, der über ihn verhängt wurde. Diese eine kleine Geste – die in der Luft schwebende Hand, die offene Handfläche nur Zentimeter vom Kopf des Mädchens entfernt – zeigt uns, dass Hector vollständig vernichtet ist.

Wie ein Geist steht er auf und verlässt das Zimmer. Er geht den Flur hinunter, öffnet eine Tür und tritt ein. Es ist das Schlafzimmer, und im Bett liegt seine Frau, seine herzlich Geliebte, und schläft. Hector zögert. Sie schlägt um sich, wälzt sich hin und her, strampelt sich aus den Decken: Irgendein schrecklicher Traum hält sie gepackt. Hector nähert sich dem Bett und deckt sie wieder zu, richtet die Kopfkissen und macht die Nachttischlampe aus. Ihre zuckenden Bewegungen werden ruhiger, und wenig später schläft sie tief und fest. Hector tritt zurück, wirft ihr zärtlich eine Kusshand zu und setzt sich in einen Sessel am Fußende des Betts. Es sieht aus, als habe er vor, die ganze Nacht dort zu bleiben und wie ein guter Geist über sie zu wachen. Er kann sie zwar nicht berühren oder mit ihr reden, aber er kann sie beschützen und sich an der Energie ihrer Gegenwart stärken. Doch auch unsichtbare Menschen sind nicht immun gegen Erschöpfung. Sie haben Körper wie jeder andere, und wie jeder andere müssen sie schlafen. Hector werden die Lider schwer. Sie flattern und geben nach, sie fallen zu und öffnen sich wieder, und obwohl er sich noch ein paar Mal wachrütteln kann, ist klar, dass er den Kampf verlieren wird. Und dann unterliegt er auch schon.

Die Leinwand wird schwarz. Bei der nächsten Einstellung ist es Morgen, das Tageslicht flutet durch die Fenster. Schnitt auf Hectors Frau, sie liegt im Bett und schläft. Dann Schnitt auf Hector, schlafend im Sessel. Sein Körper, aufs Unwahrscheinlichste verrenkt, bildet ein komisches Gewirr aus gespreizten Gliedmaßen und geknickten Gelenken, und da wir auf den Anblick dieses schlummernden Brezelmanns überhaupt nicht vorbereitet sind, müssen wir lachen, und mit diesem Lachen ändert sich wiederum die

Stimmung des Films. Die herzlich Geliebte erwacht als Erste, und als sie die Augen aufschlägt und sich aufrichtet, sagt ihre Miene uns alles – Freude, ungläubiges Staunen und vorsichtiger Optimismus wechseln in rascher Folge. Sie springt aus dem Bett und läuft zu Hector hin. Als sie sein Gesicht berührt (das über die Armlehne des Sessels nach hinten gekippt ist), zuckt Hectors Körper krampfhaft auf wie von heftigen Stromschlägen, Arme und Beine zappeln durcheinander, bis er sich endlich in aufrechter Haltung wiederfindet. Nun erst macht er die Augen auf. Unwillkürlich, als habe er vergessen, dass er unsichtbar sein müsste, lächelt er seine Frau an. Sie küssen sich, doch gerade als ihre Lippen sich berühren, weicht er verwirrt zurück. Ist er wirklich da? Ist der Zauber gebrochen, oder träumt er das nur? Er befühlt sein Gesicht, er streicht sich über den Brustkasten, dann sieht er seiner Frau in die Augen. Kannst du mich sehen?, fragt er. Natürlich kann ich dich sehen, sagt sie; ihre Augen füllen sich mit Tränen, sie beugt sich vor und gibt ihm einen Kuss. Aber Hector ist noch nicht überzeugt. Er steht auf und geht zu einem Spiegel an der Wand. Der Spiegel muss den Beweis liefern, wenn er sich dort sehen kann, ist der Albtraum mit Sicherheit vorbei. Dass er sich tatsächlich dort sieht, war zu erwarten, aber das Schöne an diesem Augenblick ist die Langsamkeit seiner Reaktion. Ein, zwei Sekunden lang bleibt seine Miene unverändert, und wie er dem Mann, der ihm da aus dem Spiegel entgegenstarrt, in die Augen sieht, könnte man meinen, er betrachte einen Fremden, er begegne dem Gesicht eines Mannes, den er noch niemals gesehen hat. Die Kamera fährt näher an ihn heran, und jetzt beginnt er zu lächeln. Da es unmittelbar auf diese schaurige Verständnislosigkeit folgt, deutet das Lächeln auf mehr als bloßes Wiedererkennen. Er sieht dort nicht mehr den alten Hector. Er ist jetzt ein anderer; gewiss, er sieht seinem ehemaligen Ich überaus ähnlich, und doch ist er vollkommen verwandelt, umgekrempelt, ein neuer Mensch. Das Lächeln wird breiter, strahlender, zufriedener mit dem Gesicht, das in diesem Spiegel aufgetaucht ist. Ein Kreis zieht sich darum zu, und bald sehen wir nur noch diesen lächelnden Mund, den Mund und den Schnurrbart darüber. Der Schnurrbart zuckt einige Sekunden, dann wird der Kreis kleiner und immer kleiner. Schließlich bleibt nur noch ein Punkt, und der Film ist zu Ende.

Mit diesem Lächeln endet praktisch auch Hectors Karriere. Um seinen Vertrag zu erfüllen, hat er zwar noch einen Film produziert, aber *Doppelt oder nichts* kann nicht als neues Werk gezählt werden. Kaleidoscope stand schon kurz vor dem Bankrott, und für einen weiteren richtigen Film war einfach nicht mehr genug Geld vorhanden. Stattdessen suchte Hector verworfenes Material aus früheren Filmen hervor und stellte die Schnipsel zu einer Sammlung von Gags, Klamauk und Slapstick-Improvisationen zusammen. Als Verwertung von Altmaterial war dies raffiniert genug, aber wir lernen daraus allenfalls etwas über Hectors Talente am Schneidetisch. Wenn wir sein Werk fair beurteilen wollen, müssen wir *Ein Niemand* als seinen letzten Film ansehen. Hier setzt er sich mit seinem Verschwinden auseinander, und trotz aller Vieldeutigkeit und versteckter Anspielungen, trotz aller moralischen Fragen, die er aufwirft, um sie dann doch nicht zu beantworten, handelt dieser Film im Wesentlichen von den Qualen der Individualität. Hector sucht nach einem Weg, sich von uns zu verabschieden, der Welt Lebwohl zu sagen, und um dies zu tun, muss er sich vor sich selbst verschwinden lassen. Er wird unsichtbar, und als der Zauber sich schließlich verliert und er wieder sichtbar wird, erkennt er sein eigenes Gesicht nicht mehr. Wir sehen ihn, wie er selbst sich sieht, und mit dieser unheimlichen Verdoppelung der Perspektive werden wir zu Zeugen seiner Konfrontation mit der Tatsache der eigenen Auslöschung. Doppelt oder nichts. Diese Wendung wählte er als Titel für seinen nächsten Film, doch hat sie nicht einmal entfernt etwas mit dem zu tun, was uns in diesem achtzehnminütigen Mischmasch aus Kunststückchen und Kapriolen geboten wird. Vielmehr verweist dieser Titel auf die Spiegelszene in *Ein Niemand* zurück, auf Hectors merkwürdiges Lächeln, das uns ahnen lässt, was die Zukunft für ihn bereithält. Mit diesem Lächeln lässt er sich von neuem auf die Welt kommen, aber er ist jetzt nicht mehr derselbe, nicht mehr der Hector Mann, der uns das vergangene Jahr hindurch unterhalten hat. Wir sehen ihn in einen Menschen verwandelt, den wir nicht wieder erkennen, und ehe wir zu erfassen vermögen, wer dieser neue Hector sein könnte, ist er weg. Ein Kreis schließt sich um sein Gesicht, Schwärze verschluckt ihn. Und gleich darauf erscheint, zum ersten und einzigen Mal in seinen Filmen, das Wort ENDE auf der Leinwand, und das ist das Letzte, was man jemals von ihm gesehen hat.

3

Ich schrieb das Buch in weniger als neun Monaten. Das Manuskript belief sich auf über dreihundert getippte Seiten, und um jede einzelne dieser Seiten musste ich kämpfen. Dass ich überhaupt fertig wurde, lag nur daran, dass ich nichts anderes tat. Ich arbeitete sieben Tage die Woche, saß täglich zehn bis zwölf Stunden am Schreibtisch, und abgesehen von kleinen Ausflügen in die Montague Street, wo ich mich mit Lebensmitteln und Papier, Tinte und Farbbändern versorgte, verließ ich die Wohnung so gut wie nie. Ich hatte kein Telefon, kein Radio, keinen Fernseher, keinerlei Kontakt zu Menschen. Einmal im April und einmal im August fuhr ich mit der U-Bahn nach Manhattan, um in der Bibliothek etwas nachzuschlagen, ansonsten aber bewegte ich mich nicht aus Brooklyn heraus. Doch war ich auch nicht wirklich in Brooklyn. Ich war nur in dem Buch, und das Buch war in meinem Kopf, und solange ich in meinem Kopf blieb, konnte ich das Buch weiterschreiben. Ich lebte wie in einer Gummizelle, doch von allen Leben, die ich damals hätte leben können, war dies das einzige, das mir sinnvoll erschien. Ich war nicht fähig, mich in der Welt zu bewegen, und ich wusste, die Welt würde mich erdrücken, wenn ich mich dort wieder hineinwagte, bevor ich mit dem Buch fertig war. Also verkroch ich mich in dieser kleinen Wohnung und verbrachte die Zeit damit, über Hector Mann zu schreiben. Die Arbeit ging langsam voran und mochte sinnlos sein, aber sie verlangte über neun Monate hin meine ganze Aufmerksamkeit, und da sie mich davon abhielt, an irgendetwas anderes zu denken, habe ich ihr wahrscheinlich zu verdanken, dass ich nicht wahnsinnig geworden bin.

Ende April schrieb ich an Smits und bat ihn, meinen Urlaub über das Herbstsemester hinaus zu verlängern. Ich sei mir immer noch unschlüssig, was meine langfristigen Pläne betreffe, schrieb ich, aber falls es in den nächsten Monaten nicht zu dramatischen Veränderungen käme, würde ich meine Lehrtätigkeit vermutlich aufgeben – vielleicht nicht endgültig, aber doch für längere Zeit. Ich hoffe, er könne mir verzeihen. Es sei nicht so, dass ich das Interesse verloren hätte. Ich sei mir bloß nicht sicher, ob meine Beine mich tragen würden, wenn ich vor ein Auditorium treten und zu den Studenten sprechen müsste.

Allmählich gewöhnte ich mich an ein Leben ohne Helen und die Jungen, aber das hieß nicht, dass ich irgendwelche Fortschritte gemacht hatte. Ich wusste nicht, wer ich war, ich wusste nicht, was ich wollte, und bis ich einen Weg gefunden hätte, wieder mit anderen Leuten zusammenzuleben, würde ich auf der Existenzstufe eines halben Menschen stehen bleiben. Während ich das Buch schrieb, habe ich mich bewusst davon abgehalten, über die Zukunft nachzudenken. Ein vernünftiger Plan wäre zum Beispiel gewesen, in New York zu bleiben, die Wohnung, die ich gemietet hatte, mit Möbeln auszustatten und dort ein neues Leben anzufangen, aber als es dann so weit war und ich den nächsten Schritt tun musste, entschied ich mich anders und kehrte nach Vermont zurück. Ich kämpfte mit der Schlussrevision des Manuskripts und fing gerade an, die endgültige Fassung abzutippen, um sie dann einem Verlag zu schicken, als mir plötzlich der Gedanke kam, dass New York und das Buch eins seien, und wenn das Buch fertig wäre, sollte ich New York verlassen und anderswo hingehen. Vermont war gewiss die schlechteste Wahl, die ich hätte treffen können, aber die Gegend war mir vertraut, und ich wusste, wenn ich dorthin zurückginge, wäre ich Helen wieder nahe und könnte wieder die Luft atmen, die wir, als sie noch lebte, zusammen geatmet hatten. Die Vorstellung hatte etwas Tröstliches. In das alte Haus in Hampton konnte ich nicht zurück, aber es gab andere Häuser in anderen Städten, und solange ich in der Gegend blieb, konnte ich mein verrücktes, einzelgängerisches Leben weiterführen, ohne meiner Vergangenheit den Rücken zu kehren. Ich war noch nicht so weit, mich davon zu lösen. Das war erst anderthalb Jahre her, und meine Trauer sollte noch nicht aufhören. Ich brauchte nur ein anderes Projekt, an dem ich arbeiten konnte, einen neuen Ozean, in dem ich mich ertränken konnte.

Am Ende kaufte ich ein Haus in West T----, etwa fünfundzwanzig Meilen südlich von Hampton. Das Haus war absurd niedrig gebaut, eine Art Skihütte aus Fertigbauteilen mit Teppichboden und elektrischem Kamin, so furchtbar hässlich, dass es fast schon wieder schön war. Es hatte weder Charme noch Charakter, keine liebevoll gearbeiteten Details, die einen zu dem Gedanken verführen konnten, man werde sich dort jemals heimisch fühlen. Es war eine Herberge für die lebenden Toten, eine Zwischenstation für psychisch Kranke, und wer in diesen nichts sagenden, unpersönlichen Räumen wohnte, konnte die Welt nur als eine Illusion betrachten, die Tag für Tag neu erfunden werden musste. Trotz aller Fehler der Architektur schienen mir die Dimensionen des Hauses jedoch ideal zu sein. Es war nicht so groß, dass man sich darin verloren vorkam, und nicht so klein, dass man sich beengt fühlte. Die Küche hatte Oberlichter in der Decke; das tiefer gelegte Wohnzimmer hatte ein Panoramafenster und freie Wände, die hoch genug waren, dass ich dort Regale für meine Bücher aufbauen konnte; von der Loggia aus sah man in das Wohnzimmer hinunter; und es gab drei identisch geschnittene Schlafzimmer: eins zum Schlafen, eins zum Arbeiten und eins zum Unterbringen der Dinge, die anzusehen mir der Mut fehlte, die ich aber auch nicht wegwerfen konnte. Das Haus besaß genau die richtige Größe und Form für jemanden, der allein leben wollte, und zusätzlich hatte es den Vorteil einer völlig abgeschiedenen Lage. Gelegen auf halber Höhe eines Berghangs, umgeben von einem dichten Wald aus Birken, Fichten und Ahornbäumen, war es nur über einen Feldweg erreichbar. Wenn ich niemanden sehen wollte, war das kein Problem. Und noch wichtiger, niemand würde mich sehen müssen.

Zu Beginn des Jahres 1987 zog ich dort ein und widmete mich zunächst einmal sechs Wochen lang praktischen Angelegenheiten: Regale bauen, einen Holzofen installieren, mein Auto verkaufen und dafür einen Pick-up mit Allradantrieb anschaffen. Bei Schnee war der Berg tückisch, und da es praktisch ununterbrochen schneite, brauchte ich einen Wagen, der mich hinauf- und hinunterbrachte, ohne dass jede Fahrt zu einem Abenteuer ausartete. Ich ließ Klempner und Elektriker kommen, die Wasser- und Stromleitungen reparierten; ich strich die Wände, legte mir einen Wintervorrat Klafterholz an und kaufte einen Computer, ein Radio und ein Faxgerät mit Telefon. Unterdessen machte *Die stumme Welt des Hector Mann* ihren Weg durch die verworrenen Kanäle der Universitätsverlage. Im Gegensatz zu anderen Büchern wird über Annahme oder Ablehnung eines Fachbuchs nie von einem einzigen Lektor im Verlag entschieden. Kopien des Manuskripts werden an verschiedene Spezialisten auf dem jeweiligen Gebiet verschickt, und solange diese Leute es nicht gelesen und ihr Gutachten eingesandt haben, tut sich gar nichts. Die Honorare für diese Arbeit sind kaum der Rede wert (bestenfalls ein paar hundert Dollar), und da es sich bei den Gutachtern meist um Professoren handelt, die mit Lehre und dem Abfassen eigener Bücher vollauf beschäftigt sind, zieht sich das Ganze oft sehr in die Länge. In meinem Fall wartete ich von Mitte November bis Ende März, bis endlich eine Antwort kam. Inzwischen hatte ich mich so sehr in andere Dinge vertieft, dass ich das Manuskript beinahe schon vergessen hatte. Natürlich war ich froh, dass man es nehmen wollte, froh, dass meine Mühe sich nun doch gelohnt hatte, aber ich kann nicht sagen, dass mir das viel bedeutet hätte. Für Hector Mann mochte es eine gute Nachricht sein, und auch für die Fans alter Filme und die Kenner schwarzer Schnurrbärte, aber ich selbst dachte kaum noch daran, nachdem die Sache einmal hinter mir lag. Und wenn ich doch gelegentlich daran dachte, kam es mir vor, als habe jemand anders dieses Buch geschrieben.

Mitte Februar bekam ich einen Brief von einem ehemaligen Kommilitonen, Alex Kronenberg, der inzwischen an der Columbia lehrte. Bei dem Gedenkgottesdienst für Helen und die Jungen hatte ich ihn das letzte Mal gesehen, und obwohl wir seitdem nicht mehr miteinander gesprochen hatten, hielt ich ihn immer noch für einen zuverlässigen Freund. (Sein Kondolenzschreiben war ein Muster der Redekunst und Anteilnahme gewesen, der beste Brief, den ich überhaupt bekommen hatte.) Den neuen Brief begann er mit der Bitte um Entschuldigung, dass er sich nicht schon früher gemeldet habe. Er habe oft an mich gedacht, schrieb er, und gerüchteweise mitbekommen, dass ich in Hampton Urlaub genommen und einige Monate in New York gelebt habe. Er finde es schade, dass ich ihn nicht angerufen habe. Hätte er gewusst, dass ich dort war, hätte es ihm unendliche Freude bereitet, mich zu besuchen. Genau das waren seine Worte – unendliche Freude –, ein typischer Ausdruck für ihn. Jedenfalls, begann der nächste Absatz, habe die Columbia University Press ihn kürzlich gebeten, eine neue Buchreihe herauszugeben, die Bibliothek der Weltliteratur. Ein Mann mit dem kuriosen Namen Dexter Feinbaum, der 1927 sein Examen an der Columbia School of Engineering gemacht habe, habe ihnen viereinhalb Millionen Dollar hinterlassen, die zur Finanzierung dieser Sammlung verwendet werden sollten. Es gehe darum, die anerkannten Meisterwerke der Weltliteratur in einer einheitlich gestalteten Buchreihe zusammenzubringen. Aufgenommen werden solle alles von Meister Eckhart bis Fernando Pessoa, und überall da, wo die existierenden Übersetzungen für unzureichend erachtet würden, sollten neue in Auftrag gegeben werden. *Das Unternehmen ist der reine Wahnsinn*, schrieb Alex, *aber man hat mich zum Cheflektor bestimmt, und trotz der vielen zusätzlichen Arbeit (ich komme kaum noch zum Schlafen) muss ich zugeben, dass mir die Sache Spaß macht. In seinem Testament hat Feinbaum eine Liste der ersten einhundert Titel aufgestellt, die er veröffentlicht haben möchte. Reich geworden ist er als Hersteller von Fassadenverkleidungen aus Aluminium, aber an seinem literarischen Geschmack kann man nichts aussetzen. Eins dieser Bücher war Chateaubriands* Mémoires d'outre-tombe. *Ich habe das verfluchte Ding mit seinen zweitausend Seiten noch nicht gelesen, erinnere mich aber an das, was du 1971 eines Abends irgendwo auf dem Campus in Yale zu mir gesagt hast – ich glaube, es war in der Nähe des kleinen Platzes vor Bieneke –, und deine Worte waren ungefähr diese: «Das hier», hast du gesagt (und den ersten Band der französischen Ausgabe hochgehalten und herumgeschwenkt), «ist die beste Autobiographie, die jemals geschrieben wurde.» Ich weiß nicht, ob du das immer noch so siehst, aber ich muss dir wahrscheinlich nicht sagen, dass dieses Werk seit seinem Erscheinen 1848 nur zweimal vollständig übersetzt wurde. 1849 und 1902. Es ist demnach höchste Zeit für eine Neuübersetzung, meinst du nicht auch? Ich habe keine Ahnung, ob du überhaupt noch Bücher übersetzen willst, aber falls ja, fände ich es schön, wenn du dieses für uns übernehmen würdest.*

Ich hatte jetzt ein Telefon. Nicht dass ich hoffte, von irgendwem angerufen zu werden, aber es schien mir klug, für den Notfall eins anschließen zu lassen. Ich hatte da oben keine Nachbarn, und falls das Dach einstürzte oder das Haus in Brand geriet, wollte ich wenigstens telefonisch Hilfe holen können. Das war eins meiner wenigen Zugeständnisse an die Wirklichkeit, die widerwillige Anerkennung der Tatsache, dass ich nicht als einziger Mensch auf der Welt übrig geblieben war. Normalerweise hätte ich Alex brieflich geantwortet, aber zufällig hatte ich die Post an diesem Nachmittag in der Küche geöffnet; das Telefon stand keinen halben Meter von mir entfernt auf der Anrichte. Alex war vor kurzem umgezogen, und seine neue Adresse und Telefonnummer hatte er mir am Ende des Briefs aufgeschrieben. Die Versuchung, mir dies zunutze zu machen, war zu groß. Ich nahm den Hörer ab und wählte.

Viermal klingelte das Telefon am anderen Ende, dann schaltete sich der Anrufbeantworter ein. Unerwartet wurde die Nachricht von einem Kind gesprochen. Nach drei oder vier Worten erkannte ich die Stimme; es war Alex' Sohn. Jacob muss damals ungefähr zehn gewesen sein, er war etwa anderthalb Jahre älter als Todd – das heißt, anderthalb Jahre älter als Todd, wenn er noch am Leben gewesen wäre. Der Junge sagte: Wir sind in der zweiten Hälfte des neunten Innings. Alle Bases sind besetzt, zwei Mann sind out. Es steht vier zu drei, mein Team ist am Verlieren, und ich bin am Schlag. Wenn ich einen Hit schaffe, gewinnen wir das Spiel. Der Werfer holt aus. Ich schlage. Es ist ein Groundball. Ich lasse den Schläger fallen und renne los. Der zweite Baseman schnappt sich den Ball vom Boden, wirft ihn zum ersten, und ich bin aus. Ja, richtig gehört, Leute, ich bin aus. Jacob ist aus. Das gilt auch für meinen Vater Alex, meine Mutter Barbara und meine Schwester Julie. Zurzeit ist die ganze Familie aus. Bitte sprecht nach dem Piep, wir rufen dann zurück, sobald wir um die Bases gelaufen und nach Hause gekommen sind.

Ein neckischer Unsinn, der mich ziemlich durcheinander brachte. Nach dem Piepton fiel mir nichts ein, was ich hätte sagen können, und statt das Band mit meinem Schweigen zu füllen, legte ich auf. Ich hatte noch nie gern auf diese Geräte gesprochen. Sie machten mich nervös und verlegen, aber Jacobs Stimme hatte mich völlig aus der Bahn geworfen, mich in einen Zustand nahe der Verzweiflung versetzt. Er hatte sich zu glücklich angehört, zu berstend vor unterdrücktem Gelächter. Auch Todd war ein kluger, aufgeweckter Junge gewesen, aber er war jetzt nicht achteinhalb, sondern sieben, und er würde noch immer sieben sein, wenn Jacob längst erwachsen wäre.

Ich ließ mir ein paar Minuten Zeit, dann versuchte ich es noch einmal. Jetzt wusste ich, was mich erwartete, und als der Spruch ein zweites Mal aufgesagt wurde, hielt ich den Hörer weg, um es mir nicht anhören zu müssen. Jacob schien ewig zu sprechen, aber als dann endlich der Piepton kam, nahm ich den Hörer wieder ans Ohr und begann zu reden. Alex, sagte ich. Ich habe gerade deinen Brief gelesen und will dir nur sagen, dass ich die Übersetzung machen möchte. Bedenkt man den Umfang des Buchs, wirst du erst in zwei oder drei Jahren mit dem fertigen Text rechnen können. Aber ich nehme an, das ist dir längst bewusst. Noch bin ich dabei, mich hier einzurichten, aber wenn ich erst mal mit dem Computer umgehen kann, den ich mir vorige Woche gekauft habe, werde ich sofort anfangen. Danke für die Einladung. Ich habe mich schon nach einer Beschäftigung umgesehen, und ich denke, das hier wird mir Spaß machen. Grüß Barbara und die Kinder. Ich hoffe, wir sprechen uns bald.

Er rief noch am selben Abend zurück, erstaunt, aber auch froh, dass ich akzeptiert hatte. Das war nur so ins Blaue hinein, sagte er, aber ich hätte mich nicht wohl gefühlt, wenn ich dich nicht als Ersten gefragt hätte. Du glaubst gar nicht, wie mich das freut.

Freut mich, dass es dich freut, sagte ich.

Ich lasse dir morgen einen Vertrag schicken. Damit die Sache amtlich wird.

Ganz wie du meinst. Übrigens habe ich mir schon überlegt, wie ich den Titel übersetzen möchte.

Mémoires d'outre-tombe. Erinnerungen von jenseits des Grabes.

Das klingt mir zu plump. Irgendwie zu wörtlich und dabei gleichzeitig schwer verständlich.

Und was hast du dir ausgedacht?

Erinnerungen eines Toten.

Interessant.

Ist doch nicht schlecht, oder?

Nein, ganz und gar nicht. Gefällt mir sehr.

Entscheidend ist, dass es plausibel klingt. Chateaubriand hat fünfunddreißig Jahre an dem Buch geschrieben, und er hat verfügt, dass es erst fünfzig Jahre nach seinem Tod veröffentlicht werden sollte. Was wir da lesen, ist buchstäblich die Stimme eines Toten.

Aber man hat die fünfzig Jahre nicht abgewartet. Das Buch ist 1848 erschienen, also noch im Jahr seines Todes.

Er war in finanzielle Schwierigkeiten geraten. Nach der Revolution von 1830 war es mit seiner politischen Karriere vorbei, und er machte Schulden. Madame Récamier, seit etwa zwölf Jahren seine Geliebte – ja, *die* Madame Récamier –, überredete ihn, vor kleinem, ausgewähltem Publikum in ihrem Salon private Lesungen zu halten. Auf diese Weise sollte ein Verleger gefunden werden, der bereit war, Chateaubriand einen Vorschuss zu zahlen, ihm Geld für ein Buch zu geben, das erst in vielen Jahren erscheinen sollte. Der Plan scheiterte, aber die Reaktion auf das Buch war außerordentlich positiv. Die *Mémoires* wurden zum berühmtesten unvollendeten, unveröffentlichten und ungelesenen Buch der Geschichte. Aber Chateaubriand war immer noch pleite. Also ließ sich Madame Récamier etwas anderes einfallen, und der neue Plan ging auf – jedenfalls teilweise. Eine Art Aktiengesellschaft wurde gegründet, man konnte Anteile an dem Buch erwerben. Termingeschäfte mit Worten, so könnte man das nennen, ähnlich wie man an der Wall Street auf die zukünftigen Preise von Sojabohnen und Getreide spekuliert. Chateaubriand hat praktisch seine Autobiographie verpfändet, um sein Alter zu finanzieren. Er bekam eine hübsche Summe im Voraus, die es ihm erlaubte, seine Gläubiger zu befriedigen, und eine garantierte

Leibrente, die ihm jährlich bis ans Ende seines Lebens ausgezahlt werden sollte. Die Sache war genial ausgedacht. Nur ergab sich das Problem, dass Chateaubriand gar nicht ans Sterben dachte. Als die Gesellschaft gegründet wurde, war er Mitte sechzig, und er hielt durch bis achtzig. Inzwischen hatten die Anteilsscheine mehrmals die Besitzer gewechselt, und die Freunde und Bewunderer, die anfangs darin investiert hatten, waren längst gestorben. Chateaubriand gehörte wildfremden Leuten. Deren einziges Interesse war der Profit, und je länger er lebte, desto sehnlicher wünschten sie seinen Tod herbei. Diese letzten Jahre müssen furchtbar für ihn gewesen sein. Ein gebrechlicher alter Mann, vom Rheuma gelähmt, Madame Récamier nahezu erblindet, alle seine Freunde im Grab. Aber er hat bis zum Ende an dem Manuskript gearbeitet.

Reizende Geschichte.

Nicht besonders komisch, möchte ich meinen. Aber eins steht fest: Der alte Vicomte konnte verdammt gute Sätze bauen. Das ist ein unglaubliches Buch, Alex.

Du willst also sagen, es macht dir nichts aus, die nächsten zwei oder drei Jahre deines Lebens mit einem trübsinnigen Franzosen hinzubringen?

Ich habe gerade ein Jahr mit einem Stummfilmkomiker hinter mir, und etwas Abwechslung kann ich jetzt gut brauchen.

Stummfilm? Davon weiß ich ja noch gar nichts.

Da ging es um einen gewissen Hector Mann. Ich habe im Herbst ein Buch über ihn abgeschlossen.

Du bist also fleißig gewesen. Gut so.

Ich musste irgendetwas tun. Also habe ich mich dazu entschlossen.

Warum habe ich von diesem Schauspieler noch nie gehört? Nicht dass ich mich überhaupt mit Filmen auskenne, aber der Name sagt mir gar nichts.

Er ist vollkommen unbekannt. Er ist mein Privatkomiker, ein Hofnarr, der seine Späße nur für mich allein treibt. Zwölf, dreizehn Monate lang war er Tag und Nacht an meiner Seite.

Du warst tatsächlich mit ihm zusammen? Oder ist das nur so eine Redensart?

Niemand hat Hector Mann seit 1929 gesehen. Er ist tot. So tot wie Chateaubriand und Madame Récamier. So tot wie Dexter, wie heißt er noch?

Feinbaum.

So tot wie Dexter Feinbaum.

Du hast dir also ein Jahr lang alte Filme angesehen.

Nicht ganz. Ich habe mir drei Monate lang alte Filme angesehen, und dann habe ich mich in ein Zimmer eingeschlossen und neun Monate lang darüber geschrieben. Das Seltsamste, was ich jemals getan habe. Über Dinge zu schreiben, die ich nicht mehr sehen konnte, und sie so darzustellen, dass sie optisch präsent wurden. Das Ganze war wie eine Halluzination.

Und was ist mit den Lebenden, David? Beschäftigst du dich auch mit denen?

So wenig wie möglich.

Das habe ich mir gedacht.

Voriges Jahr hatte ich in Washington ein Gespräch mit einem Mann namens Singh. Dr. J. M. Singh. Ein bemerkenswerter Mensch, mit dem ich mich sehr gern unterhalten habe. Er hat mir sehr geholfen.

Und gehst du jetzt regelmäßig zum Arzt?

Wozu denn? Unsere Plauderei hier ist die längste Unterhaltung, die ich seitdem mit irgendwem geführt habe.

Du hättest mich anrufen sollen, als du in New York warst.

Ich konnte nicht.

David, du bist nicht mal vierzig. Das Leben ist noch nicht vorbei.

Na ja, nächsten Monat werde ich vierzig. Am fünfzehnten veranstalte ich eine Riesenfete im Madison Square Garden, und ich hoffe, du und Barbara könnt euch dafür freimachen. Es überrascht mich, dass ihr die Einladung noch nicht erhalten habt.

Wir machen uns Sorgen um dich, das ist alles. Ich will mich ja nicht einmischen, aber wenn jemand, den man gern hat, sich so benimmt, fällt es schwer, dem einfach tatenlos zuzusehen. Ich wünschte, ich könnte irgendetwas für dich tun.

Das hast du doch getan. Du hast mir einen neuen Job angeboten, und dafür bin ich dir dankbar.

Da geht es um Arbeit. Ich rede jetzt aber vom Leben.

Gibt's da einen Unterschied?

Du bist ein ganz schön sturer Hund, weißt du das?

Erzähl mir von diesem Dexter Feinbaum. Der Mann ist schließlich mein Wohltäter, und ich weiß noch überhaupt nichts von ihm.

Du willst also nicht darüber reden?

Wie unser alter Freund Bartleby bei Melville zu sagen pflegte: Lieber nicht.

Niemand kann ohne andere Menschen leben, David. Das ist völlig unmöglich.

Mag sein. Aber es hat auch noch niemand in meiner Haut gesteckt. Vielleicht bin ich der Erste.

AUS der Einleitung zu den *Erinnerungen eines Toten* (Paris, 14. April 1848; revidiert am 28. Juli):

Da es mir unmöglich ist, den Zeitpunkt meines Todes vorauszusehen, da die Tage, die einem Menschen meines Alters zugemessen sind, nur eine Gnaden- oder besser Galgenfrist bedeuten, drängt es mich, einige Worte der Erklärung abzugeben.

Am 4. September werde ich achtundsiebzig Jahre alt. Es ist hohe Zeit für mich, eine Welt zu verlassen, die mich nun ebenfalls rasch verlässt, und ich empfinde kein Bedauern … Traurige Notwendigkeit, die mir zeitlebens den Fuß auf die Kehle gesetzt hat, zwingt mich, meine Erinnerungen *zu verkaufen. Niemand kann sich vorstellen, was ich gelitten habe, als ich gezwungen war, mein Grabmal zu versetzen, und doch bin ich dieses letzte Opfer meinem feierlichen Versprechen und der Beständigkeit meines Verhaltens schuldig gewesen … Ursprünglich habe ich sie Madame Chateaubriand vermachen wollen. Sie hätte sie der Welt übergeben oder sie zurückhalten können, ganz nach ihrem Gutdünken. Heute bin ich fester überzeugt denn je, dass letztere Lösung vorzuziehen gewesen wäre…*

Diese Erinnerungen *wurden zu verschiedenen Zeiten und in verschiedenen Ländern niedergeschrieben. Aus diesem Grund ergab sich für mich die Notwendigkeit, Prologe hinzuzufügen, in denen die Orte, die mir vor Augen standen, wie auch die Gefühle geschildert werden, die mein Herz erfüllten, als ich den Faden meiner Erzählung jeweils wieder aufnahm. Auf diese Weise kommt es zu einer Vermischung der einander abwechselnden Phasen meines Lebens. In Zeiten des Wohlstands widerfuhr es mir mitunter, dass ich von*

Zeiten der Entbehrung zu erzählen hatte; desgleichen hatte ich mich in Tagen der Not auf solche des Glücks zu besinnen. Der Übergang von der Jugend zum Alter, die Gesetztheit meiner späteren Jahre, welche die Jahre meiner Unschuld mit Trauer einfärbten, die Strahlen meiner Sonne, die sich vom Augenblick ihres Aufgangs bis zu dem ihres Untergangs überkreuzten und ineinander flossen – all dies hat eine gewisse Verwirrung oder, wenn man so will, so etwas wie eine unergründliche Einheit in meine Darstellungen gebracht. Meine Wiege erinnert an mein Grab, mein Grab an meine Wiege; meine Leiden werden zu Freuden, meine Freuden zu Leiden; und jetzt, da ich die Durchsicht dieser Erinnerungen *abgeschlossen habe, bin ich mir nicht mehr sicher, ob sie das Produkt eines jugendlichen Geistes oder das eines vom Alter ergrauten Kopfes darstellen.*

Ich kann nicht wissen, ob dies Gemisch dem Leser angenehm oder unangenehm sein wird. Abhelfen kann ich dem nicht. Es ist das Ergebnis meines wechselhaften Geschicks, der Unbeständigkeit meines Glücks. Sein stürmisches Walten hat mir als Schreibunterlage nicht selten nur noch den Felsen gewährt, auf dem ich gestrandet war.

Man hat mich gedrängt, Teile dieser Erinnerungen *schon zu meinen Lebzeiten herauszugeben, aber ich ziehe es vor, aus der Tiefe meines Grabes zu sprechen. So werden Stimmen meinen Bericht begleiten, die, weil sie aus der Totengruft kommen, das Gepräge des Heiligen haben. Wenn ich in dieser Welt genug gelitten habe, um in der nächsten zu einem glücklichen Schatten zu werden, wird ein Lichtstrahl von den elysischen Feldern sich schützend auf diese meine letzten Bilder legen. Das Leben lastet schwer auf mir; vielleicht bekommt der Tod mir besser.*

Diese Erinnerungen *sind für mich von besonderer Bedeu-*

tung. Dem heiligen Bonaventura wurde gestattet, sein Buch weiterzuschreiben, nachdem er gestorben war. Ich kann auf eine solche Gunst nicht hoffen, zum Allermindesten aber wünschte ich mir, zu irgendeiner mitternächtlichen Stunde auferstehen zu dürfen, um die Fahnenabzüge korrigieren zu können …

Wenn irgendein Teil meiner Mühen mich mehr befriedigt hat als alle anderen, dann ist es der, der sich auf meine Jugend bezieht – der verborgenste Winkel meines Lebens. Dort musste ich eine Welt aufs Neue zum Leben erwecken, die niemand kennt als ich allein, und ich bin auf meinen Streifzügen durch dieses entschwundene Reich nur Schweigen und Erinnerungen begegnet. Wie viele von all den Menschen, die ich gekannt habe, sind heute noch am Leben?

… Sollte ich außerhalb Frankreichs sterben, bitte ich darum, meinen Leichnam erst fünfzig Jahre nach der ersten Beisetzung in mein Heimatland zu überführen. Der Frevel einer Leichenöffnung bleibe meinen Überresten erspart; niemand soll in meinem leblosen Gehirn und meinem erloschenen Herzen nach dem Mysterium meines Wesens forschen. Der Tod offenbart die Geheimnisse des Lebens nicht. Die Vorstellung, einen Leichnam mit der Post zu verschicken, erfüllt mich mit Entsetzen, aber trockene, vermoderte Knochen lassen sich leicht transportieren. Sie werden auf dieser letzten Reise weniger müde sein als zu der Zeit, da ich sie auf dieser Erde umhergeschleppt habe, niedergedrückt von der Last meiner Sorgen.

Ich begann die Übersetzung gleich am Morgen nach meinem Gespräch mit Alex. Das war mir möglich, weil ich das Buch besaß (die zweibändige Pléiade-Ausgabe, herausgegeben von Levaillant und Moulinier, mit Lesarten, Anmerkungen und mehreren Anhängen) und es noch drei Tage, bevor Alex' Brief gekommen war, in der Hand gehabt hatte. Am Anfang dieser Woche war ich mit dem Aufbau meiner neuen Bücherregale fertig geworden. Täglich mehrere Stunden lang hatte ich Bücher ausgepackt und einsortiert, und irgendwann im Verlauf dieser langwierigen Operation war ich auf Chateaubriand gestoßen. Ich hatte seit Jahren nicht mehr in die *Mémoires* hineingesehen, aber an diesem Morgen in Vermont, im Chaos meines Wohnzimmers, umgeben von Kisten und Türmen ungeordneter Bücher, hatte ich sie mal wieder aufgeschlagen. Als Erstes fiel mein Blick auf eine Passage in Band eins. Dort erzählt Chateaubriand, wie er im Juni 1789 einen bretonischen Dichter bei einem Ausflug nach Versailles begleitet. Das war keinen Monat vor dem Sturm auf die Bastille. Jedenfalls sehen sie dort im Schloss irgendwann Marie-Antoinette mit ihren zwei Kindern vorbeigehen. *Sie gewährte mir, indem sie mir einen lächelnden Blick zuwarf, den gleichen anmutigen Gruß, den sie mir schon am Tage meiner Vorstellung gewährt hatte. Ich werde diesen Blick, der so bald erlöschen sollte, niemals vergessen. In diesem Lächeln Marie-Antoinettes trat die Form des Mundes so deutlich hervor, dass die Erinnerung an dieses Lächeln (welches Entsetzen!) mich den Unterkiefer dieser Tochter von Königen wieder erkennen ließ, als man bei den Exhumierungen im Jahre 1815 den Schädel der Unglücklichen aus der Erde hervorzog.*

Ein böses, atemberaubendes Bild, das mir noch lange durch den Kopf ging, nachdem ich das Buch zugeklappt und ins Regal gestellt hatte. Marie-Antoinettes abgeschlagener Kopf, hervorgezogen aus einem Massengrab. In drei kurzen Sätzen durchreist Chateaubriand sechsundzwanzig Jahre. Er bewegt sich vom Fleisch zum Knochen, vom prickelnden Leben zum anonymen Tod, und in dem Abgrund dazwischen liegen die Erfahrungen einer ganzen Generation, die unausgesprochenen Jahre des Schreckens, der Grausamkeit und des Wahnsinns. Die Passage hat mich umgeworfen, auf eine Weise berührt, wie mich seit anderthalb Jahren kein Text mehr berührt hatte. Und dann, nur drei Tage nach meiner zufälligen Begegnung mit diesen Sätzen, kam Alex' Brief mit der Anfrage, ob ich das Buch übersetzen möchte. War das Zufall? Natürlich war es das, aber damals kam es mir vor, als hätte ich es herbeigezwungen – als hätte Alex' Brief irgendwie einen Gedanken zu Ende geführt, den ich selbst nicht hatte zu Ende denken können. Ich war nie der Typ gewesen, der an solch mystisches Gewäsch geglaubt hatte. Aber wenn man so lebt, wie ich damals gelebt habe, ganz in sich selbst verkrochen und ohne jedes Interesse an seiner Umgebung, dann ändert sich die Perspektive. Denn Tatsache war, dass Alex' Brief auf Montag, den 9., datiert war und ich ihn am Donnerstag, dem 12., bekommen hatte, also drei Tage später. Folglich hatte ich das Buch in Vermont in der Hand gehalten, während er in New York mir von diesem Buch schrieb. Ich will auf der Bedeutung dieses Zusammenhangs nicht herumreiten, aber damals konnte ich das nur als Zeichen deuten. Es war, als ob ich, ohne es wissen, um etwas gebeten hätte und mein Wunsch dann plötzlich in Erfüllung gegangen wäre.

Und so machte ich mich wieder an die Arbeit. Ich vergaß Hector Mann und dachte nur noch an Chateaubriand, grub mich in die gewaltige Chronik eines Lebens ein, das nichts mit meinem eigenen zu tun hatte. Genau das reizte mich an dieser Aufgabe so: die Distanz, die schiere Distanz zwischen mir und dem, was ich tat. Es hatte mir gut getan, für ein Jahr ins Amerika der zwanziger Jahre einzutauchen; noch besser tat es mir, meine Tage im Frankreich des achtzehnten und neunzehnten Jahrhunderts zu verbringen. Der Schnee fiel auf meinen kleinen Berg in Vermont, aber ich achtete kaum darauf. Ich war in Saint-Malo und Paris, in Ohio und Florida, in England, Rom und Berlin. Ein Großteil der Arbeit war mechanisch, und da ich der Diener des Textes und nicht sein Autor war, musste ich eine andere Art von Energie aufbringen als die, die das Schreiben von *Die stumme Welt* mir abverlangt hatte. Übersetzen ist ein wenig mit Kohleschippen vergleichbar. Man schaufelt die Kohle auf und schleudert sie in den Ofen. Jedes Stück Kohle ist ein Wort, und jede Schaufelladung ist ein Satz, und wenn der Rücken stark genug ist und man die Ausdauer besitzt, das täglich acht oder zehn Stunden lang durchzuhalten, wird der Ofen nicht ausgehen. Ich hatte rund eine Million Wörter vor mir und war bereit, so lange und hart wie nötig daran zu arbeiten, selbst wenn es bedeutete, das ganze Haus niederzubrennen.

In diesem ersten Winter bin ich kaum vor die Tür gekommen. Alle zehn Tage fuhr ich zum Grand Union in Brattleboro und kaufte Lebensmittel ein, ansonsten aber erlaubte ich mir keine Unterbrechung meiner täglichen Arbeit. Brattleboro war nicht die nächstgelegene Ortschaft, aber ich nahm die zusätzlichen zwanzig Meilen Fahrt gern auf mich, um sicherzugehen, dass ich niemanden traf, den ich kannte. Meine Freunde in Hampton kauften gewöhnlich in einem anderen Grand Union nördlich des Colleges ein, und die Wahrscheinlichkeit, dass jemand von ihnen in Brattleboro auftauchte, war ziemlich gering. Das hieß aber nicht, dass es nicht doch passieren konnte, und trotz meiner vorsichtigen Strategie ging der Schuss tatsächlich nach hinten los. Eines Nachmittags im März, gerade als ich in Gang sechs Toilettenpapier in meinen Einkaufswagen packte, sah ich mich plötzlich Greg und Mary Tellefson gegenüber. Sie luden mich zum Essen ein, und obwohl ich mir alle Mühe gab, mich da herauszuwinden, jonglierte Mary so lange mit den Daten herum, bis mir keine Ausreden mehr einfallen wollten. Zwölf Tage später machte ich mich abends auf den Weg zu ihrem Haus am Rand des Campus von Hampton, weniger als eine Meile von dem Haus entfernt, in dem ich mit Helen und den Jungen gelebt hatte. Mit den beiden allein wäre die Sache nicht so eine Qual gewesen, aber Greg und Mary hatten es auf sich genommen, noch zwanzig andere Leute einzuladen, und auf eine solche Menschenansammlung war ich nicht vorbereitet. Natürlich waren sie alle freundlich zu mir, und die meisten von ihnen freuten sich bestimmt, mich zu sehen, aber ich fühlte mich unbehaglich, nicht in meinem Element, und immer wenn ich den Mund aufmachte und etwas sagte, war es das Falsche. Ich war mit dem Hamptoner Klatsch nicht mehr auf dem Laufenden. Und alle nahmen an, ich interessierte mich brennend für die neuesten Intrigen und Peinlichkeiten, Scheidungen und außerehelichen Affären, Beförderungen und Fakultätsstreitigkeiten. Tatsächlich aber fand ich das alles unerträglich langweilig. Kaum hatte ich mich einem Gespräch entzogen, fand ich mich in der Mitte einer anderen Gruppe wieder, die sich über etwas anderes, aber ganz Ähnliches unterhielt. Niemand war so taktlos, Helen zu erwähnen (für so etwas sind Akademiker zu höflich), und man beschränkte sich auf vermeintlich neutrale Themen: Neues aus den Nachrichten, Politik und Sport. Ich hatte keine Ahnung, wovon sie redeten. Seit einem Jahr hatte ich keine Zeitung mehr gelesen, und was mich anbelangte, hätten sie ebenso gut von Dingen reden können, die sich auf einem anderen Planeten zugetragen hatten.

Die Party begann damit, dass alle im Erdgeschoss umherwanderten, sich von einem Zimmer ins andere schoben, Gruppen bildeten, die nach wenigen Minuten auseinander gingen und sich in anderen Zimmern zu neuen Gruppen zusammenfanden. Ich ging vom Wohnzimmer ins Esszimmer, von der Küche ins Arbeitszimmer, und irgendwann fing Greg mich ab und drückte mir einen Scotch mit Soda in die Hand. Ich nahm das Glas, ohne nachzudenken, und da ich nervös und ängstlich war, kippte ich es in ungefähr vierundzwanzig Sekunden hinunter. Es war der erste Tropfen Alkohol seit über einem Jahr. Während meiner Recherchen zu Hector Mann war ich den Versuchungen mancher Hotel-Minibar erlegen, aber seit ich nach Brooklyn gezogen war und das Buch zu schreiben angefangen hatte, hatte ich dem Alkohol abgeschworen. Wenn nichts in der Nähe war, hatte ich kein sonderliches Verlangen nach dem Zeug, aber ich wusste, mich trennten nur wenige schwache Augenblicke davon, mir selbst ein übles Problem zu bereiten. Mein Verhalten nach dem Flugzeugabsturz hatte mir das deutlich gezeigt, und hätte ich mich damals nicht aufgerafft und Vermont verlassen, dann hätte ich wahrscheinlich nicht mehr lange genug gelebt, um noch an Gregs und Marys Party teilnehmen zu können – und schon gar nicht, um mir die Frage zu stellen, warum zum Teufel ich überhaupt zurückgekommen war.

Als ich das Glas geleert hatte, ging ich zur Bar und schenkte mir nach, ließ aber diesmal das Sodawasser weg und nahm nur etwas Eis dazu. Beim dritten Scotch vergaß ich das Eis und kippte ihn pur.

Als es Zeit zum Essen war, bildeten sich Schlangen am Büfett, die Leute beluden ihre Teller und verteilten sich auf der Suche nach Sitzgelegenheiten im ganzen Haus. Ich landete auf dem Sofa im Arbeitszimmer, eingekeilt zwischen der Armlehne und Karin Müller, einer Lehrbeauftragten der germanistischen Fakultät. Meine Koordination war schon nicht mehr die beste, und als ich mich, einen Teller Salat und Rindergulasch auf den Knien balancierend, kurz umdrehte, um mein Glas hinter dem Sofa hervorzuholen (wo ich es, bevor ich mich setzte, abgestellt hatte), fiel es mir natürlich prompt aus der Hand. Ein vierstöckiger Johnnie Walker klatschte Karin in den Nacken, und einen Wimpernschlag später knallte ihr das Glas an die Wirbelsäule. Sie zuckte zusammen – was sollte man auch sonst erwarten? – und stieß dabei ihren eigenen, mit Gulasch und Salat beladenen Teller um, der wiederum nicht nur meinen Teller zu Boden beförderte, sondern auch noch verkehrt herum auf meinem Schoß landete.

Das war gewiss keine große Katastrophe, aber ich hatte schon zu viel getrunken, um das einzusehen; meine Hose war mit Olivenöl getränkt und mein Hemd mit Sauce bekleckert, und ich beschloss, daran Anstoß zu nehmen. Ich weiß nicht mehr, was ich gesagt habe, aber es war sicher eine grobe Beleidigung, irgendetwas völlig Unangemessenes. *Blöde Kuh*. Das war es wohl. Vielleicht auch *dämliche Kuh*, oder sogar *blöde, dämliche Kuh*. Wie auch immer, meine Worte waren Ausdruck einer Wut, die man sich unter keinen Umständen jemals anhören lassen darf, am allerwenigsten, wenn ein ganzes Zimmer voller gereizter, nervöser Professoren mithören kann. Ich muss wohl nicht eigens hinzufügen, das Karin weder blöd noch dämlich war und einer Kuh ganz und gar nicht ähnlich sah: Sie war eine attraktive, schlanke Frau Ende dreißig, leitete Seminare über Goethe und Hölderlin und hatte mir nie etwas anderes als größten Respekt und Freundlichkeit entgegengebracht. Nur wenige Sekunden vor dem Zwischenfall hatte sie mich eingeladen, in einem ihrer Seminare einen Vortrag zu halten, und ich hatte mich gerade geräuspert, um ihr zu sagen, dass ich darüber nachdenken wolle, als mir dann das Glas aus der Hand fiel. Das war allein mein Fehler, und doch hatte ich mich sofort umgedreht und die Schuld ihr zugeschoben. Eine widerliche Entgleisung, und ein Beweis mehr dafür, dass ich noch nicht aus dem Käfig gelassen werden durfte. Karin hatte mir ein freundliches Angebot gemacht, hatte mir tatsächlich sogar vorsichtig, auf sehr feine Weise zu verstehen gegeben, dass sie für vertraulichere Gespräche über alle möglichen anderen Themen zur Verfügung stünde, und ich, der seit fast zwei Jahren keine Frau mehr angerührt hatte, hatte schon auf diese kaum merklichen Andeutungen reagiert und mir, roh und vulgär wie ein Mann, der zu viel Alkohol im Blut hat, ausgemalt, wie sie wohl ohne Kleider aussehen würde. Habe ich sie deswegen so böse angefahren? War mein Selbsthass so groß, dass ich sie bestrafen musste, weil sie einen Funken sexueller Erregung in mir geweckt hatte? Oder wusste ich insgeheim, dass sie nichts dergleichen tat und das ganze kleine Drama nur meine eigene Erfindung war, eine Anwandlung von Begierde, ausgelöst durch die Nähe ihres warmen, parfümierten Körpers?

Noch schlimmer war, dass ich keinerlei Bedauern empfand, als sie zu weinen anfing. Inzwischen waren wir beide aufgestanden, und als ihre Unterlippe zu beben begann und ihre Augenwinkel sich mit Tränen füllten, hätte ich geradezu jubeln können über die Bestürzung, die ich ausgelöst hatte. Im Zimmer waren sechs oder sieben Leute, und nach Karins erstem Überraschungsschrei hatten sich alle nach uns umgedreht. Der Lärm der klappernden Teller hatte noch mehrere andere Gäste angelockt, die zur Tür hereinschauten, und so gab es mindestens ein Dutzend Zeugen, als ich meine abscheuliche Bemerkung machte. Plötzlich war alles still. Es war ein Augenblick kollektiven Schreckens, und fürs Erste wusste niemand, was er tun oder sagen sollte. In diesen atemlosen, verstörten Sekunden verwandelte sich Karins Schmerz in Wut.

Du hast kein Recht, so mit mir zu reden, David, sagte sie. Wofür hältst du dich eigentlich?

Zum Glück war auch Mary unter den Leuten, die in der Tür standen, und ehe ich weiteren Schaden anrichten konnte, stürzte sie ins Zimmer und packte mich am Arm.

David hat es nicht so gemeint, sagte sie zu Karin. Oder, David? So was kann einem doch schon mal rausrutschen.

Ich wollte ihr in scharfem Ton widersprechen, irgendwie beweisen, dass ich es ganz genau so gemeint hatte, hielt mich aber zurück. Ich brauchte meine ganze Selbstbeherrschung, um das zu tun, aber Mary hatte sich als Friedensstifterin große Mühe gegeben, und im Innersten war mir bewusst, dass ich es bereuen würde, wenn ich ihr noch größeren Ärger machte. Trotzdem entschuldigte ich mich nicht, und ich versuchte auch nicht, auf nett umzuschalten. Statt zu sagen, was ich eigentlich sagen wollte, wand ich meinen Arm aus ihrem Griff und durchquerte unter den Blicken meiner schweigenden Ex-Kollegen das Wohnzimmer.

Ich ging gleich weiter die Treppe hinauf zu Gregs und Marys Schlafzimmer. Eigentlich wollte ich meine Sachen nehmen und verschwinden, aber mein Parka lag irgendwo unter einem riesigen Mantelberg auf dem Bett, und ich konnte ihn nicht finden. Nachdem ich eine Weile herumgewühlt hatte, begann ich die Mäntel auf den Boden zu werfen, um so die Sucherei etwas zu vereinfachen. Gerade als ich die Hälfte geschafft hatte – mehr Mäntel auf dem Boden als auf dem Bett –, kam Mary ins Zimmer. Sie war eine kleine Frau mit rundem Gesicht, gekräuselten blonden Haaren und rötlichen Wangen, und als sie in der Tür erschien und die Hände in die Hüfte stemmte, war mir sofort klar, dass sie die Schnauze voll von mir hatte. Ich fühlte mich wie ein Kind, das gleich von seiner Mutter ausgeschimpft wird.

Was machst du da?, sagte sie.

Meinen Mantel suchen.

Der ist unten in der Garderobe. Schon vergessen?

Ich dachte, er wäre hier.

Er ist unten. Greg hat ihn in die Garderobe gehängt, als du gekommen bist. Du hast ihm sogar einen Bügel rausgesucht.

Na schön, dann seh ich eben unten nach.

Aber so leicht wollte Mary mich nicht davonkommen lassen. Sie rückte noch ein paar Schritte ins Zimmer vor, bückte sich nach einem Mantel und schmiss ihn wütend aufs Bett. Dann hob sie noch einen Mantel auf und warf ihn ebenfalls aufs Bett. Dann sammelte sie die anderen Mäntel auf, und jedes Mal wenn sie einen aufs Bett schleuderte, unterbrach sie sich mitten im Satz. Die Mäntel waren wie Satzzeichen – jähe Gedankenstriche, hastige Punkte, heftige Ausrufezeichen –, und jedes schnitt durch ihre Rede wie eine Axt.

Wenn du nach unten gehst, sagte sie, möchte ich, dass du … dich mit Karin wieder verträgst … und wenn du vor ihr auf die Knie fallen … und sie um Vergebung anflehen musst … Alle reden davon … und wenn du das mir zuliebe nicht auf der Stelle tust, David … werde ich dich nie wieder in dieses Haus einladen.

Ich wollte ja eigentlich sowieso nicht kommen, antwortete ich. Wenn ihr mich nicht so gedrängt hättet, wäre ich nie hier aufgetaucht, um eure Gäste zu beleidigen. Dann wäre es genau so eine öde, langweilige Party wie immer geworden.

Du brauchst Hilfe, David … Ich weiß sehr wohl, was du durchgemacht hast … aber Geduld hält auch nicht ewig … Geh zum Arzt, bevor du dir dein Leben kaputtmachst.

Ich führe das Leben, das mir möglich ist. Und Partys in deinem Haus gehören nun mal nicht dazu.

Mary warf den letzten Mantel aufs Bett, und dann setzte sie sich plötzlich ohne erkennbaren Grund hin und brach in Tränen aus.

Hör zu, du Scheißkerl, sagte sie mit leiser Stimme. Ich habe sie auch sehr gern gehabt. Du magst mit ihr verheiratet gewesen sein, aber Helen war meine beste Freundin.

Nein, das war sie nicht. Sie war meine beste Freundin. Und ich war ihr bester Freund. Mit dir hat das nichts zu tun, Mary.

Das machte dem Gespräch ein Ende. Ich war so hart zu ihr gewesen, hatte so stur gegen ihre Gefühle gemauert, dass ihr nichts mehr dazu einfiel. Als ich aus dem Zimmer ging, saß sie kopfschüttelnd mit dem Rücken zu mir und starrte die Mäntel an.

ZWEI Tage nach der Party wurde mir von der University of Columbia Press mitgeteilt, dass sie mein Buch veröffentlichen wollten. Inzwischen lagen fast hundert Seiten der Chateaubriand-Übersetzung hinter mir, und als ein Jahr später *Die stumme Welt des Hector Mann* erschien, hatte ich weitere zwölfhundert Seiten geschafft. Wenn ich in diesem Tempo weitergemacht hätte, wäre ich mit der Rohfassung in sieben bis acht Monaten fertig gewesen. Noch etwas Zeit für Revisionen und Korrekturarbeiten hinzugerechnet, und ich konnte das fertige Manuskript in weniger als einem Jahr an Alex abschicken.

Wie sich herausstellte, dauerte dieses Jahr nur drei Monate. Ich kam noch einmal zweihundertfünfzig Seiten weiter, bis zu dem Kapitel über den Niedergang Napoleons im dreiundzwanzigsten Buch (*Leiden und Wunder sind Zwillinge, sie werden zusammen geboren*), und dann fand ich eines feuchten, stürmischen Frühsommernachmittags Frieda Spellings Brief im Briefkasten. Ich gebe zu, anfangs war ich ratlos, aber nachdem ich meine Antwort abgeschickt und ein wenig über die Sache nachgedacht hatte, war ich so weit zu glauben, dass es sich um einen üblen Scherz handelte. Dass ich auf den Brief geantwortet hatte, war sicher nicht falsch gewesen, aber nun, da dieser Verpflichtung Genüge getan war, musste ich annehmen, damit sei unsere Korrespondenz beendet.

Neun Tage später meldete sie sich wieder. Diesmal benutzte sie ein ganzes Blatt Papier; oben war in blauen Lettern ihre Adresse eingeprägt. Mir war schon klar, wie einfach es ist, falsches persönliches Briefpapier herzustellen, aber warum sollte ein Mensch sich die Mühe machen, sich als jemand auszugeben, von dem ich noch nie gehört hatte? Der Name Frieda Spelling sagte mir nichts. Sie konnte Hector Manns Frau sein, sie konnte auch irgendeine Verrückte sein, die allein in einer Hütte in der Wüste lebte; aber daran zu zweifeln, dass sie tatsächlich existierte, hatte jetzt keinen Sinn mehr.

Sehr geehrter Professor, schrieb sie. *Ihre Zweifel sind durchaus verständlich, und es überrascht mich keineswegs, dass Sie mir nicht so recht glauben wollen. Um die Wahrheit herauszufinden, haben Sie nur eine Möglichkeit: Nehmen Sie die Einladung an, die ich in meinem letzten Brief ausgesprochen habe. Fliegen Sie nach Tierra del Sueño und lernen Sie Hector kennen. Wenn ich Ihnen sage, dass er eine Reihe von Spielfilmen geschrieben und produziert hat, nachdem er 1929 aus Hollywood fortgegangen war, und dass er bereit ist, sie Ihnen hier auf der Ranch vorzuführen – könnte Sie das nicht reizen, uns hier zu besuchen? Hector ist fast neunzig Jahre alt und nicht mehr ganz gesund. Er hat in seinem Testament bestimmt, dass ich die Filme und die Negative dieser Filme binnen vierundzwanzig Stunden nach seinem Tod zu vernichten habe, und ich weiß nicht, wie lange er noch durchhalten wird. Bitte melden Sie sich bald. Ich freue mich auf Ihre Antwort und verbleibe mit der größten Hochachtung. Ihre Frieda Spelling (Mrs. Hector Mann).*

Auch diesmal ließ ich mich nicht zu vorschnellen Schlüssen hinreißen. Ich antwortete knapp, förmlich und vielleicht sogar ein wenig unhöflich, aber bevor ich mich auf irgendetwas festlegte, musste ich erst einmal wissen, ob ich ihr trauen konnte. *Ich möchte Ihnen glauben*, schrieb ich, *aber ich brauche Beweise. Wenn ich die weite Reise nach New Mexico wirklich unternehmen soll, muss ich wissen, dass Ihre Behauptungen glaubhaft sind und dass Hector Mann tatsächlich noch lebt. Sobald meine Zweifel ausgeräumt sind, werde ich Sie auf der Ranch besuchen. Aber ich muss Sie darauf hinweisen, dass ich nicht mit dem Flugzeug reise. Hochachtungsvoll, D. Z.*

Es stand außer Frage, dass sie sich wieder melden würde – es sei denn, ich hatte sie abgeschreckt. In diesem Fall würde sie stillschweigend eingestehen, dass sie mich getäuscht hatte, und damit wäre die Geschichte aus. Daran glaubte ich zwar nicht, aber was auch immer sie im Schilde führen mochte, ich würde die Wahrheit jedenfalls bald erfahren. In ihrem zweiten Brief hatte sie einen drängenden, fast flehenden Ton angeschlagen, und wenn sie wirklich die war, für die sie sich ausgab, würde sie mit der Antwort nicht lange auf sich warten lassen. Schwieg sie, käme das dem Eingeständnis gleich, dass ich ihre Täuschung durchschaut hatte; antwortete sie – und nichts anderes erwartete ich –, dann mit Sicherheit bald. Ihre letzte Antwort war nach neun Tagen bei mir eingetroffen. Wenn nichts dazwischenkam (keine Verzögerungen, keine Schlamperei der Post), rechnete ich damit, dass die nächste noch schneller kommen würde.

Ich tat mein Bestes, ruhig zu bleiben, den gewohnten Rhythmus beizubehalten und mit den *Mémoires* voranzukommen, aber vergebens. Ich war zu abgelenkt, zu gespannt, um mich richtig konzentrieren zu können, und nachdem ich mich einige Tage lang nur mühsam durch mein Pensum gequält hatte, beschloss ich, eine Pause einzulegen. Am nächsten Morgen stand ich munter auf, ging zum Schrank im Gästezimmer und kramte meine alten Forschungsergebnisse zu Hector hervor, die ich nach Beendigung des Buchs in Pappkartons verstaut hatte. Insgesamt waren es sechs Kartons. Fünf davon enthielten Notizen, Skizzen und Entwürfe zu meinem ersten Manuskript, aber die sechste war voll gestopft mit allerlei wertvollem Material: Zeitungsausschnitte, Fotos, Mikrofilme, Fotokopien, kleine Artikel aus alten Klatschkolumnen, alles, was mir an Gedrucktem über Hector Mann in die Finger geraten war. Ich hatte mir diese Papiere seit langer Zeit nicht mehr angesehen, und da ich nichts anderes zu tun hatte, als auf Frieda Spellings nächsten Brief zu warten, trug ich den Karton in mein Arbeitszimmer und verbrachte den Rest der Woche damit, darin herumzustöbern. Ich habe wohl nicht erwartet, dort irgendetwas Neues zu entdecken, aber die Einzelheiten waren inzwischen natürlich verblasst, und ich fand, ich sollte mich doch noch einmal damit beschäftigen. Die meisten der von mir gesammelten Informationen waren unzuverlässig: Artikel aus der Boulevardpresse, Blödsinn aus Fan-Zeitschriften, Filmreportagen voller Übertreibungen, falscher Voraussetzungen und erwiesener Unwahrheiten. Trotzdem, solange ich nicht vergaß, alldem mit gehörigem Zweifel zu begegnen, konnte die Lektüre jedenfalls nicht schaden.

Zwischen August 1927 und Oktober 1928 gingen vier biographische Skizzen über Hector Mann durch die Presse. Die erste erschien in Kaleidoscopes monatlichem *Bulletin*, dem Werbeblatt von Hunts neu gegründeter Produktionsgesellschaft. Im Grunde handelte es sich um eine Pressemitteilung, in der gemeldet wurde, dass der Vertrag mit Hector unterzeichnet worden sei, und da zu diesem Zeitpunkt nur wenig über ihn bekannt war, konnten die Verfasser irgendwelche Geschichten erfinden, wie sie ihnen gerade in den Kram passten. Damals waren die Tage des Latin Lover in Hollywood noch nicht ganz vorbei, es war die Zeit kurz nach Valentinos Tod, als dunkle, exotische Ausländer immer noch große Zuschauermassen anzogen, und um sich auch ein Stück von diesem Kuchen abzuschneiden, pries Kaleidoscope Hector als *Señor Slapstick* an, als *südamerikanischen Herzensbrecher mit komischer Note*. Zur Bekräftigung dieser Aussage dachte man sich eine faszinierende Liste von Erfolgen für ihn aus, eine vollständige Karriere, die angeblich schon vor seiner Ankunft in Kalifornien angefangen hatte: Varietéauftritte in Buenos Aires, ausgedehnte Vaudeville-Tourneen durch Argentinien und Brasilien, eine Reihe von Kassenschlagern, die er in Mexiko gedreht habe. Indem er Hector als bereits anerkannten Star präsentierte, konnte Hunt sich selbst den guten Ruf eines Mannes verschaffen, der ein Gespür für Talente hatte. Er war nicht irgendein Anfänger im Filmgeschäft, sondern ein kluger, wagemutiger Studioboss, der die Konkurrenz überboten und es geschafft hatte, einen berühmten ausländischen Entertainer ins Land zu holen und auf das amerikanische Publikum loszulassen. Mit solchen Lügen kam man damals ohne weiteres durch. Niemand achtete darauf, was sich in anderen Ländern abspielte. Und warum sollte man sich mit Tatsachen aufhalten, wenn die Phantasie so viele Möglichkeiten bot?

Sechs Monate später gewährte ein Artikel in der Februarausgabe von *Photoplay* einen etwas sachlicheren Blick auf Hectors Vergangenheit. Inzwischen waren mehrere seiner Filme auf den Markt gekommen, und da das Interesse an seiner Arbeit im ganzen Land zunahm, hielt man es zweifellos nicht mehr für nötig, sein Vorleben verzerrt darzustellen. Der Artikel stammte von einer Reporterin namens Brigid O'Fallon, und gleich an ihren ersten Bemerkungen über Hectors *durchdringenden Blick* und *seine geschmeidige Kraft* erkennt man, dass sie nur Schmeichelhaftes über ihn schreiben will. Bezaubert von seinem starken spanischen Akzent und doch voller Lob für sein fließendes Englisch, fragt sie ihn, wie es kommt, dass er einen deutschen Namen hat. *Ist ganz einfach*, antwortet Hector. *Mein Eltern geboren in Deutschland, und ich auch. Wir emigrieren nach Argentinien, wenn ich ein kleine Kind. Zu Haus ich sprechen Deutsch mit ihnen, in der Schule Spanisch. Englisch später, als ich kommen nach Amerika. Aber noch nicht gutt.* Miss O'Fallon fragt ihn, wie lange er schon hier sei, und Hector sagt: drei Jahre. Das widerspricht natürlich der von Kaleidoscopes *Bulletin* verbreiteten Information, und als Hector dann von einigen Jobs erzählt, die er nach seiner Ankunft in Kalifornien gehabt hatte (Hilfskellner, Staubsaugervertreter, Grabenbauer), erwähnt er mit keinem Wort irgendwelche früheren Tätigkeiten im Showgeschäft. So viel zu der großartigen Karriere in Lateinamerika, die ihn allseits bekannt gemacht hatte.

Es fällt leicht, die Übertreibungen von Hunts Werbeleuten als belanglos abzutun, aber nur weil sie die Fakten ignoriert haben, muss der Artikel in *Photoplay* nicht unbedingt genauer oder glaubhafter gewesen sein. In der Märzausgabe von *The Picturegoer* schildert ein Journalist namens Randall Simms einen Besuch der Dreharbeiten zu *Wilder Tango* und gibt sich völlig erstaunt, als er vernimmt, dass *diese argentinische Lachmaschine ein tadelloses Englisch spricht – von einem Akzent ist kaum etwas zu hören. Wenn man nicht wüsste, wo er herkommt, könnte man schwören, er sei in Sandusky, Ohio, aufgewachsen.* Simms meint das als Kompliment, aber seine Bemerkung wirft beunruhigende Fragen über Hectors Herkunft auf. Selbst wenn man Argentinien als das Land akzeptiert, in dem er seine Kindheit verbracht hat, scheint er viel früher nach Amerika gekommen zu sein, als man aus den anderen Artikeln schließen muss. Im nächsten Absatz wird Hector von Simms wie folgt zitiert: *Ich war ein sehr schlechter Junge. Als ich sechzehn war, haben meine Eltern mich rausgeschmissen, und ich habe nie einen Blick zurückgeworfen. Schließlich bin ich nach Norden gegangen und in Amerika gelandet. Von Anfang an hatte ich nur einen einzigen Gedanken im Kopf: beim Film groß rauszukommen.* Der Mann, der diese Worte spricht, hat keinerlei Ähnlichkeit mit dem

Mann, der einen Monat zuvor von Brigid O'Fallon interviewt wurde. Hatte er den starken Akzent für *Photoplay* als Gag angenommen, oder verfälschte Simms vorsätzlich die Wahrheit und hob Hectors exzellentes Englisch so auffällig hervor, um die Produzenten davon zu überzeugen, dass er in Zukunft auch als Darsteller im Tonfilm reüssieren könne? Vielleicht hatten die beiden den Artikel gemeinsam ausgeheckt, vielleicht hatte Simms von dritter Seite Geld dafür bekommen – womöglich von Hunt, der inzwischen tief in Finanzschwierigkeiten steckte. Konnte es sein, dass Hunt versuchte, Hectors Marktwert zu steigern, weil er ihn an eine andere Produktionsgesellschaft verkaufen wollte? Unmöglich, das festzustellen, aber welche Motive Simms auch hatte und wie schlecht O'Fallon Hectors Darlegungen auch wiedergegeben haben mag, die Artikel sind nicht in Übereinstimmung zu bringen, ganz gleich, was man den beiden Journalisten zugute halten will.

Hectors letztes publiziertes Interview erschien in der Oktoberausgabe von *Picture Play*. Folgt man dem, was er zu B. T. Barker sagte – beziehungsweise dem, von dem Barker uns glauben machen möchte, dass Hector es gesagt habe –, dann spricht einiges dafür, dass unser Kandidat selbst zu all dieser Verwirrung beigetragen hat. Diesmal stammen seine Eltern aus Stanislaw, einem Ort im äußersten Osten des österreichisch-ungarischen Kaiserreichs, und Hectors erste Sprache ist Polnisch, nicht Deutsch. Als er zwei Jahre alt ist, gehen sie nach Wien, bleiben dort sechs Monate und übersiedeln dann nach Amerika, wo sie drei Jahre in New York und ein Jahr im Mittleren Westen verbringen, bevor sie wieder die Zelte abbrechen und sich in Buenos Aires niederlassen. Auf Barkers Zwischenfrage, wo genau sie im Mittleren Westen gelebt hätten, erwidert Hector gelassen:

in Sandusky, Ohio. Nur sechs Monate zuvor hatte Randall Simms in seinem Artikel für *The Picturegoer* den Namen Sandusky erwähnt – und zwar nicht als realen Ort, sondern als Metapher für eine typische amerikanische Kleinstadt. Nun eignet Hector sich diese Stadt an und baut sie in seine Geschichte ein, vielleicht nur aus dem Grund, dass ihm der raue Ton dieses Namens angenehm über die Lippen geht. *Sandusky, Ohio,* hat einen angenehm sonoren Klang, und die Eleganz der dreifachen Synkope kommt mit der ganzen Wucht und Präzision einer gedrechselten Gedichtzeile daher. Sein Vater, sagt er, war Ingenieur, ein Spezialist für Brückenbau. Seine Mutter, *die schönste Frau der Welt*, war Tänzerin, Sängerin und Malerin. Hector habe sie beide verehrt, er sei ein frommer, braver kleiner Junge gewesen (im Gegensatz zu dem schlechten Jungen in Simms' Artikel), und bis seine Eltern, als er vierzehn war, bei einem tragischen Schiffsunfall ums Leben gekommen seien, habe er in die Fußstapfen seines Vaters treten und Bauingenieur werden wollen. Der plötzliche Verlust habe das alles geändert. Kaum sei er Waise geworden, sagt er, habe er nur noch davon geträumt, nach Amerika zurückzukehren und dort ein neues Leben anzufangen. Es mussten zahllose Wunder geschehen, ehe das möglich wurde, aber nun sei er hier und habe das sichere Gefühl, endlich in dem Land zu sein, für das er bestimmt sei.

Manche dieser Behauptungen mochten wahr gewesen sein, aber nicht viele, und vielleicht auch keine einzige. Dies ist die vierte Version seiner Vergangenheit, und obwohl sie allesamt gewisse Elemente gemeinsam haben (Deutsch oder Polnisch sprechende Eltern, Aufenthalt in Argentinien, Auswanderung aus der Alten Welt in die Neue), ist doch alles andere sehr vage. In einem Artikel ist er realistisch und nüchtern, im nächsten ist er verzagt und sentimental. Für den einen Journalisten ist er ein Unruhestifter, für den anderen ist er fügsam und fromm; er ist in reichen, er ist in armen Verhältnissen aufgewachsen; er spricht mit starkem Akzent, er spricht ohne jeden Akzent. Nimmt man diese Widersprüche zusammen, ergeben sie ein Nichts, das Porträt eines Mannes mit so vielen Persönlichkeiten und Familiengeschichten, dass wir nur einen Haufen Fragmente vor uns sehen, ein Puzzle, dessen Teile nicht mehr zusammenpassen. Werden ihm Fragen gestellt, gibt er jedes Mal andere Antworten. Worte strömen aus ihm hervor, aber er ist entschlossen, niemals irgendetwas zweimal zu sagen. Er scheint etwas zu verbergen, ein Geheimnis zu bewahren, und doch bewerkstelligt er seine Verschleierungen mit solcher Anmut und überschäumend guter Laune, dass ihm offenbar niemand auf die Schliche kommt. Die Journalisten finden ihn unwiderstehlich. Er bringt sie zum Lachen, er amüsiert sie mit seinen kleinen Zaubertricks, und nach einer Weile verzichten sie darauf, konkrete Fakten abzufragen, und verfallen der Kraft seiner Darstellungskunst. Hector improvisiert weiter, schlägt wilde Kapriolen von den gepflasterten Prachtstraßen Wiens zu den wohlklingenden Ebenen Ohios, und am Ende fragt man sich, ob dies ein Spiel mit Täuschungen ist oder nur ein plumper Versuch, sich die Langeweile zu vertreiben. Vielleicht sind diese Lügen harmlos. Vielleicht will er niemanden zum Narren halten, sondern sucht nur nach einer Möglichkeit, sich die Zeit zu vertreiben. Interviews können schließlich sehr öde sein. Wenn alle einem ständig dieselben Fragen stellen, muss man sich vielleicht neue Antworten ausdenken, wenn man wach bleiben will.

Nichts war sicher, aber nachdem ich dieses Durcheinander von gefälschten Erinnerungen und diffusen Anekdoten gesichtet hatte, glaubte ich, doch immerhin eine kleinere Tatsache konstatieren zu können. In den ersten drei Interviews weicht Hector der Frage nach seinem Geburtsort aus. Als O'Fallon ihn danach fragt, sagt er Deutschland; von Simms danach gefragt, sagt er Österreich; aber in beiden Fällen nennt er keinerlei Einzelheiten: kein Dorf, keine Stadt, keine Region. Erst im Gespräch mit Barker geht er ein wenig aus sich heraus und füllt die Lücken. Stanislaw hatte früher zu Österreich-Ungarn gehört, war aber nach dem Zusammenbruch des Reiches am Ende des Kriegs an Polen gegangen. Polen ist für Amerikaner ein fernes Land, wesentlich ferner als Deutschland, und da Hector sonst alles Mögliche tat, um seine Fremdheit herunterzuspielen, wirkt es ziemlich merkwürdig, dass er nun ausgerechnet diese Stadt als seinen Geburtsort nennt. Der einzig denkbare Grund dafür schien mir zu sein, dass es der Wahrheit entsprach. Ich konnte den Verdacht nicht bestätigen, aber eine Lüge hätte in diesem Fall einfach keinen Sinn ergeben. Polen war ihm nicht förderlich, und wenn es sein Ziel war, sich ein falsches Vorleben zurechtzuzimmern – warum es dann erwähnen? Es war ein Versehen, ein kurzer Aussetzer, und kaum hat Barker diesen Versprecher aufgeschnappt, versucht Hector den Schaden auch schon zu begrenzen. Hat er sich eben noch als allzu exotischen Fremden dargestellt, neutralisiert er diesen Irrtum jetzt durch Verweis auf seine amerikanischen Referenzen. Er versetzt sich nach New York, in die Stadt der Einwanderer, und bringt die Sache durch eine Reise ins Herzland zum Abschluss. Hier erwähnt er Sandusky, Ohio. Er pflückt den Namen aus der Luft, er fliegt ihm aus der biographischen Skizze zu, die sechs Monate zuvor über ihn erschienen war, und er wirft ihn dem arglosen B. T. Barker vor die Füße. Damit erreicht er seinen Zweck. Der Journalist ist abgelenkt, und statt weitere Fragen zu Polen zu stellen, lehnt er sich in seinem Sessel zurück und ergeht sich zusammen mit Hector in Erinnerungen an die Luzernefelder des Mittleren Westens.

Stanislaw liegt südlich des Dnjestr, etwa in der Mitte zwischen Lwow und Tschernowitz in der Provinz Galizien. Wenn Hector dort seine Kindheit verlebt hat, besteht guter Grund zu der Annahme, dass er als Jude geboren wurde. Dass es in diesem Gebiet sehr viele jüdische Siedlungen gab, reichte noch nicht, um mich davon zu überzeugen, aber nimmt man zum hohen jüdischen Bevölkerungsanteil die Tatsache hinzu, dass seine Familie von dort ausgewandert ist, scheint die Annahme doch recht überzeugend. Wenn jemand diesen Teil der Welt verlassen hat, dann waren es die Juden, und mit Beginn der russischen Pogrome in den achtziger Jahren des neunzehnten Jahrhunderts schwärmten Hunderttausende Jiddisch sprechender Immigranten nach Westeuropa und in die Vereinigten Staaten aus. Viele von ihnen gingen auch nach Südamerika. Allein in Argentinien wuchs die Zahl der jüdischen Einwohner zwischen der Jahrhundertwende und dem Ausbruch des Ersten Weltkriegs von sechstausend auf hunderttausend an. Zweifellos hatte Hectors Familie zu dieser Statistik beigetragen. Wenn nicht, wäre sie kaum in Argentinien gelandet. Wer in diesem Moment der Geschichte von Stanislaw nach Buenos Aires reiste, musste Jude sein.

Ich war stolz auf meine kleine Entdeckung, hielt sie aber nicht für besonders wichtig. Wenn Hector wirklich etwas zu verbergen hatte und wenn dieses Etwas sich als die Religion erwies, in die er hineingeboren worden war, dann war ich lediglich auf eine sehr weit verbreitete Form gesellschaftlicher Heuchelei gestoßen. Damals war es in Hollywood kein Verbrechen, Jude zu sein. Es war nur etwas, worüber man lieber nicht sprach. Jolson hatte zu der Zeit bereits *The Jazz Singer* gedreht, und in die Theater am Broadway strömten Leute, die Geld dafür bezahlten, Eddie Cantor und Fanny Brice zu sehen, Irving Berlin und die Gershwins zu hören und den Marx Brothers zu applaudieren. Es kann sein, dass es für Hector eine Belastung war, Jude zu sein. Vielleicht hat er darunter gelitten, vielleicht hat er sich deswegen geschämt, aber ich konnte mir kaum vorstellen, dass man ihn deswegen getötet hätte. Natürlich gibt es immer irgendwelche bigotten Menschen, die genug Hass in sich haben, einen Juden zu ermorden, aber wer so etwas tut, will auch, dass sein Verbrechen bekannt wird, es soll als Exempel dienen, um andere in Angst und Schrecken zu versetzen. Und was auch immer Hectors Schicksal gewesen sein mochte, eine Tatsache stand fest: Seine Leiche war nie gefunden worden.

Von dem Tag, als er bei Kaleidoscope unterschrieb, bis zum Tag seines Verschwindens vergingen nur siebzehn Monate; das war Hectors ganze Karriere. Doch selbst in dieser so kurzen Zeit erwarb er einige Anerkennung, und Anfang 1928 begann sein Name in den Hollywood-Klatschspalten aufzutauchen. Es war mir auf meinen Reisen gelungen, etwa zwanzig dieser Artikel aus diversen Mikrofilmarchiven zu besorgen. Sicher waren mir viele andere entgangen, zu schweigen von all denen, die gar nicht mehr existierten, aber so spärlich und unzureichend diese Schnipsel auch waren, sie bewiesen immerhin, dass Hector nicht zu denen gehörte, die es vorziehen, abends allein zu Hause herumzusitzen. Er wurde in Restaurants und Nachtclubs gesehen, auf Partys und Filmpremieren, und fast jedes Mal wenn ein Reporter seinen Namen erwähnte, erging er sich in anschaulichen Schilderungen seiner *glühenden Anziehungskraft*, seiner *unwiderstehlichen Augen* oder seines *herzzerreißend schönen Gesichts*. Dies galt vor allem, wenn der Reporter eine Frau war, aber es gab auch Männer, die seinem Charme erlagen. Einer davon, der unter dem Namen Gordon Fly arbeitete (der Titel seiner Kolumne war *Fly on the Wall*), verstieg sich sogar zu der Bemerkung, Hector vergeude sein Talent in der Komödie und sollte zum Drama wechseln. *Es verletzt den Sinn für ästhetische Proportion*, schrieb Fly, *wenn man sieht, wie Señor Mann sein elegantes Profil in Gefahr bringt, indem er immer wieder gegen Wände und Laternenpfähle rennt. Dem Publikum wäre besser gedient, wenn er auf derlei Kunststückchen verzichten und sich darauf konzentrieren würde, schöne Frauen zu küssen. Mit Sicherheit gibt es viele junge Schauspielerinnen in der Stadt, die bereitwillig in diese Rolle schlüpfen würden. Dem Vernehmen nach hatte Irene Flowers bereits mehrere Vorspieltermine, doch offenbar liebäugelt der schneidige Hidalgo zur Zeit mit Constance Hart, der beliebten Strahlefrau. Wir warten gespannt auf das Ergebnis der Probeaufnahmen.*

Im Allgemeinen jedoch wurde Hector von den Journalisten allenfalls beiläufig erwähnt. Er war noch keine Sensation, bloß ein verheißungsvoller Anfänger unter anderen, und in gut der Hälfte der mir vorliegenden Kolumnen wird nur sein Name genannt – meist in Gesellschaft einer Frau, die auch nur als Name erscheint. Hector Mann wurde im Feathered Nest mit Sylvia Noonan gesehen. Gestern Abend wagte sich Hector Mann im Gibraltar Club mit Mildred Swain auf die Tanzfläche. Hector Mann lachte mit Alice Dwyer, aß Austern mit Polly McCracken, hielt Händchen mit Dolores Saint John, verschwand mit Fiona Maar in einer Gin-Kneipe. Meine Zählung ergab insgesamt acht verschiedene Frauen, aber wer weiß, mit wie vielen anderen er in diesem Jahr ausgegangen ist? Meine Kenntnisse waren auf die Artikel beschränkt, die ich hatte finden können, und neben diesen acht konnte es ohne weiteres noch ein Dutzend mehr gegeben haben.

Als sich im Januar darauf die Nachricht von Hectors Verschwinden verbreitete, widmete man seinem Liebesleben nur noch wenig Aufmerksamkeit. Nur drei Tage zuvor hatte sich Seymour Hunt in seinem Schlafzimmer aufgehängt, und statt nach Hinweisen auf irgendeine gescheiterte Liebesbeziehung oder heimliche Affäre zu suchen, konzentrierte sich die Polizei auf Hectors gestörtes Verhältnis zu dem betrügerischen Bankier aus Cincinnati. Zu groß war anscheinend die Versuchung, zwischen diesen beiden Skandalgeschichten einen Zusammenhang zu vermuten. Nach Hunts Festnahme hatte man Hector mit den Worten zitiert, es sei für ihn eine beruhigende Erfahrung, dass es noch Amerikaner mit Sinn für Gerechtigkeit gebe. Die anonyme Quelle, angeblich ein guter Freund Hectors, berichtete, er habe in Hörweite eines halben Dutzends Menschen erklärt: *Dieser Mann ist ein Schurke. Er hat mich um mehrere tausend Dollar betrogen und meine Karriere zerstören wollen. Ich bin froh, dass er hinter Gitter kommt. Er hat es nicht anders verdient, und ich habe kein Mitleid mit ihm.* Gerüchte gingen durch die Presse, denen zufolge Hunt von Hector selbst bei den Behörden angeschwärzt worden sei. Die Befürworter dieser Theorie erklärten, nun, da Hunt tot sei, hätten seine Komplizen Hector beseitigt, um zu verhindern, dass weitere Enthüllungen ans Licht der Öffentlichkeit kämen. Einige gingen so weit zu behaupten, Hunts

Tod sei gar kein Selbstmord gewesen, sondern ein als Selbstmord arrangierter Mord – die erste Stufe einer raffinierten Verschwörung seiner Unterweltfreunde, die auf diese Weise die Spuren ihrer Verbrechen verwischen wollten.

Eine solche Interpretation der Ereignisse aus Gangstersicht war im Amerika der zwanziger Jahre offenbar ein plausibler Ansatz, doch da eine Leiche, auf die sich die Hypothese hätte stützen können, einfach nicht gefunden wurde, geriet die Polizeiarbeit ins Stocken. In den ersten Wochen spielte die Presse noch mit, brachte Artikel über Hunts Geschäftspraktiken und die Ausbreitung der Kriminalität in der Filmindustrie, aber als sich zwischen Hectors Verschwinden und dem Tod seines ehemaligen Produzenten kein eindeutiger Zusammenhang herstellen ließ, begann man nach anderen Motiven und Erklärungen zu suchen. Alle hatten sich von der zeitlichen Nähe der beiden Ereignisse verführen lassen, aber die Annahme, dass eins die Ursache des anderen sei, war logisch nicht stichhaltig. Benachbarte Tatsachen sind nicht unbedingt verwandte Tatsachen, auch wenn ihre Nähe zueinander auf einen Zusammenhang zu deuten scheint. Als man Nachforschungen nun auch in anderen Richtungen betrieb, stellte sich heraus, dass viele Spuren erkaltet waren. Dolores Saint John, in mehreren früheren Artikeln als Hectors Verlobte bezeichnet, verließ in aller Stille die Stadt und zog nach Kansas ins Haus ihrer Eltern zurück. Ein weiterer Monat verging, bis die Reporter sie dort aufgespürt hatten – jedoch vergeblich, denn sie wollte nicht mit ihnen reden: Sie sei, erklärte sie, noch viel zu beunruhigt über Hectors Verschwinden, als dass sie sich ausführlich dazu äußern könne. *Ich bin völlig verzweifelt*, lautete ihr einziger Kommentar, und danach wurde nie wieder etwas von ihr gehört. Diese entzückende junge Schauspielerin, die in einem halben Dutzend Filmen zu sehen war (unter anderem in *Der Requisiteur* und *Ein Niemand* als Tochter des Sheriffs beziehungsweise Hectors Frau), gab von heute auf morgen ihre Karriere auf und zog sich ganz aus der Welt des Showbusiness zurück.

Jules Blaustein, der Gagschreiber, der bei allen zwölf Kaleidoscope-Filmen mit Hector zusammengearbeitet hatte, erzählte einem *Variety*-Reporter, er und Hector hätten gemeinsam an einer Reihe von Drehbüchern für Tonfilmkomödien geschrieben, und sein Partner sei *äußerst optimistisch* gewesen. Er habe ihn seit Mitte Dezember täglich gesehen. Im Gegensatz zu allen anderen, die nach Hector ausgefragt wurden, sprach er stets im Präsens von ihm. *Es stimmt, dass die Sache mit Hunt ziemlich unerfreulich endete*, gab Blaustein zu, *aber Hector war nicht der Einzige, dem von Kaleidoscope übel mitgespielt wurde. Wir alle haben dort manches einstecken müssen, und ihn hat es sicher am schlimmsten erwischt, aber er ist nun mal kein nachtragender Typ. Seine ganze Zukunft liegt noch vor ihm, und kaum war sein Vertrag mit Kaleidoscope geplatzt, hat er sich anderen Dingen zugewandt. Er hat hart mit mir gearbeitet, so hart wie immer, und nur so gesprüht vor neuen Ideen. Als er verschwunden ist, war unser erstes Drehbuch so gut wie fertig – ein irre komischer Film mit dem Titel* Punkt und Komma –, *und unsere Vertragsverhandlungen mit Harry Cohn von Columbia standen kurz vor dem Abschluss. Im März sollten die Dreharbeiten anfangen. Hector wollte Regie führen und selbst eine kleine, aber lustige stumme Rolle darin übernehmen, und wenn sich das für Sie nach einem Menschen anhört, der vorhat, sich umzubringen, dann haben Sie von Hector nicht die leiseste Ahnung. Dass er sich das Leben nehmen würde, ist ein lächerlicher Gedanke. Vielleicht hat es ihm ein anderer genommen, aber das würde bedeuten, dass er Feinde hat, und ich habe in der ganzen Zeit unserer Bekanntschaft nicht ein einziges Mal erlebt, dass er irgendwen gegen sich aufgebracht hat. Der Mann ist ein Ass, und ich arbeite sehr gern mit ihm zusammen. Wir können hier noch den ganzen Tag lang sitzen und darüber rätseln, was passiert ist, aber ich halte jede Wette, dass er noch am Leben ist, dass er mitten in der Nacht irgendeine seiner verrückten Ideen gehabt und sich einfach verkrümelt hat, um mal für eine Weile allein zu sein. Alles redet davon, dass er tot ist, aber mich würde es nicht überraschen, wenn Hector jetzt in diesem Augenblick zur Tür reinkommen, seinen Hut auf den Stuhl werfen und sagen würde: «Okay, Jules, an die Arbeit!»*

Columbia bestätigte, dass man mit Hector und Blaustein über einen Vertrag für drei Filme verhandelt hatte; die Rede war von *Punkt und Komma* und zwei weiteren abendfüllenden Komödien. Es sei noch nichts unterschrieben worden, sagte der Sprecher der Gesellschaft, aber nachdem die Bedingungen zur Zufriedenheit beider Parteien ausgehandelt worden seien, habe man sich bereits darauf gefreut, *Hector in der Familie willkommen zu heißen*. Blausteins Bemerkungen und diese Erklärung von Columbia machten es extrem unwahrscheinlich, dass Hectors Karriere in eine Sackgasse geraten war, was einige Boulevardblätter als mögliches Motiv für einen Selbstmord verbreitet hatten. Die Fakten sprachen dagegen; Hectors Aussichten waren alles andere als düster. Das Durcheinander bei Kaleidoscope habe *ihm die Stimmung nicht verdorben*, war am 18. Februar 1929 im *Los Angeles Report* zu lesen, und da nirgends ein Abschiedsbrief aufgetaucht war, der die Annahme, Hector habe sich das Leben genommen, hätte stützen können, verlor die Selbstmordtheorie allmählich an Boden und wurde durch eine Vielzahl wüster Spekulationen und hirnrissiger Mutmaßungen ersetzt: schief gegangene Entführungen, abstruse Unfälle, übernatürliche Ereignisse. Unterdessen kam die Polizei bei ihren Recherchen im Zusammenhang mit Hunt nicht weiter; man behauptete zwar, man gehe *einigen viel versprechenden Hinweisen nach* (*Los Angeles Daily News* am 7. März 1929), aber neue Verdächtige wurden dann doch nicht präsentiert. Wenn Hector ermordet worden war, gab es jedenfalls kein hinreichendes Belastungsmaterial für eine Anklage. Wenn er sich selbst getötet hatte, dann jedenfalls aus keinerlei nachvollziehbaren Gründen. Einige Zyniker meinten, sein Verschwinden sei nichts anderes als ein Reklamegag, ein mieser Trick, ausgeheckt von Harry Cohn, um den neuen Star von Columbia ins Gespräch zu bringen, und man könne jetzt jederzeit mit Hectors wundersamer Rückkehr rechnen. Das klang auf eine verquere Weise gar nicht mal so unvernünftig, aber Tag um Tag verstrich, ohne dass Hector zurückkehrte, und damit erwies sich diese Theorie als ebenso falsch wie alle anderen. Jeder hatte eine Meinung zu dem, was Hector zugestoßen war, Tatsache aber war, dass niemand etwas wusste. Und falls doch jemand etwas wusste, schwieg er.

Der Fall war etwa anderthalb Monate lang in den Schlagzeilen, aber dann begann das Interesse nachzulassen. Es gab keine neuen Enthüllungen zu berichten, keine neuen Möglichkeiten zu erörtern, und schließlich wandte sich die Presse anderen Dingen zu. Gegen Ende des Frühjahrs brachte der *Los Angeles Examiner* den ersten von mehreren Artikeln, die in den folgenden zwei Jahren sporadisch erschienen und in denen jedes Mal berichtet wurde, Hector sei an irgendeinem unwahrscheinlichen, weit abgelegenen Ort von irgendwem gesehen worden – man sprach regelrecht von Hector-Sichtungen –, aber das waren nicht viel mehr als Kuriositäten, kleine Füllartikel am unteren Rand der Horoskopseite, Belustigungen für Hollywood-Experten. Hector als Gewerkschafter in Utica, New York. Hector mit seinem Wanderzirkus in der Pampa. Hector als Penner. Im März 1933 veröffentlichte Randall Simms, der Journalist, der Hector fünf Jahre zuvor für *The Picturegoer* interviewt hatte, einen Artikel in der Sonntagsbeilage des *Herald Express* unter der Überschrift: *Was ist aus Hector Mann geworden?* Das ließ auf neue Informationen zu dem Fall hoffen, doch abgesehen von Andeutungen über eine tragische, komplizierte Dreiecksgeschichte, in die Hector verwickelt oder auch nicht verwickelt gewesen sein könnte, war das Ganze im Wesentlichen ein Aufguss der Artikel, die 1929 in Los Angeles durch die Presse gegangen waren. Ein ähnliches Machwerk, verfasst von einer gewissen Dabney Strayhorn, erschien 1941 in der Zeitschrift *Collier's*, und ein 1957 veröffentlichtes Buch mit dem reißerischen Titel *Skandale und Geheimnisse von Hollywood*, geschrieben von Frank C. Klebald, widmete Hectors Verschwinden ein kurzes Kapitel, das sich bei genauerer Betrachtung als nahezu wörtliches Plagiat des Strayhorn'schen Zeitschriftenartikels herausstellte. Im Lauf der Jahre mag noch mehr in Zeitschriften oder Büchern über Hector geschrieben worden sein, aber nichts davon ist mir bekannt geworden. Ich besaß nur, was ich in dieser Schachtel hatte, mehr hatte ich nicht auftreiben können.

4

Zwei Wochen später hatte ich immer noch nichts von Frieda Spelling gehört. Ich hatte nächtliche Anrufe erwartet, Briefe per Eilboten, Telegramme und Faxe, verzweifelte Bitten, an Hectors Krankenlager zu eilen, aber nach vierzehn Tagen Schweigen gewannen meine Zweifel wieder die Oberhand. Meine Skepsis kehrte zurück, und nach und nach geriet ich wieder dahin, wo ich angefangen hatte. Der Karton wurde in den Schrank gestellt, und nachdem ich noch eine Woche oder etwas länger Trübsal geblasen hatte, holte ich meinen Chateaubriand hervor und stürzte mich in die Arbeit. Fast einen ganzen Monat war ich auf Abwegen gewesen, und obwohl einige Rückstände von Enttäuschung und Empörung übrig blieben, gelang es mir doch, mir den Gedanken an Tierra del Sueño aus dem Kopf zu schlagen. Hector war wieder tot. Er war 1929 gestorben, vielleicht aber auch erst vorgestern. Es spielte keine Rolle, welcher Tod der wirkliche war. Er weilte nicht mehr in dieser Welt, und ich würde keine Gelegenheit mehr haben, ihn kennen zu lernen.

Ich verkroch mich aufs Neue in mir selbst. Das Wetter war unbeständig, gute Phasen wechselten mit schlechten. Auf einen oder zwei strahlend helle Tage folgten heftige Gewitterstürme; gewaltige Wolkenbrüche, und wenig später kristallblauer Himmel; Wind und Windstille; Wärme und Kälte; Nebel und klare Luft. Auf meinem Berg war es immer fünf Grad kälter als unten in der Stadt, aber an manchen Nachmittagen konnte ich in kurzer Hose und T-Shirt spazieren gehen. An anderen Nachmittagen musste ich den Kamin anmachen und drei Pullover übereinander ziehen. Der Juni ging in den Juli über. Seit zehn Tagen war ich wieder fleißig, allmählich fand ich in den alten Rhythmus zurück und gelangte zu der Überzeugung, den Rest meiner Arbeit in einem Schwung erledigen zu können. Kurz nach dem Nationalfeiertagswochenende machte ich etwas früher Schluss als gewöhnlich und fuhr zum Einkaufen nach Brattleboro. Ich verbrachte etwa vierzig Minuten im Grand Union, und nachdem ich die Tüten im Auto verstaut hatte, beschloss ich, noch ein wenig zu bleiben und mir irgendeinen Film anzusehen. Das war eine völlig spontane Idee, ein plötzlicher Einfall, als ich auf dem Parkplatz stand und schwitzend in die Nachmittagssonne blinzelte. Mein Tagespensum hatte ich bereits erledigt, und es gab keinen Grund, meine Pläne nicht einfach zu ändern, keinen Grund, nach Hause zurückzufahren, wenn ich dazu noch keine Lust hatte. Als ich zum Latches Theatre an der Main Street kam, fing gerade die Vorschau für die Sechs-Uhr-Vorstellung an. Ich kaufte mir eine Cola und eine Tüte Popcorn, setzte mich in die Mitte der letzten Reihe und ließ einen Teil der *Zurück in die Zukunft*-Reihe über mich ergehen. Ich fand ihn ebenso lachhaft wie unterhaltsam. Danach beschloss ich, meinen Ausflug noch etwas zu verlängern und in dem koreanischen Restaurant auf der anderen Straßenseite essen zu gehen. Ich hatte dort schon einmal gegessen, und für Vermonter Verhältnisse war die Küche gar nicht mal so übel.

Ich hatte zwei Stunden lang im Dunkeln gesessen, und als ich aus dem Kino kam, war das Wetter umgeschlagen.

Wieder so ein plötzlicher Wechsel: Wolken wälzten sich heran, die Temperatur fiel auf zehn Grad, Wind kam auf. Nach einem Tag strahlenden Sonnenscheins hätte der Himmel um diese Zeit noch ein wenig hell sein können, aber die Sonne hatte sich schon vor Einbruch der Dämmerung verzogen, und der lange Sommertag war in einen feuchten, kühlen Abend übergegangen. Als ich die Straße überquerte und das Restaurant betrat, regnete es bereits; ich nahm an einem der vorderen Tische Platz, bestellte mein Essen und sah zu, wie draußen der Sturm an Kraft gewann. Eine Papiertüte wurde aufgewirbelt und klatschte ans Schaufenster von Sam's Army-Navy-Store; eine leere Limodose fegte klappernd die Straße zum Fluss hinunter; fette Regentropfen platzten auf dem Gehsteig. Als Vorspeise aß ich Kimchi, nach jedem zweiten Bissen nahm ich einen Schluck Bier. Das Zeug war scharf und brannte auf der Zunge, und als ich zum Hauptgericht kam, tunkte ich das Fleisch ebenfalls in die scharfe Sauce – was zur Folge hatte, dass ich noch mehr Bier trank. Insgesamt müssen es drei, vielleicht vier Flaschen gewesen sein, und als ich die Rechnung bezahlte, war ich ein bisschen betrunkener, als ich hätte sein dürfen. Nüchtern genug, um noch geradeaus zu gehen, nehme ich an, nüchtern genug für manch klaren Gedanken an meine Übersetzung, aber wahrscheinlich nicht nüchtern genug zum Autofahren.

Ich will aber die Schuld nicht auf das Bier schieben. Meine Reflexe mögen ein wenig lahm gewesen sein, aber es kamen auch noch andere Umstände hinzu, und ich bezweifle, dass es ohne das Bier irgendwie anders gekommen wäre. Als ich das Restaurant verließ, goss es immer noch in Strömen, und als ich die paar hundert Meter zum Parkplatz gelaufen war, war ich nass bis auf die Haut. Dass ich lange in der nassen Hosentasche nach den Schlüsseln wühlte, machte die Sache auch nicht besser, und erst recht nicht, dass ich sie, nachdem ich sie hervorgeklaubt hatte, prompt in eine Pfütze fallen ließ. So verlor ich noch mehr Zeit, denn nun musste ich in die Hocke gehen und im Dunkeln nach ihnen suchen, und als ich mich endlich erhob und in den Wagen stieg, war ich nass wie einer, der vollständig bekleidet ein ausgiebiges Duschbad genommen hatte. Man gebe dem Bier die Schuld, aber auch meinen triefenden Kleidern und dem Wasser, das mir in die Augen lief. Immer wieder musste ich eine Hand vom Steuer nehmen und mir die Stirn abwischen; denkt man darüber hinaus noch an die Ablenkung durch eine schlecht funktionierende Lüftung (sodass ich, wenn ich mir nicht gerade die Stirn abwischte, mit derselben Hand die beschlagene Windschutzscheibe frei machen musste), und steigert man diese Schwierigkeiten noch durch schadhafte Scheibenwischer (wann sind Scheibenwischer nicht schadhaft?), so herrschten an diesem Abend Bedingungen, die eine sichere Heimfahrt wohl kaum garantieren konnten.

Komisch, dass ich mir über das alles im Klaren war. Bibbernd in meinen nassen Kleidern, nur darauf bedacht, nach Hause zu kommen und mich umzuziehen, fuhr ich dennoch ganz bewusst so langsam wie möglich. Das war vermutlich meine Rettung; es kann aber auch sein, dass es gerade deshalb zu dem Unfall kam. Wäre ich schneller gefahren, wäre ich vielleicht wachsamer gewesen, hätte besser auf die Tücken der Straße geachtet. So aber begannen meine Gedanken nach einer Weile abzuschweifen, und schließlich geriet ich in eine dieser langwierigen, sinnlosen Grübeleien, die einen nur zu überkommen pflegen, wenn man alleine Auto fährt. Diesmal ging es, wenn ich mich recht erinnere, um die Quantifizierung unbedeutender Alltagshandlungen. Wie viel Zeit hatte ich in den vergangenen vierzig Jahren damit zugebracht, mir die Schuhe zu binden? Wie viele Türen hatte ich auf und zu gemacht? Wie oft hatte ich geniest? Wie viele Stunden hatte ich mit der Suche nach Gegenständen verloren, die ich nicht finden konnte? Wie oft hatte ich mir die Zehen oder den Kopf gestoßen oder etwas weggezwinkert, das mir ins Auge geraten war? Ich fand diese Beschäftigung durchaus angenehm, und während ich weiter durch die Dunkelheit platschte, fügte ich der Liste immer neue Punkte hinzu. Etwa zwanzig Meilen außerhalb von Brattleboro, auf einer freien Strecke zwischen den Ortschaften T---- und West T----, nur drei Meilen vor der Abzweigung, die mich auf den Feldweg zu meinem Haus gebracht hätte, sah ich plötzlich im Scheinwerferlicht die Augen irgendeines Tieres aufleuchten. Ich wusste sofort, es war ein Hund. Zwanzig, dreißig Meter vor mir tapste dieses nasse, struppige Wesen durch die Nacht. Im Gegensatz zu anderen Hunden, die sich verlaufen haben, lief er nicht am Straßenrand entlang, sondern trabte genau in der Mitte – das heißt, etwas links von der Mitte, also praktisch genau auf meiner Fahrbahn. Ich machte einen Schwenk, um ihn nicht anzufahren, und stieg im selben Augenblick auf die Bremse. Das hätte ich wohl besser nicht getan, aber es war schon passiert, ehe ich mir sagen konnte, dass ich es lassen sollte. Jedenfalls war die Straße vom Regen nass und glitschig, und die Reifen begannen zu rutschen. Ich schleuderte über die gelbe Begrenzungslinie, und bevor ich gegensteuern konnte, krachte ich auch schon an einen Strommasten.

Ich hatte zwar den Gurt angelegt, aber bei dem Aufprall knallte mein linker Arm ans Lenkrad, und natürlich flogen nun auch die ganzen Lebensmittel aus ihren Tüten, unter anderem eine Dose Tomatensaft, die mich am Kinn erwischte. Mein Gesicht tat höllisch weh, und mein Unterarm schmerzte wie verrückt, aber die Hand ließ sich noch bewegen, der Mund ging noch auf und zu, darum nahm ich an, dass ich mir nichts gebrochen hatte. Nun hätte ich erleichtert sein können, dankbar, dass ich ohne ernste Verletzungen davongekommen war, aber ich war nicht in der Stimmung, das Ausmaß meines Glücks zu berechnen und darüber zu spekulieren, wie viel schlimmer es hätte sein können. Es war schlimm genug, und ich haderte wütend mit mir, weil ich den Wagen kaputtgefahren hatte. Ein Scheinwerfer war zertrümmert, ein Kotflügel verbeult, die Kühlerhaube eingedrückt. Der Motor lief zwar noch, aber als ich zurücksetzen und weiterfahren wollte, stellte ich fest, dass die Vorderräder halb im Schlamm steckten. Zwanzig Minuten lang musste ich in Matsch und Regen schuften, bis ich das Ding da herausgeschoben hatte, und dann war ich so durchnässt und erschöpft, dass ich mir nicht mehr die Mühe machte, die Lebensmittel, die im ganzen Wagen herumgeflogen waren, wieder aufzusammeln. Ich setzte mich einfach ans Steuer, rangierte zurück auf die Straße und fuhr davon. Wie ich hinterher bemerkte, hatte ich während dieser letzten Etappe der Heimfahrt ein Päckchen tiefgefrorener Erbsen im Kreuz.

Es war schon nach elf, als ich vor dem Haus parkte. Ich zitterte in meinen Kleidern, Unterkiefer und Arm taten weh, ich hatte schlechte Laune. Erwarte das Unerwartete, heißt es, aber ist das Unerwartete dann erst eingetreten, erwartet man natürlich nicht, dass es noch einmal eintreten wird. Ich hatte das Visier heruntergelassen, und da ich immer noch an den Hund und den Strommast dachte, immer noch über die Einzelheiten des Unfalls nachgrübelte, übersah ich, als ich aus dem Wagen stieg, das links vom Haus geparkte Auto. Meine Scheinwerfer hatten es nicht gestreift, und als ich den Motor abstellte und das Licht ausmachte, wurde es ohnehin stockfinster. Der Regen hatte nachgelassen, es nieselte nur noch. Im Haus war kein Licht, denn ich hatte ja angenommen, vor Sonnenuntergang zurück zu sein, und deshalb nicht einmal das Licht über der Eingangstür angelassen. Der Himmel war schwarz. Die Erde war schwarz. Gedächtnis und Gespür halfen mir, mich zum Haus zu tasten, aber sehen konnte ich nichts.

In Süd-Vermont war es durchaus üblich, sein Haus nicht abzuschließen, aber daran hielt ich mich nicht. Ich verrammelte jedes Mal die Tür, wenn ich ausging. Ein Ritual, das ich stur befolgte, selbst wenn ich nur für fünf Minuten wegmusste. Als ich jetzt zum zweiten Mal an diesem Abend nach meinen Schlüsseln suchte, begriff ich, wie dumm diese Vorsicht gewesen war. Ich hatte mich praktisch aus meinem eigenen Haus ausgeschlossen. Ich hielt die Schlüssel bereits in der Hand, aber es hingen insgesamt sechs davon an der Kette, und ich hatte keine Ahnung, welcher der richtige war. Erst einmal tappte ich blind an der Tür herum, bis ich das Schloss gefunden hatte. Dann nahm ich aufs Geratewohl einen Schlüssel und bugsierte ihn hinein. Auf halbem Weg blieb er stecken. Also musste ich den nächsten ausprobieren, aber dazu galt es zunächst einmal, den ersten wieder herauszubekommen. Das erforderte wesentlich mehr Geschick, als ich vermutet hatte. Gerade als ich die letzte Kerbe aus dem Loch manövrieren wollte, ruckte der Schlüssel eine winziges bisschen, und die Kette fiel mir aus der Hand. Sie rasselte auf die Holztreppe und entglitt dann Gott weiß wohin in die Nacht. Damit endete die Fahrt genau so, wie sie begonnen hatte: leise fluchend suchte ich auf allen vieren nach unsichtbaren Schlüsseln.

Ich war kaum ein paar Sekunden dabei, als im Garten plötzlich ein Licht anging. Ich sah auf, drehte den Kopf instinktiv nach der Lichtquelle, und noch ehe ich einen Schreck bekommen oder überhaupt registrieren konnte, was da los war, erblickte ich ein Auto – ein Auto, das auf meinem Grundstück nichts zu suchen hatte –, und diesem Auto entstieg eine Frau. Sie spannte einen großen roten Schirm auf, schlug die Tür hinter sich zu, und das Licht ging wieder aus. Brauchen Sie Hilfe?, sagte sie. Ich rappelte mich hoch, und in diesem Moment ging wieder ein Licht an. Die Frau leuchtete mir mit einer Taschenlampe ins Gesicht.

Wer zum Teufel sind Sie?, fragte ich.

Sie kennen mich nicht, antwortete sie, aber Sie kennen die Person, die mich geschickt hat.

Das reicht mir nicht. Sagen Sie mir, wer Sie sind, oder ich hole die Polizei.

Mein Name ist Alma Grund. Ich warte hier schon seit über fünf Stunden. Mr. Zimmer, ich muss mit Ihnen reden.

Und wer hat Sie geschickt?

Frieda Spelling. Hector geht es sehr schlecht. Sie möchte, dass Sie das wissen, und ich soll Ihnen ausrichten, dass die Zeit jetzt sehr knapp wird.

MITHILFE ihrer Taschenlampe fanden wir die Schlüssel, und als ich die Tür aufschloss und ins Haus trat, machte ich die Lampen im Wohnzimmer an. Alma Grund kam mir nach – eine kleine Frau, Mitte bis Ende dreißig. Blaue Seidenbluse und maßgeschneiderte graue Hose. Mittellange braune Haare, Stöckelschuhe, karmesinroter Lippenstift, eine große Handtasche aus Leder über der Schulter. Als sie ins Licht trat, sah ich das Muttermal auf ihrer linken Gesichtshälfte. Es war ein violetter Fleck von der Größe einer Männerfaust, lang und breit genug, dass er an die Karte eines Phantasielandes erinnerte: eine kompakte Verfärbung, die mehr als die Hälfte ihrer Wange bedeckte und sich vom Augenwinkel bis zur Kinnlade hinunterzog. Sie trug die Haare so geschnitten, dass sie das Mal zum größten Teil verbargen, und hielt den Kopf ein wenig schief, damit die Haare an Ort und Stelle blieben. Diese leicht verkrampfte Haltung schien ihr offenbar in Fleisch und Blut übergegangen, eine Angewohnheit, die ein Leben in Befangenheit ihr aufgezwungen haben musste. Das gab ihrer Erscheinung etwas Unbeholfenes und Verletzliches; sie wirkte wie ein schüchternes Mädchen, das lieber zu Boden als seinem Gegenüber in die Augen sah.

An jedem anderen Abend wäre ich wahrscheinlich bereit gewesen, mit ihr zu reden – aber nicht an diesem. Ich war zu wütend, zu fertig von dem, was bereits passiert war, und hatte nur den einen Wunsch, mich aus meinen nassen Kleidern zu schälen, ein heißes Bad zu nehmen und ins Bett zu gehen. Ich hatte, nachdem ich das Licht im Wohnzimmer angemacht hatte, die Tür hinter mir zugeworfen. Nun klinkte ich sie wieder auf und bat sie höflich zu gehen.

Bitte nur fünf Minuten, sagte sie. Ich kann alles erklären.

Ich mag es nicht, wenn Leute ungefragt mein Grundstück betreten, sagte ich, und ich mag es nicht, wenn Leute mitten in der Nacht über mich herfallen. Sie wollen doch nicht, dass ich Sie rausschmeiße, oder?

Jetzt hob sie den Blick und sah mich an – überrascht von meiner Heftigkeit, leicht verängstigt von dem Zorn, der in meiner Stimme mitschwang. Ich denke, Sie wollen Hector besuchen, sagte sie, und mit diesen Worten trat sie ein paar Schritte weiter ins Haus hinein, entfernte sich vorsichtshalber von der Tür, für den Fall, dass ich auf die Idee käme, meine Drohung wahr zu machen. Als sie sich wieder mir zuwandte, konnte ich nur ihre rechte Gesichtshälfte sehen. Jetzt wirkte sie ganz anders; sie hatte ein feines, rundliches Gesicht und eine sehr glatte Haut. Eigentlich nicht unattraktiv, beinahe hübsch sogar. Dunkelblaue Augen, aus denen eine wache, nervöse Klugheit leuchtete, die mich ein wenig an Helen erinnerte.

Was Frieda Spelling zu sagen hat, interessiert mich nicht mehr, sagte ich. Sie hat mich zu lange hingehalten, und es hat mich viel Mühe gekostet, darüber hinwegzukommen. Ich will mich nicht noch einmal darauf einlassen. Zu viel Hoffnung. Zu viel Enttäuschung. Ich kann das nicht verkraften. Für mich ist die Geschichte vorbei.

Bevor sie mir antworten konnte, schickte ich zum Abschluss meiner kleinen Predigt eine letzte aggressive Bemerkung hinterher. Ich werde jetzt ein Bad nehmen, sagte ich. Und wenn ich damit fertig bin, will ich Sie hier nicht mehr sehen. Bitte seien Sie so freundlich und schließen die Tür, wenn Sie gehen.

Ich wandte ihr den Rücken zu und ging zur Treppe, fest entschlossen, sie fortan zu ignorieren und die ganze Sache ein für alle Mal hinter mir zu lassen. Als ich schon die Treppe hochstieg, hörte ich sie sagen: Sie haben ein so hervorragendes Buch geschrieben, Mr. Zimmer. Und deshalb haben Sie ein Recht darauf, die wahre Geschichte zu erfahren. Und ich brauche Ihre Hilfe. Wenn Sie mich nicht anhören, werden schreckliche Dinge geschehen. Hören Sie mir einfach nur fünf Minuten zu. Mehr will ich nicht von Ihnen.

Melodramatischer hätte sie ihr Anliegen kaum vortragen können, aber ich dachte gar nicht daran, mich erweichen zu lassen. Oben angekommen, drehte ich mich um und sprach von der Loggia hinunter zu ihr. Ich gebe Ihnen nicht mal fünf Sekunden, sagte ich. Wenn Sie mit mir reden wollen, rufen Sie mich morgen an. Oder besser, schreiben Sie mir einen Brief. Am Telefon bin ich nicht so gut. Und ohne ihre Reaktion abzuwarten, verschwand ich ins Bad und schloss die Tür hinter mir ab.

Ich blieb fünfzehn, zwanzig Minuten in der Wanne. Dazu noch drei, vier Minuten zum Abtrocknen, zwei Minuten vor dem Spiegel, wo ich mein Kinn untersuchte, und noch einmal sechs oder sieben, bis ich mir trockene Sachen angezogen hatte; insgesamt also rund eine halbe Stunde. Ich hatte es nicht eilig. Ich wusste, dass sie noch da sein würde, wenn ich wieder nach unten kam, und ich war immer noch miserabel gelaunt, kochend vor aufgestauter Streitlust und Feindseligkeit. Vor Alma Grund fürchtete ich mich nicht, aber meine Wut machte mir Angst, ich verstand gar nicht mehr, was in mir vorging. Seit meinem Ausbruch im Frühjahr auf der Party bei den Tellefsons hatte ich mich vollkommen zurückgezogen und mehr oder weniger verlernt, mit Fremden zu reden. Der einzige Mensch, mit dem ich noch zurechtkam, war ich selbst – aber wer war schon ich, ich lebte ja eigentlich gar nicht mehr. Ich war bloß jemand, der so tat, als ob er lebte, ein Toter, der seine Tage damit hinbrachte, das Buch eines Toten zu übersetzen.

Sie begann sogleich mit einem Schwall von Entschuldigungen, als ich auf die Loggia hinaustrat, sah von unten zu mir herauf, bat um Verzeihung für ihre schlechten Manieren und bekannte sich zu ihrem Fehler, einfach so unangemeldet bei mir aufgetaucht zu sein. Sie schleiche sonst nicht bei Nacht um die Häuser fremder Leute, sagte sie, und sie habe mich nicht erschrecken wollen. Als sie um sechs an meine Tür geklopft habe, sei es noch hell gewesen. Sie habe irrtümlich angenommen, dass ich zu Hause sei, und sie habe dann nur deshalb stundenlang in meinem Garten gewartet, weil sie gemeint habe, dass ich jeden Augenblick zurückkommen würde.

Als ich die Treppe hinunterstieg und ins Wohnzimmer ging, sah ich, dass sie sich die Haare gebürstet und neuen Lippenstift aufgelegt hatte. Sie wirkte jetzt konzentrierter – weniger zappelig, weniger befangen –, und als ich auf sie zuging und sie bat, sich zu setzen, spürte ich, dass sie nicht ganz so schwach oder verschüchtert war, wie ich vermutet hatte.

Ich werde Ihnen erst zuhören, wenn Sie mir ein paar Fragen beantwortet haben, sagte ich. Wenn ich mit Ihren Antworten zufrieden bin, dürfen Sie reden. Wenn nicht, werde ich Sie bitten zu gehen. Dann will ich Sie nie wieder sehen. Verstanden?

Wollen Sie ausführliche oder knappe Antworten?

Knappe. So kurz wie möglich.

Dann sagen Sie mir, wo ich anfangen soll. Ich werde mir Mühe geben.

Als Erstes möchte ich wissen, warum Frieda Spelling mir nicht geantwortet hat.

Sie hat auch Ihren zweiten Brief erhalten, aber gerade als sie Ihnen antworten wollte, ist etwas passiert, das sie am Weiterschreiben gehindert hat.

Einen ganzen Monat lang?

Hector ist die Treppe hinuntergefallen. Da im Haus saß

Frieda mit dem Stift in der Hand an ihrem Schreibtisch, dort ging Hector zur Treppe. Es ist unheimlich, wie nahe sich diese Ereignisse waren. Frieda schrieb vier Worte – *Sehr geehrter Professor Zimmer* –, und im selben Augenblick kam Hector zu Fall. Er zog sich eine doppelte Beinfraktur zu. Dazu mehrere Rippenbrüche. Eine schlimme Beule an der Schläfe. Ein Hubschrauber musste ihn von der Ranch abholen und nach Albuquerque ins Krankenhaus bringen. Während der Operation, mit der das Bein gerichtet werden sollte, bekam er einen Herzinfarkt. Er wurde auf die Intensivstation verlegt, und als es ihm dann etwas besser zu gehen schien, holte er sich eine Lungenentzündung. Zwei Wochen lang hing sein Leben an einem seidenen Faden. Drei- oder viermal glaubten wir, ihn zu verlieren. Unmöglich, in dieser Zeit einen Brief zu schreiben, Mr. Zimmer. Es war einfach zu viel, und Frieda konnte an nichts anderes denken.

Ist er immer noch im Krankenhaus?

Er ist gestern nach Hause gekommen. Ich habe heute früh den ersten Flug genommen, bin um halb drei in Boston gelandet und mit einem Mietwagen zu Ihnen rausgefahren. Das geht schneller, als einen Brief zu schreiben. Ein Tag statt drei oder vier, vielleicht sogar fünf. In fünf Tagen kann Hector längst tot sein.

Warum haben Sie mich nicht angerufen?

Das wollte ich nicht riskieren. Ich wollte Ihnen nicht die Möglichkeit geben, einfach aufzulegen.

Und warum liegt Ihnen so viel daran? Das ist meine nächste Frage. Wer sind Sie, und was haben Sie mit der Sache zu tun?

Ich kenne die beiden mein Leben lang. Sie stehen mir sehr nahe.

Wollen Sie mir etwa erzählen, dass Sie ihre Tochter sind?

Ich bin Charlie Grunds Tochter. Vielleicht können Sie sich an den Namen nicht erinnern, aber ich bin mir sicher, dass Sie ihn schon mal gelesen haben. Wahrscheinlich sogar Dutzende Male.

Der Kameramann.

Richtig. Er hat alle Filme Hectors bei Kaleidoscope gedreht. Als Hector und Frieda dann wieder anfingen, Filme zu machen, hat er Kalifornien verlassen und ist zu ihnen auf die Ranch gezogen. Das war 1940. 1946 hat er meine Mutter geheiratet. Ich bin dort zur Welt gekommen und aufgewachsen. Die Ranch bedeutet mir sehr viel, Mr. Zimmer. Alles, was ich bin, kommt von dorther.

Und Sie sind nie weggegangen?

Mit fünfzehn kam ich aufs Internat. Später aufs College. Danach habe ich in verschiedenen Städten gelebt. New York, London, Los Angeles. Ich habe geheiratet und mich scheiden lassen, ich habe gearbeitet, ich habe alles Mögliche getan.

Aber jetzt leben Sie wieder auf der Ranch.

Vor ungefähr sieben Jahren bin ich wieder dorthin gezogen. Meine Mutter starb, ich fuhr zur Beerdigung nach Hause. Und dann bin ich einfach dageblieben. Charlie ist ein paar Jahre später gestorben, aber ich bin immer noch da.

Und tun dort was?

Hectors Biographie schreiben. Ich sitze seit sechseinhalb Jahren daran, bin aber fast fertig.

Allmählich kommt Logik in die Geschichte.

Was sollte daran auch unlogisch sein? Glauben Sie, ich reise zweitausendvierhundert Meilen weit, um Ihnen dann irgendetwas zu verschweigen?

Das ist die nächste Frage. Warum ich? Es gibt so viele

Menschen auf der Welt – wieso sind Sie ausgerechnet auf mich gekommen?

Weil ich einen Zeugen brauche. Ich schreibe in dem Buch über Dinge, die niemand sonst gesehen hat, und falls nicht irgendjemand meine Behauptungen bestätigt, wird mir keiner glauben.

Aber dieser Jemand muss nicht ich sein. Das könnte doch auch jeder andere. Sie haben mir soeben auf Ihre umsichtige, umwegige Art zu verstehen gegeben, dass da noch spätere Filme existieren. Wenn es also noch mehr von Hector zu sehen gibt, sollten Sie Kontakt mit einem Filmexperten aufnehmen und ihn bitten, sich das anzusehen. Sie brauchen eine Autorität, die für Sie aussagt, jemanden, der einen guten Ruf auf diesem Gebiet hat. Ich bin bloß ein Amateur.

Sie mögen kein professioneller Filmkritiker sein, aber Sie sind ein Experte für Hector Manns Komödien. Sie haben ein außerordentliches Buch geschrieben, Mr. Zimmer. Niemand wird jemals etwas Besseres über diese Filme schreiben. Es ist *das* Buch zum Thema.

Bis zu diesem Augenblick hatte sie mir ihre ungeteilte Aufmerksamkeit geschenkt. Sie saß auf dem Sofa, und während ich vor ihr auf und ab schritt, war ich mir wie ein Staatsanwalt vorgekommen, der eine Zeugin ins Kreuzverhör nimmt. Ich befand mich im Vorteil, aber sie hatte mir bei ihren Antworten immer unverwandt in die Augen geschaut. Jetzt sah sie plötzlich auf ihre Uhr und wurde unruhig, und ich spürte, die Stimmung war umgeschlagen.

Es ist spät, sagte sie.

Ich nahm an, sie wollte damit andeuten, dass sie müde sei. In dieser Situation so etwas zu sagen kam mir lächerlich vor, völlig absurd. Sie haben damit angefangen, sagte ich. Sie wollen doch jetzt nicht etwa kneifen? Wir kommen ja gerade erst in Schwung.

Es ist halb zwei. Die Maschine nach Boston geht um sieben Uhr fünfzehn. Wenn wir in einer Stunde abfahren, könnten wir es schaffen.

Wovon reden Sie?

Glauben Sie vielleicht, ich sei bloß zum Plaudern nach Vermont gekommen? Ich nehme Sie mit nach New Mexico. Ich dachte, das wäre Ihnen klar.

Das soll wohl ein Witz sein.

Die Reise ist lang. Wenn Sie noch mehr Fragen haben, bin ich gern bereit, Ihnen unterwegs Rede und Antwort zu stehen. Bis wir da sind, werden Sie alles wissen, was ich weiß. Versprochen.

Sie sind doch zu klug, sich einzubilden, dass ich dazu bereit sein könnte. Nicht jetzt. Nicht mitten in der Nacht.

Sie müssen. Vierundzwanzig Stunden nach Hectors Tod werden diese Filme vernichtet. Und vielleicht ist er schon tot. Er könnte gestorben sein, während ich heute zu Ihnen gefahren bin. Verstehen Sie nicht, Mr. Zimmer? Wenn wir nicht sofort aufbrechen, bleibt uns womöglich keine Zeit mehr.

Sie vergessen, was ich Frieda Spelling in meinem letzten Brief gesagt habe. Ich benutze keine Flugzeuge. Das verbietet mir mein Glaube.

Ohne ein Wort zu sagen, griff Alma Grund in ihre Handtasche und nahm ein kleines weißes Tütchen heraus. Es war mit einem blaugrünen Logo bedruckt, darunter stand ein kurzer Text. Ich konnte aus der Entfernung nur ein einziges Wort erkennen, aber es war auch das einzige Wort, das ich wissen musste, um auf den Inhalt der Tüte schließen zu können: Apotheke.

Ich habe das nicht vergessen, sagte sie. Und um es Ihnen leichter zu machen, habe ich Ihnen etwas Xanax mitgebracht. Das nehmen Sie doch gelegentlich, oder?

Woher wissen Sie das?

Sie haben zwar ein großartiges Buch geschrieben, aber das hieß nicht, dass wir Ihnen trauen konnten. Ich musste ein wenig Detektiv spielen und Sie überprüfen. Ich habe herumtelefoniert, ein paar Briefe geschrieben, Ihre anderen Sachen gelesen. Ich weiß, was Sie durchgemacht haben, und ich finde es furchtbar – ganz furchtbar, was Ihrer Frau und Ihren Söhnen zugestoßen ist. Es muss schrecklich für Sie gewesen sein.

Dazu hatten Sie kein Recht. Ich finde es empörend, dass Sie so im Leben eines anderen herumschnüffeln. Sie platzen hier rein und bitten mich um Hilfe, und dann erzählen Sie mir plötzlich so etwas? Warum sollte ich Ihnen helfen? Ich könnte kotzen bei dem Gedanken.

Frieda und Hector wollten über Sie Bescheid wissen, sonst hätten sie mir nicht erlaubt, Sie einzuladen. Ich habe das nur für die beiden getan.

Das kann ich nicht akzeptieren. Ich akzeptiere kein einziges Wort von dem, was Sie da sagen.

Wir sind doch auf einer Seite, Mr. Zimmer. Wir brauchen uns nicht anzuschreien. Wir sollten freundschaftlich zusammenarbeiten.

Ich bin nicht Ihr Freund. Ich bin überhaupt nichts für Sie. Sie sind ein Phantom, aus der Nacht hier aufgetaucht. Und jetzt will ich, dass Sie wieder verschwinden und mich in Ruhe lassen.

Das kann ich nicht. Ich muss Sie mitnehmen, und wir müssen jetzt los. Bitte zwingen Sie mich nicht, Ihnen zu drohen. Das wäre doch reichlich albern in dieser Situation.

Ich hatte keine Ahnung, wovon sie redete. Ich war fünfundzwanzig Zentimeter größer als sie und mindestens fünfundzwanzig Kilo schwerer, ein ziemlich großer Mann und kurz davor, die Geduld zu verlieren, ein Unberechenbarer, der jederzeit gewalttätig werden konnte – und sie saß da und wollte mir drohen. Ich blieb neben dem Ofen stehen und behielt sie von dort aus im Auge. Wir waren drei, vier Meter auseinander, und gerade als sie vom Sofa aufstand, begann der Regen mit erneuerter Wucht aufs Dach zu krachen und ließ die Schindeln tanzen, als ginge ein Steinschlag darauf nieder. Bei dem Lärm zuckte sie zusammen, blickte mit einem ängstlichen, verwirrten Ausdruck in den Augen im Zimmer umher, und plötzlich wusste ich, was als Nächstes passieren würde. Ich kann nicht erklären, woher dieses Wissen kam, aber ob es nun Vorahnung oder außersinnliche Wahrnehmung war, was da auf einmal von mir Besitz ergriff, als ich diesen Ausdruck in ihren Augen sah, jedenfalls wusste ich, dass sie eine Schusswaffe in ihrer Handtasche hatte, und ich wusste, dass sie in den nächsten drei oder vier Sekunden mit der rechten Hand hineingreifen und sie herausnehmen würde.

Das war einer der grandiosesten, erheiterndsten Augenblicke meines Lebens. Ich stand einen halben Schritt außerhalb der Realität, ein paar Zoll jenseits der Grenzen meines Körpers, und als die Sache genau so geschah, wie ich es mir gedacht hatte, hatte ich ein Gefühl, als sei meine Haut durchsichtig geworden. Ich nahm keinen Raum mehr ein, sondern zerschmolz darin. Was um mich war, war auch in mir; ich brauchte nur in mich hineinzusehen, um die ganze Welt zu erkennen.

Sie hielt die Waffe in der Hand. Es war ein kleiner versilberter Revolver mit Perlmuttgriff, gerade halb so groß wie die Spielzeugpistole, mit der ich als Kind gespielt hatte. Als sie sich zu mir umdrehte und den Arm hob, sah ich, dass die Hand am Ende dieses Arms zitterte.

Ich hab so was noch nie getan, sagte sie. Sagen Sie mir, ich soll das Ding wegpacken, und ich tu's. Aber wir müssen jetzt los.

Es war das erste Mal in meinem Leben, dass jemand eine Waffe auf mich richtete, und ich staunte, wie gelassen ich blieb, wie selbstverständlich ich die möglichen Konsequenzen akzeptierte. Eine falsche Bewegung, ein falsches Wort, und ich konnte sterben, einfach so. Diese Vorstellung hätte mir Angst machen, hätte Fluchtgedanken in mir auslösen müssen, aber von alldem spürte ich nichts, nichts drängte mich, den Lauf der Dinge aufzuhalten. Etwas ungeheuer und furchtbar Schönes hatte sich vor mir aufgetan, und ich verspürte nur den einen Wunsch, ewig so stehen zu bleiben und dieser Frau mit dem seltsamen Doppelgesicht in die Augen zu schauen, während über uns der Regen mit einem Lärm wie von zehntausend Trommeln die Teufel der Nacht aufscheuchte.

Schießen Sie nur, sagte ich. Sie tun mir damit einen großen Gefallen.

Die Worte kamen mir aus dem Mund, noch ehe ich wusste, dass ich sie sagen würde. Sie klangen mir grell und erschreckend in den Ohren, wie etwas, das nur ein Geistesgestörter sagen konnte, doch als ich sie erst einmal gehört hatte, war mir klar, dass ich nicht die Absicht hatte, sie zurückzunehmen. Sie gefielen mir. Ich erfreute mich an ihrer Grobheit, an ihrer Offenheit, an der entschlossenen, sachlichen Art, mit der sie dem Dilemma, in dem ich steckte, zu Leibe rückten. Und dennoch, obwohl mir diese Worte so viel Mut machten, weiß ich bis heute nicht, wie sie gemeint waren. Habe ich sie wirklich aufgefordert, mich zu töten, oder habe ich nur versucht, sie zur Vernunft zu bringen, um nicht getötet zu werden? Habe ich wirklich gewollt, dass sie abdrückt, oder habe ich versucht, sie dazu zu bewegen, die Waffe sinken zu lassen? Ich habe mir diese Fragen in den vergangenen elf Jahren oft gestellt, aber bis heute noch keine schlüssige Antwort darauf gefunden. Mit Gewissheit weiß ich nur, dass ich keine Angst hatte. Als Alma Grund den Revolver zog und auf meine Brust richtete, empfand ich nicht Furcht, sondern Faszination. Ich begriff, dass die Kugeln in dieser Waffe einen Gedanken bargen, der mir noch nie gekommen war. Die Welt war voller Löcher, winziger sinnloser Öffnungen, mikroskopischer Spalten, in die der Geist eindringen konnte. War man erst einmal durch eins dieser Löcher gegangen, dann war man frei von sich selbst, frei von seinem Leben, frei von seinem Tod, frei von allem, was einem gehörte. In dieser Nacht war ich in meinem Wohnzimmer auf eins dieser Löcher gestoßen. Es erschien in Gestalt einer Waffe, und als ich mich jetzt im Innern dieser Waffe befand, war es mir gleichgültig, ob ich wieder herauskam oder nicht. Ich stand vollkommen ruhig neben mir und war vollkommen bereit zu akzeptieren, was immer der Augenblick zu bieten hatte. Gleichgültigkeit solcher Größenordnung ist etwas Seltenes, und da zu ihr nur jemand gelangen kann, der bereit ist, sich selbst loszulassen, gebietet sie Respekt. Sie flößt denen, die ihr begegnen, Ehrfurcht ein.

Bis dahin kann ich mich an alles erinnern, an alles bis zu dem Augenblick, da ich diese Worte sagte, und noch ein wenig darüber hinaus; dann aber wird es ziemlich verschwommen. Ich weiß, dass ich sie angebrüllt habe, mir an die Brust geschlagen und sie herausgefordert habe, mich zu erschießen, aber ob ich das getan habe, bevor sie zu weinen anfing oder danach, ist mir aus dem Gedächtnis verschwunden. Ebenso wenig weiß ich noch, was sie gesagt hat. Das kann eigentlich nur bedeuten, dass hauptsächlich ich selbst geredet habe, aber inzwischen stürzten mir die Worte so schnell aus dem Mund, dass ich kaum noch wusste, was ich sagte. Wichtig ist vor allem, dass sie Angst hatte. Sie hatte nicht damit gerechnet, dass ich den Spieß umdrehen würde, und als ich von der Waffe aufblickte und ihr wieder in die Augen sah, wusste ich, dass sie nicht den Mut hatte, mich umzubringen. Das war alles Bluff und kindliche Verzweiflung, und kaum tat ich einen Schritt auf sie zu, ließ sie die Waffe sinken. Ein merkwürdiger Ton entrang sich ihrer Kehle – ein gedämpfter, erstickter Luftstrom, ein undefinierbares Geräusch irgendwo zwischen Keuchen und Schluchzen –, und während ich sie weiter mit Hohn und Häme überschüttete und sie anschrie, sie solle die Sache endlich hinter sich bringen, wusste ich – und zwar mit absoluter Sicherheit und ohne den geringsten Zweifel –, dass die Waffe nicht geladen war. Auch hier behaupte ich nicht zu wissen, woher diese Gewissheit kam, aber ich brauchte nur zu sehen, wie sie den Arm sinken ließ, und schon wusste ich, dass mir nichts geschehen würde; und dafür wollte ich sie bestrafen, sie sollte dafür büßen, dass sie mir falsche Tatsachen vorspiegelte.

Das alles war eine Sache von Sekunden, ein ganzes Leben, auf wenige Sekunden zusammengeschmolzen. Ich tat einen Schritt, und noch einen, und dann sprang ich sie an, verdrehte ihr den Arm und riss ihr die Waffe aus der Hand. Sie war nicht mehr der Engel des Todes, aber ich wusste jetzt, wie der Tod schmeckte, und im Wahnsinn der folgenden Sekunden tat ich das Wildeste und Verrückteste, was ich jemals getan habe. Nur um etwas klarzustellen. Nur um ihr zu zeigen, dass ich stärker war als sie. Ich nahm ihr die Waffe aus der Hand, trat ein paar Schritte zurück und hielt mir die Mündung an die Schläfe. Natürlich war die Waffe nicht geladen, aber sie wusste nicht, dass ich das wusste, und ich wollte mein Wissen ausnutzen, um sie zu demütigen, um ihr das Bild eines Mannes zu bieten, der keine Angst vor dem Sterben hatte. Sie hatte damit angefangen, und jetzt würde ich es zu Ende bringen. Inzwischen kreischte sie, das weiß ich noch, ich höre sie immer noch schreien und mich anflehen, es nicht zu tun, aber jetzt sollte mich nichts mehr aufhalten.

Ich erwartete ein Klicken, und dann vielleicht ein kurzes hartes Echo aus der leeren Kammer. Ich legte den Finger um den Abzug, gewährte Alma Grund ein zweifellos groteskes und widerwärtiges Lächeln und drückte ab. O Gott, kreischte sie, o Gott, tun Sie das nicht. Ich drückte ab, aber der Abzug rührte sich kein bisschen. Ich versuchte es noch einmal, und wieder tat sich nichts. Ich vermutete, dass der Abzug klemmte, aber als ich die Waffe heruntemahm und sie mir genauer ansah, erkannte ich endlich, was los war. Sie war noch gesichert. Sie war geladen, und sie war gesichert. Sie hatte vergessen, sie zu entsichern. Und hätte sie es nicht vergessen, dann hätte ich mir tatsächlich eine Kugel in den Kopf gejagt.

SIE sank aufs Sofa, schlug die Hände vors Gesicht und weinte. Ich wusste nicht, wie lange das dauern würde, vermutete aber, wenn sie sich wieder gefasst hätte, würde sie aufstehen und verschwinden. Was hätte sie auch sonst tun können? Ich hatte mir ihretwegen beinahe das Hirn aus dem Schädel gepustet, und da sie unseren ekelhaften Psychokrieg verloren hatte, konnte ich mir nicht vorstellen, dass sie den Mut aufbringen würde, noch ein einziges Wort zu mir zu sagen.

Ich schob mir die Waffe in die Hosentasche. Sobald ich sie nicht mehr berührte, spürte ich, wie der Wahnsinn langsam meinen Körper verließ. Nur das Entsetzen blieb – wie ein heißes, fühlbares Nachglühen, die Erinnerung meiner rechten Hand an den Versuch, den Abzug zu drücken, das harte Metall an meinem Schädel. Dass jetzt kein Loch in diesem Schädel war, hatte ich allein meiner Dummheit und viel Glück zu verdanken, oder, genauer, dem Umstand, dass ausnahmsweise einmal mein Glück über meine Dummheit gesiegt hatte. Ich hätte mich um Haaresbreite umgebracht. Eine Reihe von Zufällen hatte mir das Leben genommen und dann wieder zurückgegeben, und in der Zeit dazwischen, in der winzigen Spanne zwischen diesen beiden Augenblicken, hatte es sich verändert.

Als Alma endlich wieder aufblickte, liefen ihr immer noch die Tränen über die Wangen. Ihr Make-up war verschmiert, schwarze Linien schlängelten sich mitten durch ihr Muttermal, und sie sah so fertig aus, so mitgenommen von der Katastrophe, in die sie selbst sich gestürzt hatte, dass ich beinahe Mitleid mit ihr empfand.

Gehen Sie sich waschen, sagte ich. Sie sehen furchtbar aus.

Es rührte mich, dass sie nichts sagte. Immerhin war sie eine Frau, die an Worte glaubte, die ihrer Fähigkeit vertraute, sich aus jeder Klemme herausreden zu können, doch als ich ihr diese Anweisung gab, stand sie einfach schweigend vom Sofa auf und tat, was ich ihr gesagt hatte. Nur die schwache Spur eines Lächelns, ein kaum merkliches Schulterzucken. Sie ging zum Badezimmer, und da erst merkte ich, wie sehr sie geschlagen war, wie gedemütigt von dem, was sie getan hatte. Ich fand den Anblick, wie sie aus dem Zimmer ging, unerklärlich bewegend. Das gab meinen Gedanken irgendwie eine andere Richtung, und in diesem ersten Aufblitzen von Mitgefühl und Sympathie fasste ich einen völlig unerwarteten Entschluss. Und soweit solche Dinge überhaupt messbar sind, glaube ich, dass dieser Entschluss der Anfang der Geschichte war, die ich jetzt zu erzählen versuche.

Während sie weg war, ging ich in die Küche und suchte nach einem Versteck für den Revolver. Nachdem ich die Schränke über der Spüle auf- und zugemacht und in mehreren Schubladen und Aludosen herumgewühlt hatte, entschied ich mich für das Gefrierfach des Kühlschranks. Das war meine erste Erfahrung mit einer Waffe, und da ich mir nicht sicher war, ob ich sie entladen konnte, ohne noch mehr Unheil anzurichten, öffnete ich das Gefrierfach und verstaute sie mitsamt ihrer tödlichen Ladung unter einer Tüte mit Hühnerklein und einer Schachtel Ravioli. Ich wollte das Ding nur verschwinden lassen. Als ich aber die Klappe geschlossen hatte, wurde mir klar, dass ich keinen großen Drang verspürte, es wirklich loszuwerden. Nicht dass ich irgendwelche Pläne hatte, es jemals zu benutzen, aber mir gefiel die Vorstellung, es in der Nähe zu haben, und bis mir ein besserer Platz dafür einfiele, würde ich es im Gefrierfach lassen. Bei jedem Öffnen der Klappe würde ich daran denken, was ich in dieser Nacht erlebt hatte. Der Revolver wäre mein heimliches Andenken, ein Denkmal für meine Begegnung mit dem Tod.

Sie ließ sich viel Zeit im Bad. Inzwischen hatte es aufgehört zu regnen, und statt herumzusitzen und auf sie zu warten, räumte ich lieber das Chaos in meinem Wagen auf und trug die Lebensmittel ins Haus. Das dauerte nicht ganz zehn Minuten. Als ich die Sachen in der Küche verstaut hatte, war Alma immer noch im Badezimmer. Ich trat an die Tür und horchte hinein, denn allmählich begann ich mir Sorgen zu machen, ob sie nicht etwa reingegangen wäre, um irgendeine überstürzte Dummheit zu machen. Bevor ich aus dem Haus gegangen war, hatte ich deutlich Wasser ins Becken laufen hören, beide Hähne voll aufgedreht; und als ich auf dem Weg nach draußen an der Tür vorbeigekommen war, hatte ich in dem Rauschen auch ihr Schluchzen gehört. Jetzt lief das Wasser nicht mehr, und es war überhaupt nichts zu hören. Das konnte bedeuten, dass ihr Weinkrampf vorbei war, dass sie sich ruhig die Haare bürstete und neues Make-up auftrug. Es konnte aber auch bedeuten, dass sie reglos am Boden lag, niedergestreckt von zwanzig Xanax im Magen.

Ich klopfte an. Als sie nicht antwortete, klopfte ich noch einmal und fragte, ob alles in Ordnung sei. Sie komme gleich, sagte sie, nur noch eine Minute, und nach einer langen Pause fügte sie mit einer Stimme, die nach Atem zu ringen schien, hinzu, der ganze Mist, der da passiert sei, tue ihr Leid, sehr Leid. Lieber würde sie sterben, als das Haus zu verlassen, bevor ich ihr verziehen hätte, sagte sie, sie flehe mich an, ihr zu verzeihen, aber auch wenn ich das nicht über mich bringen könne, werde sie jetzt gehen, so oder so, sie gehe jetzt, sie werde mir nicht noch einmal zu nahe treten.

Ich blieb vor der Tür und wartete. Als sie herauskam, waren ihre Augen so rot und verquollen wie bei jedem, der lange geweint hat, aber ihre Frisur war wieder in Ordnung, und

Puder und Lippenstift übertünchten mehr oder weniger die hektischen Flecken. Sie wollte an mir vorbei, aber ich streckte die Hand aus und hielt sie auf.

Es ist nach zwei, sagte ich. Wir sind beide erschöpft, wir brauchen etwas Schlaf. Sie können mein Bett benutzen. Ich schlafe unten auf dem Sofa.

Sie schämte sich so sehr, dass sie nicht den Mut aufbrachte, mir ins Gesicht zu sehen. Ich verstehe nicht, sagte sie zum Fußboden, und als ich nicht gleich antwortete, wiederholte sie: Ich verstehe nicht.

Heute Nacht geht niemand mehr irgendwohin, sagte ich. Ich nicht, und Sie auch nicht. Über morgen können wir morgen reden, aber jetzt legen wir uns erst mal hin.

Was soll das heißen?

Es heißt, dass es ein weiter Weg bis New Mexico ist. Es ist besser, wenn wir uns morgen früh frisch auf den Weg machen. Ich weiß, Sie haben es eilig, aber ein paar Stunden werden jetzt auch nicht mehr viel ausmachen.

Ich dachte, Sie wollten, dass ich verschwinde.

Wollte ich auch. Aber ich habe es mir anders überlegt.

Sie hob ein wenig den Kopf, und ich sah, wie verwirrt sie war, völlig verwirrt. Sie müssen nicht nett zu mir sein, sagte sie. Das möchte ich nicht.

Keine Sorge. Ich denke nur an mich, nicht an Sie. Morgen haben wir einen langen Tag vor uns, und wenn ich mich jetzt nicht aufs Ohr lege, werde ich kaum die Augen offen halten können. Ich muss doch wach sein, um zu hören, was Sie mir zu erzählen haben.

Wollen Sie damit etwa sagen, Sie kommen mit? Nein, das kann nicht sein. Ausgeschlossen, dass Sie das wollen.

Ich wüsste nicht, was ich sonst morgen tun sollte. Da kann ich auch mit Ihnen fahren.

Lügen Sie nicht. Wenn das jetzt gelogen ist, ich glaube, das könnte ich nicht ertragen. Das würde mir das Herz aus dem Leibe reißen.

Ich brauchte einige Minuten, um sie davon zu überzeugen, dass ich wirklich mit ihr fahren wollte. Mein Sinneswandel überstieg schlichtweg ihre Fassungskraft, und ich musste mich mehrmals wiederholen, bis sie mir endlich glaubte. Ich sagte ihr natürlich nicht alles. Nichts von mikroskopischen Löchern im Universum und den befreienden Energien zeitweiligen Wahnsinns. Das wäre zu kompliziert gewesen, und daher beschränkte ich mich darauf, ihr zu erklären, dass meine Entscheidung eine Privatsache sei und nichts mit ihr zu tun habe. Wir hätten uns beide schlecht benommen, sagte ich, für das, was passiert sei, sei ich genauso verantwortlich wie sie. Keine Vorwürfe, kein Verzeihen, keine Buchführung, wer wem was angetan habe. Etwas in dieser Richtung, Worte, die sie schließlich davon überzeugten, dass ich meine eigenen Gründe hatte, Hectors Bekanntschaft zu machen, und dass ich nur meinetwegen zu ihm fahren wollte.

Es folgten zähe Verhandlungen. Alma sagte, sie könne das angebotene Bett nicht akzeptieren. Sie habe mir schon genug Unannehmlichkeiten bereitet, und außerdem hätte ich ja auch noch diesen Verkehrsunfall gehabt. Ich brauchte Ruhe, und die würde ich nicht finden, wenn ich mich auf dem unbequemen Sofa herumwälzte. Ich beteuerte, das sei schon in Ordnung, aber sie wollte das nicht gelten lassen, und so ging es hin und her – nicht einmal eine Stunde war vergangen, seit ich ihr einen Revolver aus der Hand gerissen und mir beinahe eine Kugel in den Kopf gejagt hatte, und schon führten wir eine alberne Sittenkomödie auf und versuchten einander gefällig zu sein. Ich war jedoch zu kaputt, um lange zu streiten, und ließ sie schließlich ihren Willen haben. Ich holte Bettzeug und ein Kopfkissen, warf die Sachen aufs Sofa und zeigte ihr, wo die Lichtschalter waren. Und das war's. Sie sagte, es mache ihr nichts aus, die Laken selbst auszubreiten, und nachdem sie mir zum siebenten Mal in drei Minuten gedankt hatte, ging ich nach oben in mein Zimmer.

Natürlich war ich müde, aber als ich dann im Bett lag, konnte ich nicht einschlafen. Ich betrachtete die Schatten an der Decke, und als sie ihren Reiz verloren hatten, drehte ich mich auf die Seite und lauschte dem leisen Rascheln, mit dem sich Alma ein paar Meter unter mir bewegte. Alma, die weibliche Form von *almus*, also nährend, wohltätig. Schließlich ging das Licht unter meiner Tür aus, und ich hörte das Knarren der Sofafederung, als sie sich hinlegte. Danach muss ich für eine Weile weggedöst sein, denn als Nächstes erinnere ich mich daran, dass ich um halb vier aufwachte. Ich sah die Uhrzeit auf dem elektrischen Wecker neben meinem Bett, und da ich völlig benommen war, in der Schwebe zwischen Wachen und Schlaf, begriff ich nur undeutlich, dass ich die Augen aufgemacht hatte, weil Alma zu mir ins Bett gekrochen war und ihren Kopf auf meine Schulter gelegt hatte. Es ist so einsam da unten, sagte sie, ich kann nicht schlafen. Das verstand ich nur zu gut. Mit Schlaflosigkeit kannte ich mich bestens aus, und bevor ich wach genug war, sie zu fragen, was sie in meinem Bett zu suchen habe, hielt ich sie schon in den Armen und küsste sie auf den Mund.

KURZ vor Mittag brachen wir auf. Alma wollte fahren, also hockte ich mich daneben und übernahm die Navigation, sagte ihr, wo sie abbiegen und welche Highways sie nehmen musste, um mit ihrem blauen Miet-Dodge nach Boston zu kommen. Das Gewitter hatte doch einige Spuren hinterlassen – abgerissene Zweige auf der Straße, nasses Laub, das auf Autodächern klebte, ein umgestürzter Fahnenmast in einem Vorgarten –, aber der Himmel war wieder klar, und wir fuhren den ganzen Weg zum Flughafen bei schönstem Sonnenschein.

Keiner von uns verlor ein Wort über das, was sich in der vergangenen Nacht in meinem Schlafzimmer abgespielt hatte. Das saß mit uns im Auto wie ein Geheimnis, wie etwas, das ins Reich kleiner Kammern und nächtlicher Gedanken gehörte und nicht dem Tageslicht ausgesetzt werden darf. Wer es erwähnte, lief Gefahr, es zu zerstören, daher beließen wir es bei gelegentlichen Seitenblicken, einem flüchtigen Lächeln, einer dem anderen behutsam aufs Knie gelegten Hand. Wie konnte ich mir anmaßen zu wissen, was Alma dachte? Ich war froh, dass sie zu mir ins Bett gekrochen war, und ich war froh, dass wir diese Stunden in der Dunkelheit zusammen verbracht hatten. Aber es war nur eine einzige Nacht gewesen, und ich hatte keine Ahnung, wie es mit uns weitergehen würde.

Als ich das letzte Mal zum Logan Airport gefahren war, hatten Helen, Todd und Marco bei mir im Auto gesessen. Den letzten Morgen ihres Lebens hatten sie auf derselben Straße verbracht, die jetzt Alma und ich benutzten. Etappe für Etappe hatten sie dieselbe Reise gemacht; Meile um Meile hatten sie dieselbe Strecke bewältigt. Von der Route 30 zur Interstate 91; von der 91 zum Mass Pike; vom Mass

Pike zur 93; von der 93 zum Tunnel. Etwas in mir begrüßte diese groteske Neuinszenierung. Es kam mir vor wie eine raffiniert ersonnene Strafe, als hätten die Götter beschlossen, mir erst dann eine Zukunft zu gestatten, wenn ich noch einmal in die Vergangenheit zurückgekehrt wäre. Demnach war es nur gerecht, dass ich meinen ersten Morgen mit Alma genau so verbrachte, wie ich meinen letzten Morgen mit Helen verbracht hatte. Ich musste in ein Auto steigen und zum Flughafen fahren, und wir mussten das Tempolimit um zehn oder zwanzig Meilen überschreiten, um das Flugzeug nicht zu verpassen.

Die Jungen hatten sich auf der Rückbank gekabbelt, das wusste ich noch genau, und einmal hatte Todd ausgeholt und seinen kleinen Bruder auf den Arm geboxt. Helen hatte sich umgedreht und ihn ermahnt, er solle das lassen, einen Vierjährigen schlage man nicht, worauf unser Erstgeborener sich weinerlich beschwert hatte, M. habe damit angefangen und sei selber schuld, wenn er dafür Prügel kriege. Wenn jemand dich haut, sagte er, hast du das Recht, zurückzuhauen. Worauf ich erwiderte – und das war die letzte väterliche Ansprache meines Lebens –, niemand habe das Recht, einen Kleineren zu schlagen. Aber Marco wird immer kleiner sein als ich, sagte Todd. Dann kann ich ihn ja nie hauen. Tja, sagte ich, beeindruckt von der Logik seiner Schlussfolgerung, manchmal ist das Leben einfach nicht fair. Das war natürlich völlig idiotisch, und ich erinnerte mich, wie Helen laut aufgelacht hatte, als ich diese grässliche Banalität von mir gab. Sie vermittelte mir damit, dass von den vier Leuten, die an diesem Morgen im Auto saßen, Todd derjenige war, der über den schärfsten Verstand verfügte. Natürlich stimmte ich ihr zu. Sie alle waren klüger als ich, und ich glaubte nicht eine Sekunde daran, dass ich ihnen das Wasser reichen könnte.

Alma war eine gute Fahrerin. Ich sah ihr zu, wie sie immer wieder zwischen der linken und der mittleren Fahrspur hin und her wechselte und alles überholte, was vor ihr auftauchte, und einmal sagte ich: Du bist schön.

Das sagst du nur, weil du meine gute Seite siehst, antwortete sie. Wenn wir andersherum sitzen würden, würdest du das bestimmt nicht sagen.

Wolltest du deswegen selber fahren?

Das Auto ist auf meinen Namen gemietet. Also darf auch nur ich es fahren.

Und Eitelkeit hat nichts damit zu tun.

Lass mir Zeit, David. Es hat keinen Sinn, jetzt darauf herumzureiten. Das haben wir nicht nötig.

Es stört mich nicht, ehrlich. Ich gewöhne mich jetzt schon daran.

Ausgeschlossen. So schnell geht das nicht. Du kennst meinen Anblick noch nicht lange genug, du weißt nicht, was du wirklich empfindest.

Du hast gesagt, du warst verheiratet. Es hat die Männer offenbar nicht davon abgehalten, dich attraktiv zu finden.

Ich mag Männer. Nach einer Weile mögen sie mich auch. Vielleicht habe ich nicht so viel erlebt wie andere Frauen, aber ich habe auch so meine Erfahrungen gemacht. Wenn du lange genug bei mir bleibst, siehst du's am Ende gar nicht mehr.

Aber ich sehe es gern. Es macht dich zu etwas Besonderem, zu einer Frau, die aussieht wie keine andere. Du bist die einzige Frau, die ich je gesehen habe, die nur wie sie selbst aussieht.

Das hat mein Vater auch immer gesagt. Es sei ein besonderes Geschenk Gottes, es mache mich schöner als alle anderen Mädchen.

Hast du ihm geglaubt?

Manchmal. Und manchmal fühlte ich mich verflucht. Es ist doch nun einmal hässlich, und als Kind läuft man damit herum wie eine Zielscheibe. Ich habe immer gedacht, eines Tages würde ich es loswerden können, irgendein Arzt operiert mich, und dann sehe ich normal aus. Immer wenn ich nachts von mir geträumt habe, waren meine beiden Gesichtshälften gleich. Weiß und glatt, vollkommen symmetrisch. Das hat erst aufgehört, als ich vierzehn war.

Du hast gelernt, damit zu leben.

Mag sein, ich weiß nicht. Aber um diese Zeit ist etwas mit mir passiert, mein Denken hat sich geändert. Das war eine wichtige Erfahrung für mich, ein Wendepunkt in meinem Leben.

Jemand hat sich in dich verliebt.

Nein, jemand hat mir ein Buch gegeben. Meine Mutter hat mir zu Weihnachten eine Anthologie mit amerikanischen Kurzgeschichten geschenkt. *Classic American Tales*, ein dickes Buch mit grünem Leineneinband, und auf Seite sechsundvierzig stand eine Erzählung von Nathaniel Hawthorne. *Das Muttermal*. Kennst du die Geschichte?

Nur vage. Ich glaube, seit der Highschool habe ich sie nicht mehr gelesen.

Ich habe sie sechs Monate lang jeden Tag gelesen. Hawthorne hat sie für mich geschrieben. Es war meine Geschichte.

Ein Wissenschaftler und seine junge Braut. Darum geht's doch, oder? Er versucht, das Muttermal von ihrem Gesicht zu entfernen.

Ein rotes Muttermal. Von der linken Seite ihres Gesichts.

Kein Wunder, dass die Geschichte dir gefallen hat.

Gefallen ist ein viel zu schwacher Ausdruck. Ich war besessen davon. Die Geschichte hat mich bei lebendigem Leibe aufgefressen.

Das Muttermal sieht aus wie eine Hand, oder? Allmählich fällt es mir wieder ein. Hawthorne sagt, es sieht aus wie der Abdruck einer Hand auf ihrer Wange.

Aber klein. Wie die Hand eines Pygmäen, die Hand eines Säuglings.

Sie hat diesen einen winzigen Makel, ansonsten aber ist ihr Gesicht vollkommen. Sie ist als außerordentliche Schönheit bekannt.

Georgiana. Bis sie Aylmer heiratet, hält sie das nicht einmal für einen Makel. Er ist es, der sie lehrt, es zu verabscheuen, der sie gegen sich selbst aufbringt und den Wunsch in ihr weckt, es entfernen zu lassen. Für ihn ist das nicht bloß ein kleiner Fehler, nicht bloß etwas, das ihre körperliche Schönheit zerstört. Für ihn ist es der Hinweis auf eine innere Verderbtheit, ein Flecken auf Georgianas Seele, ein Zeichen für Sünde, Tod und Verfall.

Der Stempel der Sterblichkeit.

Oder einfach das, was wir für menschlich halten. Das macht die Sache so tragisch. Aylmer verzieht sich in sein Labor und experimentiert mit Elixieren und Zaubertränken, er sucht nach einer Rezeptur, mit der sich der verhasste Fleck auslöschen lässt, und die naive Georgiana macht dabei mit. Das ist das Schreckliche. Sie will, dass er sie liebt. Alles andere ist ihr gleichgültig, und wenn die Entfernung des Muttermals der Preis ist, den sie für seine Liebe zu zahlen hat, dann ist sie eben bereit, ihr Leben dafür aufs Spiel zu setzen.

Und am Ende tötet er sie.

Aber vorher verschwindet noch das Muttermal. Das ist sehr wichtig. In letzter Sekunde, unmittelbar vor ihrem Tod, verschwindet der Fleck von ihrer Wange. Er ist weg, vollständig weg, und erst dann, genau in diesem Augenblick, stirbt die arme Georgiana.

Das Muttermal ist sie selbst. Bringt man es zum Verschwinden, verschwindet sie gleich mit.

Du ahnst nicht, wie wichtig diese Geschichte für mich war. Immer wieder habe ich sie gelesen, ständig darüber nachgedacht, und ganz allmählich begann ich mich so zu sehen, wie ich war. Andere Leute trugen ihr Menschsein im Innern, ich aber trug das meine im Gesicht. Das war der Unterschied zwischen mir und den anderen. Ich durfte nicht verbergen, wer ich war. Wenn Leute mich ansahen, sahen sie mir direkt in die Seele hinein. Ich war kein hässliches Mädchen – das war mir klar –, aber ich wusste auch, dass dieser violette Klecks in meinem Gesicht immer mit mir identisch sein würde. Es hatte keinen Sinn zu versuchen, ihn loszuwerden. Er war die zentrale Tatsache meines Lebens, und statt ihn wegzuwünschen, hätte ich ebenso gut mich selbst wegwünschen können. Die Erfahrung normalen Glücks blieb mir für immer verschlossen, aber nachdem ich diese Geschichte gelesen hatte, erkannte ich, dass ich etwas beinahe genauso Gutes besaß. Ich wusste, was die Leute dachten. Ich brauchte sie mir nur anzusehen, ihre Reaktion zu studieren, wenn sie meine linke Gesichtshälfte erblickten, und schon wusste ich, ob ich ihnen trauen konnte oder nicht. Das Muttermal war der Prüfstein für ihre Menschlichkeit. Es zeigte den Wert ihrer Seelen an, und wenn ich mir nur Mühe gab, konnte ich in sie hineinsehen und erkennen, wer sie waren. Mit sechzehn, siebzehn war ich so feinhörig wie eine Stimmgabel. Was nicht bedeutet, dass ich mich nicht in manchen Menschen getäuscht habe, aber meistens lag ich richtig. Ich habe einfach nicht mehr damit aufhören können.

Wie gestern Abend.

Nein, nicht wie gestern Abend. Da habe ich mich nicht getäuscht.

Wir haben uns beinahe gegenseitig umgebracht.

Das musste so sein. Wenn einem die Zeit davonläuft, beschleunigt sich alles. Uns förmlich miteinander bekannt zu machen, uns die Hand zu geben und bei einem Drink einen gepflegten Plausch zu führen – diesen Luxus haben wir uns nicht leisten können. Es musste mit Gewalt geschehen. Wie zwei Planeten, die am Rand des Weltalls kollidieren.

Sag nicht, du hättest keine Angst gehabt.

Ich hatte Todesangst. Aber ich bin nicht blind da hineingestolpert. Ich musste auf alles gefasst sein.

Man hat dir erzählt, ich sei verrückt, oder?

Dieses Wort hat niemand benutzt. Der stärkste Ausdruck, den ich gehört habe, war Nervenzusammenbruch.

Was hat deine Stimmgabel gesagt, als du dorthin gekommen bist?

Du kennst die Antwort bereits.

Du warst erschrocken, stimmt's? Ich habe dich zu Tode erschreckt.

Es war mehr als das. Ich hatte Angst, zugleich aber war ich erregt, ich habe geradezu gezittert vor Glück. Ich habe dich angesehen, und ein paar Sekunden lang war es so, als ob ich mich selbst ansehen würde. Das ist mir noch nie passiert.

Es hat dir gefallen.

Ja, sehr. Ich war so entgeistert, dass ich dachte, ich würde zerspringen.

Und jetzt traust du mir.

Du wirst mich nicht enttäuschen. Und ich werde dich nicht enttäuschen. Das wissen wir beide.

Was wissen wir sonst noch?

Nichts. Deshalb sitzen wir ja jetzt hier zusammen in diesem Auto. Weil wir identisch sind, und weil wir darüber hinaus noch rein gar nichts wissen.

WIR schafften den Vier-Uhr-Flug nach Albuquerque und hatten sogar noch zwanzig Minuten Zeit. Idealerweise hätte ich mein Xanax schon in Holyoke oder Springfield nehmen sollen, spätestens in Worcester, aber ich war zu sehr in das Gespräch mit Alma vertieft, und um es nicht unterbrechen zu müssen, verschob ich die Sache immer wieder. Als wir an den Abfahrtsschildern zur 495 vorbeifuhren, wurde mir klar, dass es keinen Sinn hatte, die Pillen jetzt noch zu nehmen. Sie waren in Almas Tasche, aber sie hatte die Gebrauchshinweise nicht gelesen. Sie wusste nicht, dass sie ein oder zwei Stunden im Voraus geschluckt werden mussten, um ihre Wirkung zu entfalten.

Zuerst war ich froh, dass ich nicht nachgegeben hatte. Jeder Krüppel zittert bei der Vorstellung, seine Krücke fortzuwerfen, aber wenn ich den Flug überstand, ohne einen Heulkrampf oder einen Tobsuchtsanfall zu bekommen, wäre das am Ende vielleicht sogar ein Vorteil für mich. Dieser Gedanke half mir über weitere zwanzig, dreißig Minuten hinweg. Als wir uns dann den Außenbezirken von

Boston näherten, war klar, dass ich keine Wahl mehr hatte. Wir fuhren schon seit über drei Stunden, und von Hector hatten wir immer noch nicht gesprochen. Ich hatte angenommen, das würden wir im Auto tun, aber dann hatten wir nur über andere Dinge geredet, Dinge, über die zweifellos zuerst geredet werden musste, Dinge, die nicht weniger wichtig waren als das, was uns in New Mexico erwartete, und ehe ich mich versah, war die erste Etappe der Reise fast vorbei. Ich konnte jetzt nicht neben ihr einschlafen. Ich musste wach bleiben und mir die Geschichte anhören, die sie mir versprochen hatte.

Wir setzten uns in die Nähe des Ausgangs der Abflughalle. Als Alma fragte, ob ich eine Pille nehmen wolle, teilte ich ihr mit, dass ich diesmal kein Xanax nehmen würde. Wenn du mich an der Hand hältst, sagte ich, wird es schon gut gehen. Ich fühle mich bestens.

Sie nahm meine Hand, und eine Weile knutschten wir vor den Augen der anderen Passagiere. Es war reine pubertäre Leidenschaft – wie ich sie in meiner Pubertät nie erlebt, mir aber immer gewünscht hatte –, und es war eine so neue Erfahrung, in der Öffentlichkeit eine Frau zu küssen, dass mir gar keine Zeit blieb, über die bevorstehende Tortur nachzudenken. Als wir an Bord gingen, rieb Alma mir den Lippenstift von der Wange, sodass ich kaum mitbekam, wie wir die Schwelle überschritten und einstiegen. Der Weg durch den Mittelgang machte mir keine Probleme, das Hinsetzen auch nicht. Ich empfand keine Unruhe, als ich den Gurt zuschnallen musste, und noch weniger, als die Motoren mit Vollgas aufheulten und die Vibrationen der Maschine sich auf meine Haut übertrugen. Wir saßen in der ersten Klasse. Auf der Speisekarte stand, dass es Hähnchen geben würde. Alma, die links von mir am Fenster saß – und mir daher wieder die rechte Seite zuwandte –, nahm meine Hand, hob sie an ihren Mund und küsste sie.

Mein einziger Fehler war, dass ich die Augen zumachte. Als das Flugzeug vom Terminal zurücksetzte und dann die Startbahn hinunterrollte, wollte ich nicht mit ansehen, wie wir abhoben. Ich glaubte, das sei der gefährlichste Moment, und wenn ich den Übergang von der Erde zum Himmel überlebte, wenn ich einfach ignorierte, dass wir den Kontakt zum Boden verloren hatten, dann, so nahm ich an, hatte ich auch eine Chance, alles andere zu überleben. Aber es war ein Fehler, mich dem zu entziehen, ein Fehler, die Augen vor einem Ereignis zu verschließen, an dessen Realität doch kein Zweifel bestehen konnte. Es zu erleben wäre schmerzlich gewesen, aber viel schlimmer war es, mich von diesem Schmerz fern zu halten und mich in die Muschel meiner Gedanken zurückzuziehen. Die Welt der Gegenwart war weg. Da ich nichts sah, lenkte nichts mich ab und verhinderte, dass ich meinen Ängsten erlag, und je länger ich die Augen geschlossen hielt, desto fürchterlicher sah ich, was meine Ängste mich sehen lassen wollten. Ich hatte mir immer gewünscht, ich hätte mit Helen und den Jungen zusammen den Tod gefunden, aber ich hatte nie gewagt, mir vollständig auszumalen, was sie in den letzten Sekunden vor dem Aufprall des Flugzeugs durchgemacht haben mussten. Jetzt, mit geschlossenen Augen, hörte ich die Jungen kreischen, und ich sah Helen, die sie in den Armen hielt und ihnen sagte, ich liebe euch, ihnen im Geschrei der hundertachtundvierzig anderen Menschen, die mit ihnen sterben würden, leise zuflüsterte, dass sie sie immer lieben würde, und als ich sie so mit den Jungen in ihren Armen vor mir sah, brach ich schluchzend zusammen. Genau wie ich es mir immer vorgestellt hatte, brach ich schluchzend zusammen.

Ich nahm die Hände vors Gesicht und weinte unendlich lange in meine salzigen, stinkenden Handflächen, unfähig, den Kopf zu heben, unfähig, die Augen aufzumachen, unfähig, damit aufzuhören. Irgendwann spürte ich Almas Hand im Nacken. Ich wusste nicht, wie lange sie schon dort gewesen war, aber schließlich begann ich sie zu fühlen, und nach einer Weile merkte ich, dass ihre andere Hand zärtlich an meinem linken Arm auf und ab strich, ihn mit der gleichen sanften und rhythmischen Bewegung streichelte wie eine Mutter, die ihr trauriges Kind tröstet. Kaum war ich mir dieses Gedankens bewusst, oder eher der Tatsache, dass ich diesen Gedanken an Mutter und Kind beschworen hatte, stellte ich mir merkwürdigerweise vor, ich sei in Todds Körper geschlüpft, hätte mich meinem eigenen Sohn anverwandelt, und es sei nicht Alma, sondern Helen, die mich jetzt tröstete. Dieses Gefühl dauerte nur wenige Sekunden, aber es war außerordentlich stark, weniger ein Produkt der Phantasie als vielmehr etwas Reales, eine tatsächliche Verwandlung, die mich zu jemand anderem machte, und als es dann langsam verblasste, hatte ich das Schlimmste plötzlich hinter mir.

5 Eine halbe Stunde später begann Alma zu erzählen. Inzwischen schwebten wir in sieben Meilen Höhe über irgendeinem namenlosen County in Pennsylvania oder Ohio, und sie erzählte weiter, bis wir in Albuquerque ankamen. Bei der Landung gab es eine kurze Unterbrechung, und die Fortsetzung der Geschichte folgte erst, als wir in ihr Auto gestiegen waren und die zweieinhalbstündige Fahrt nach Tierra del Sueño angetreten hatten. Sie ging über eine Reihe von Wüstenstraßen, und in ihrem Verlauf wurde der Spätnachmittag zur Dämmerung und die Dämmerung zur Nacht. In meiner Erinnerung hört die Geschichte erst auf, als wir das Tor der Ranch erreichten – und selbst da war sie noch nicht ganz zu Ende. Alma hatte fast sieben Stunden lang erzählt, und doch war das nicht Zeit genug gewesen, alles unterzubringen.

Am Anfang machte sie ziemlich viele Sprünge, wechselte zwischen Vergangenheit und Gegenwart hin und her, und ich brauchte eine Weile, um mich zu orientieren und die Chronologie der Ereignisse zu begreifen. Das stehe alles in ihrem Buch, sagte sie, alle Namen und Daten, alle wesentlichen Tatsachen, und es sei nicht nötig, die Einzelheiten von Hectors Leben vor seinem Verschwinden noch einmal durchzugehen – jedenfalls nicht an diesem Nachmittag im Flugzeug, nicht wenn ich das Buch in den kommenden Tagen und Wochen selbst würde lesen können.

Wichtig waren die Dinge, die sich auf Hectors Leben im Verborgenen bezogen, die Jahre, die er in der Wüste verbracht hatte, um Filme zu schreiben und zu produzieren, die nie in der Öffentlichkeit gezeigt worden waren. Nur dieser Filme wegen fuhr ich jetzt mit ihr nach New Mexico, und wenn es auch ganz interessant sein mochte, dass Hector als Chaim Mandelbaum zur Welt gekommen war – auf einem holländischen Dampfer mitten auf dem Atlantik –, so war es doch nicht besonders wichtig. Nebensächlich, dass seine Mutter gestorben war, als er zwölf war, und auch, dass sein Vater, ein Kunsttischler ohne jedes Interesse an Politik, 1919 im Verlauf der Semana Tragica in Buenos Aires von antibolschewistischen, antisemitischen Pöbelhaufen beinahe zu Tode geprügelt worden war. Das hatte zu Hectors Emigration nach Amerika geführt, aber sein Vater hatte ihn schon einige Zeit vorher zu diesem Schritt gedrängt, und die Krise in Argentinien hatte die Sache lediglich beschleunigt. Es war überflüssig, die zwei Dutzend Jobs aufzuzählen, die er nach der Ankunft in New York gehabt hatte, und noch weniger dringend war es, von den Dingen zu reden, die ihm 1925, als er nach Kalifornien gekommen war, widerfahren waren. Ich wusste genug von seinen Anfängen als Statist, Kulissenbauer und Nebendarsteller in Dutzenden von verlorenen und vergessenen Filmen, daher konnten wir auch diese Jahre übergehen; ebenso bekannt war mir seine verworrene Beziehung zu Hunt, auch die brauchten wir nicht zu diskutieren. Die Affäre hat Hector das Filmgeschäft verleidet, sagte Alma, aber er war nicht bereit aufzugeben, und bis zu jenem Abend am 14. Januar 1929 hatte er niemals daran gedacht, dass er Kalifornien eines Tages würde verlassen müssen.

Ein Jahr vor seinem Verschwinden wurde er von Brigid

O'Fallon für *Photoplay* interviewt. Eines Sonntagnachmittags um drei war sie in seinem Haus am North Orange Drive aufgetaucht, und um fünf wälzten sie sich schon auf dem Teppich und erkundeten gegenseitig ihre diversen Körperöffnungen. So hat Hector es mit Frauen oft getrieben, sagte Alma, das war kaum das erste Mal, dass er seine Verführungskünste eingesetzt hat, um eine schnelle Eroberung zu machen. O'Fallon war erst dreiundzwanzig, eine aufgeweckte Katholikin aus Spokane, die am Smith College studiert hatte und dann in den Westen zurückgegangen war, um als Journalistin Karriere zu machen. Zufällig hatte Alma auch am Smith College studiert, und sie nutzte ihre Verbindungen dorthin, um ein Exemplar des Jahrbuchs von 1926 aufzutreiben. Das Porträtfoto von O'Fallon war wenig aussagekräftig. Ihre Augen standen zu nah beieinander, sagte Alma, ihr Kinn war zu breit, und der Bubikopf stand ihr überhaupt nicht. Trotzdem hatte sie etwas sehr Lebendiges, ein Funkeln in den Augen, das auf Schalk oder Humor hindeutete, auf Klugheit und Elan. Eine Fotografie zeigte O'Fallon als Mitglied der Theatergruppe bei einer Aufführung von *Der Sturm*, herausgeputzt als Miranda mit einem dünnen weißen Kleid und einer weißen Blüte im Haar; Alma sagte, sie habe in dieser Pose reizend ausgesehen, ein zierliches Persönchen, strahlend vor Lebendigkeit und Energie – den Mund offen, einen Arm nach vorn gestreckt, während sie einen Vers deklamierte. Als Journalistin schrieb O'Fallon im Stil jener Zeit. Ihre Sätze waren präzis und pointiert, und ihr Talent, ihre Artikel mit witzigen Kommentaren und raffinierten Wortspielen zu würzen, machte sie bei der Zeitschrift bald zu einer gefragten Autorin. Der Artikel über Hector war eine Ausnahme, wesentlich ernster und freimütiger in der Bewunderung für ihren

Gegenstand als alle anderen Sachen von ihr, die Alma gelesen hatte. Das mit dem starken Akzent war jedoch nur leicht übertrieben. O'Fallon hatte zur Steigerung der Komik ein wenig nachgeholfen, aber im Grunde sprach Hector zu der Zeit wirklich so. Sein Englisch verbesserte sich im Lauf der Jahre, aber in den Zwanzigern klang er tatsächlich noch wie jemand, der gerade erst vom Schiff gekommen war. Er mochte in Hollywood auf die Füße gefallen sein, aber noch kurz davor war er bloß irgendein konfuser Ausländer gewesen, der mit all seinen Habseligkeiten in einem Pappkoffer am Hafen gestanden hatte.

Hectors Tändeleien mit schönen jungen Schauspielerinnen gingen auch in den Monaten nach diesem Interview munter weiter. Er genoss es, in der Öffentlichkeit mit ihnen gesehen zu werden, er genoss es, mit ihnen ins Bett zu steigen, aber keine dieser Liebschaften war von Dauer. O'Fallon war klüger als die anderen Frauen, die er kannte, und immer wenn ihm irgendein neues Spielzeug langweilig geworden war, rief er Brigid an und bat um ein Wiedersehen. Zwischen Anfang Februar und Ende Juni besuchte er ihre Wohnung im Durchschnitt ein- bis zweimal pro Woche, und in der Mitte dieses Zeitraums, von April bis Mai, verbrachte er mindestens jede zweite oder dritte Nacht mit ihr. Kein Zweifel, dass er sie gern hatte. In diesen Monaten entwickelte sich eine wohltuende Vertrautheit zwischen den beiden, doch während die weniger erfahrene Brigid dies als Zeichen ewiger Liebe deutete, gab Hector sich nie dem trügerischen Gedanken hin, dass sie mehr als gute Freunde seien. Er betrachtete sie als seine Gefährtin, als seine Bettgenossin, als seine getreue Verbündete, aber das hieß keineswegs, dass er die Absicht hatte, sie um ihre Hand zu bitten.

Sie war Reporterin, und sie muss gewusst haben, was Hector in den Nächten trieb, die er nicht in ihrem Bett verbrachte. Sie brauchte nur die Morgenzeitung aufzuschlagen, um seinen Eskapaden zu folgen und die brühwarmen Anzüglichkeiten über seine neuesten Streiche und Eroberungen nachzulesen. Die meisten dieser Artikel beruhten zwar nicht auf Tatsachen, lieferten jedoch Hinweise genug, die Grund zur Eifersucht hätten geben können. Aber Brigid war nicht eifersüchtig – jedenfalls schien sie es nicht zu sein. Wenn Hector auftauchte, empfing sie ihn stets mit offenen Armen. Von den anderen Frauen sprach sie nie, und da sie ihm keine Vorwürfe machte, ihn weder beschimpfte noch aufforderte, sich zu bessern, wuchs seine Zuneigung zu ihr nur umso mehr. Das war Brigids Absicht. Sie hatte ihr Herz an ihn verloren, und statt ihn zu einer vorschnellen Entscheidung über ihr gemeinsames Leben zu zwingen, zwang sie sich selbst zur Geduld. Früher oder später würde Hector es leid sein, sich so herumzutreiben. Das hektische Schürzenjägerleben würde seinen Reiz verlieren. Einmal musste es ihm doch langweilig werden; er würde sich davon befreien, er würde die Wahrheit erkennen. Und dann wäre sie für ihn da.

So plante es die klar denkende und erfinderische Brigid O'Fallon, und eine Zeit lang sah es aus, als sollte sie ihren Fisch tatsächlich an die Angel bekommen. Hector, verwickelt in seine Streitigkeiten mit Hunt, zermürbt von dem ständigen Druck, Monat für Monat einen neuen Film abzuliefern, hatte immer weniger Lust, seine Nächte in Jazzclubs und Flüsterkneipen zu vertrödeln und sich mit sinnlosen Eroberungen zu verausgaben. O'Fallons Wohnung wurde eine Zuflucht für ihn, und die stillen Abende, die sie dort verbrachten, halfen ihm, Kopf und Keimdrüsen im

Gleichgewicht zu halten. Brigid war eine scharfsinnige Kritikerin, und da sie sich im Filmgeschäft viel besser auskannte als er, wurde ihr Urteil für ihn immer wichtiger. Von ihr stammte denn auch der Vorschlag, er solle Dolores Saint John für die Rolle der Sheriffstochter in *Der Requisiteur*, seinem nächsten Kurzfilm, vorsprechen lassen. Brigid hatte sich in den vergangenen Monaten mit Saint Johns Karriere beschäftigt, und ihrer Meinung nach besaß die einundzwanzigjährige Schauspielerin das Potenzial, der nächste große Star zu werden, eine neue Mabel Normand oder Gloria Swanson, ein neue Norma Talmadge.

Hector beherzigte ihren Rat. Als Saint John drei Tage später sein Büro betrat, hatte er bereits ein paar ihrer Filme gesehen und war entschlossen, ihr die Rolle anzubieten. Brigid hatte Saint Johns Talente richtig beurteilt, aber nichts von dem, was sie gesagt hatte, und nichts von dem, was er von Saint John auf Zelluloid gesehen hatte, hatte Hector auf den überwältigenden Eindruck vorbereitet, den ihre physische Gegenwart auf ihn machen würde. Eine Frau in einem Stummfilm agieren zu sehen war eine Sache; eine ganz andere war es, dieser Frau die Hand zu schütteln und ihr in die Augen zu blicken. Andere Schauspielerinnen mochten auf der Leinwand imposanter wirken, aber in der realen Welt aus Tönen und Farben, in der lebendigen, dreidimensionalen Welt der fünf Sinne und der vier Elemente und der zwei Geschlechter war ihm noch nie zuvor ein Wesen begegnet, das sich mit diesem hier vergleichen ließ. Saint John war nicht schöner als andere Frauen, und auch was sie in den fünfundzwanzig Minuten ihres Gesprächs an diesem Nachmittag sagte, war nicht sonderlich bemerkenswert. Genau genommen wirkte sie sogar ein wenig dumm, bestenfalls durchschnittlich intelligent, und doch besaß sie etwas, das es ihm unmöglich machte, den Blick von ihr abzuwenden, etwas Wildes, eine animalische Energie, die ihr aus allen Poren strömte und sich in jeder Gebärde zeigte. Die Augen, mit denen sie seine Blicke erwiderte, waren vom hellsten sibirischen Blau. Ihre Haut war weiß, ihr Haar dunkelrot, fast so dunkel wie Mahagoni. Und anders als die meisten Amerikanerinnen im Juni 1928 trug sie die Haare lang, schulterlang. Zuerst sprachen sie von eher nichts sagenden Dingen. Dann erklärte ihr Hector ganz unvermittelt, wenn sie wolle, könne sie die Rolle haben, und sie akzeptierte. Sie habe noch nie in einer Slapstick-Komödie mitgespielt, sagte sie, und sie freue sich auf die Herausforderung. Damit stand sie auf, gab ihm die Hand und verließ das Büro. Ihr Bild blieb unauslöschlich in seinem Kopf, und zehn Minuten später stand Hectors Entschluss fest, dass er Dolores Saint John heiraten werde. Sie war die Frau seines Lebens, und wenn sich herausstellte, dass sie ihn nicht haben wollte, würde er überhaupt niemals heiraten.

Sie machte ihre Sache in *Der Requisiteur* recht gut, tat alles, was Hector von ihr verlangte, und steuerte auch selbst einige gute Ideen bei, doch als er versuchte, sie für seinen nächsten Film zu verpflichten, zögerte sie. Alan Dwan hatte ihr die Hauptrolle in einem Spielfilm angeboten, und eine solch großartige Gelegenheit konnte sie sich einfach nicht entgehen lassen. Hector, der Mann mit dem magischen Händchen für Frauen, kam bei ihr nicht weiter. Ihm fehlten die Worte, sich ihr auf Englisch verständlich zu machen, und jedes Mal wenn er im Begriff war, ihr seine Absichten zu erklären, machte er im letzten Moment einen Rückzieher. Er glaubte, wenn er die falschen Worte wählte, würde er sie abschrecken und seine Chancen endgültig ruinieren. Unterdessen verbrachte er weiterhin manche Nacht in Brigids Wohnung, und da er ihr nichts versprochen hatte, da er frei war, jede Frau zu lieben, die er wollte, erzählte er ihr kein Wort von Saint John. Als Ende Juni die Dreharbeiten zu *Der Requisiteur* abgeschlossen waren, fuhr Saint John zu Außenaufnahmen für Dwans Film in die Tehachapi Mountains. Dort arbeitete sie vier Wochen, und in dieser Zeit schrieb Hector ihr siebenundsechzig Briefe. Was er ihr mangels Mut nicht von Angesicht zu Angesicht hatte sagen können, vertraute er jetzt dem Papier an. Er sagte es wieder und wieder, und auch wenn er es in jedem Brief anders formulierte, war es immer dasselbe. Anfangs war Saint John verblüfft. Dann fühlte sie sich geschmeichelt. Dann begann sie sich auf die Briefe zu freuen, bis sie schließlich erkannte, dass sie ohne sie nicht mehr leben konnte. Als sie Anfang August nach Los Angeles zurückkam, sagte sie Hector, ihre Antwort sei Ja. Ja, sie liebe ihn. Ja, sie wolle seine Frau werden.

Ein Datum für die Hochzeit wurde nicht festgesetzt, aber es war die Rede von Januar oder Februar – Zeit genug für Hector, seinen Vertrag mit Hunt zu erfüllen und über seine nächsten Schritte nachzudenken. Nun hätte er mit Brigid reden müssen, aber er schob es immer wieder auf, konnte sich einfach nicht dazu durchringen. Er habe bis spät in die Nacht mit Blaustein und Murphy zu arbeiten, sagte er, er sei im Schneideraum, er sei unterwegs und suche geeignete Drehorte, das Wetter mache ihm zu schaffen. Zwischen Anfang August und Mitte Oktober erfand er Dutzende von Vorwänden, sie nicht besuchen zu müssen, brachte es aber immer noch nicht über sich, die Beziehung vollständig abzubrechen. Selbst auf dem Höhepunkt seiner Schwärmerei für Saint John ging er weiterhin ein- oder zweimal die Woche bei Brigid vorbei, und jedes Mal wenn er durch die Wohnungstür schritt, schlüpfte er wieder in das alte vertrauliche Verhältnis zurück. Natürlich könnte man ihm Feigheit vorwerfen, aber genauso gut könnte man auch behaupten, er habe sich in einem Konflikt befunden. Vielleicht zweifelte er, ob es richtig sei, Saint John zu heiraten. Vielleicht war er nicht bereit, auf O'Fallon zu verzichten. Vielleicht war er hin- und hergerissen zwischen den beiden Frauen und brauchte sie beide. Schuldgefühle können einen Mann dazu bringen, gegen seine Interessen zu handeln, aber unerfüllte Wünsche können das auch, und wenn Schuldgefühle und unerfüllte Wünsche sich im Herzen eines Mannes mischen, ist er zu den seltsamsten Dingen fähig.

O'Fallon argwöhnte nichts. Im September, als er Saint John für die Rolle seiner Ehefrau in *Ein Niemand* engagierte, gratulierte sie ihm zu seiner klugen Wahl. Auch als vom Set Gerüchte nach außen drangen, in denen von einer besonders engen Beziehung zwischen Hector und seiner Hauptdarstellerin die Rede war, reagierte sie nicht übermäßig beunruhigt. Hector flirtete gern. Er vernarrte sich in jede Schauspielerin, mit der er arbeitete, aber wenn die Dreharbeiten beendet und alle nach Hause gegangen waren, vergaß er sie auch schnell wieder. In diesem Fall jedoch hielten sich die Gerüchte. Hector arbeitete bereits an *Doppelt oder nichts*, seinem letzten Film für Kaleidoscope, und Gordon Fly munkelte in seiner Kolumne etwas von Hochzeitsglocken, die demnächst für eine gewisse langhaarige Sirene und ihren schnauzbärtigen Schönling läuten würden. Inzwischen war es Mitte Oktober, und O'Fallon, die seit fünf oder sechs Tagen nichts mehr von Hector gehört hatte, rief im Schneideraum an und bat ihn, sie an diesem Abend in ihrer Wohnung zu besuchen. Es war das erste Mal, dass sie eine solche Bitte an ihn richtete, und daher verzichtete er auf das geplante Abendessen mit Dolores und machte sich auf den Weg zu Brigid. Und als sie ihn nun mit der Frage konfrontierte, um deren Beantwortung er sich in den vergangenen zwei Monaten gedrückt hatte, sagte er ihr endlich die Wahrheit.

Hector hatte eine Entscheidung herbeigesehnt, einen Ausbruch weiblichen Zorns, einen wütenden Rausschmiss, irgendetwas, das die Sache ein für alle Mal beenden würde, aber als er ihr die Neuigkeit mitteilte, sah Brigid ihn nur an, holte tief Luft und sagte, es sei ganz unmöglich, dass er Saint John liebe. Es sei unmöglich, weil er doch sie liebe. Ja, sagte Hector, er liebe sie, er werde sie immer lieben, aber es sei nun einmal so, dass er Saint John heiraten werde. Jetzt brach Brigid in Tränen aus, warf ihm aber seinen Betrug nicht vor, redete nicht zu ihren Gunsten und machte auch keine Szene wegen des schrecklichen Verrats, den er an ihr begangen hatte. Er täusche sich in sich, sagte sie, und wenn er erst einmal erkannt habe, dass niemand ihn jemals so lieben könne wie sie, werde er zu ihr zurückkommen. Dolores Saint John sei kein Mensch, sagte sie, sondern ein Ding. Ein funkelndes, betörendes Ding, aber hinter dieser Fassade sei sie grob und fad und dumm, sie habe es nicht verdient, seine Frau zu sein. Hector hätte jetzt eigentlich etwas erwidern müssen. Die Situation verlangte irgendeine brutale, schneidende Bemerkung, die ihre Hoffnung für immer vernichtet hätte, aber Brigids Schmerz war zu viel für ihn, ihre Hingabe war zu viel für ihn, und als er sie diese kurzen, atemlosen Sätze ausstoßen hörte, brachte er die entscheidenden Worte einfach nicht über die Lippen. Du hast Recht, antwortete er. Wahrscheinlich dauert es höchstens ein, zwei Jahre. Aber da muss ich durch. Ich muss diese Frau haben, und danach wird sich alles von alleine regeln.

Am Ende verbrachte er die Nacht in Brigids Wohnung. Nicht weil er dachte, das würde ihnen irgendwie weiterhelfen, sondern weil sie ihn anflehte, noch dieses eine letzte Mal zu bleiben, und er nicht nein sagen konnte. Am nächsten Morgen verdrückte er sich, bevor sie aufgewacht war, und von da an wurde alles anders für ihn. Der Vertrag mit Hunt lief aus; er begann mit Blaustein an *Punkt und Komma* zu arbeiten; seine Hochzeitspläne nahmen Gestalt an. Seit zweieinhalb Monaten hatte Brigid sich nicht mehr bei ihm gemeldet. Ihr Schweigen beunruhigte ihn zwar ein wenig, aber tatsächlich hatte er so viel mit Saint John zu tun, dass er kaum darüber nachdachte. Wenn Brigid nichts von sich hören ließ, dann nur, weil sie eben zu ihrem Wort stand und viel zu stolz war, sich ihm in den Weg zu stellen. Er hatte ihr seine Absichten erklärt, und sie hatte sich zurückgezogen und ihn seinem Schicksal überlassen. Hatte er Glück, würde er sie wohl nie wieder sehen. Hatte er Pech, würde sie in letzter Minute herbeieilen und ihn zu retten versuchen.

Vermutlich diente es nur der Beruhigung seines Gewissens, dass Hector sich von O'Fallon solche Vorstellungen machte, dass er sie zu einer Art höherem Wesen stilisierte, das keinen Schmerz empfand, wenn es mit Messern traktiert wurde, das nicht blutete, wenn es verwundet wurde. Und wenn es keine überprüfbaren Fakten gibt, wird man doch ein wenig träumen dürfen? Er wollte glauben, dass es ihr gut ging, dass sie ihr Leben tapfer weiterlebte. Ihm fiel auf, dass keine Artikel mehr von ihr in *Photoplay* erschienen, aber das konnte seinen Grund auch darin haben, dass sie die Stadt verlassen oder irgendwo anders einen Job bekommen hatte, und fürs Erste schob er den Gedanken an irgendwelche dunkleren Möglichkeiten weit von sich. Erst als sie schließlich wieder auftauchte (und ihm am Silvesterabend einen Brief unter die Tür schob), erfuhr er, wie erbärmlich er sich getäuscht hatte. Zwei Tage nachdem er sie im Oktober verlassen hatte, hatte sie sich in der Badewanne die Pulsadern aufgeschnitten. Wäre das Wasser nicht in die Wohnung unter ihr gelaufen, hätte die Vermieterin niemals ihre Wohnungstür aufgeschlossen, und Brigid wäre zu spät gefunden worden. Ein Krankenwagen brachte sie in die Klinik. Nach zwei Tagen war sie über den Berg, aber ihr Geist war zerrüttet, schrieb sie, sie redete unzusammenhängend und weinte von morgens bis abends, und die Ärzte beschlossen, sie zur Beobachtung noch länger dazubehalten. Am Ende verbrachte sie zwei Monate in der geschlossenen Abteilung. Sie war bereit gewesen, den Rest ihres Lebens dort zu verbringen, aber nur weil sie ohnehin nur noch ein einziges Ziel verfolgte, nämlich sich umzubringen, und es daher keine Rolle spielte, wo sie war. Doch gerade als sie den nächsten Versuch in Angriff nehmen wollte, geschah ein Wunder. Oder genauer, sie entdeckte, dass längst ein Wunder geschehen war und sie seit zwei Monaten im Bann dieses Wunders gelebt hatte. Nachdem die Ärzte ihr bestätigt hatten, dass es ein reales Ereignis war, dass sie sich das nicht bloß eingebildet hatte, wollte sie nicht mehr sterben. Sie hatte ihren Glauben schon vor Jahren verloren, schrieb sie. Sie war seit der Highschool nicht mehr zur Beichte gegangen, doch als die Schwester ihr an diesem Morgen die Untersuchungsergebnisse brachte, hatte sie ein Gefühl, als habe Gott seinen Mund auf den ihren gelegt und ihr neues Leben eingehaucht. Sie war schwanger. Es war im Herbst passiert, in der letzten Nacht, die sie miteinander verbracht hatten, und jetzt trug sie Hectors Kind unter dem Herzen.

Nach der Entlassung aus dem Krankenhaus war sie aus ihrer Wohnung ausgezogen. Sie hatte ein wenig Geld gespart, aber das reichte nicht für die Miete, jedenfalls nicht, wenn sie nicht wieder arbeitete – und Arbeit hatte sie keine, weil sie bei der Zeitschrift gekündigt hatte. Sie habe sich irgendwo ein billiges Zimmer genommen, schrieb sie weiter, ein Zimmer mit einem eisernen Bettgestell, einem Holzkreuz an der Wand und einer Mäusefamilie unter den Dielenbrettern, aber den Namen des Hotels werde sie ihm nicht verraten, nicht einmal den Namen der Stadt, in der sie jetzt lebe. Er brauche gar nicht erst nach ihr zu suchen. Sie sei unter falschem Namen angemeldet, und sie werde noch eine Weile im Verborgenen bleiben, bis ihre Schwangerschaft so weit fortgeschritten sei, dass er keine Chance mehr habe, sie zu einer Abtreibung zu überreden. Sie sei fest entschlossen, das Kind zur Welt zu bringen, und ob Hector sie heiraten wolle oder nicht, nichts werde sie davon abhalten, die Mutter seines Kindes zu werden. Ihr Brief endete mit den Worten: *Das Schicksal hat uns zusammengeführt, mein Liebling, und wo auch immer ich jetzt bin, du wirst immer bei mir sein.*

Dann wieder Schweigen. Zwei Wochen vergingen, und Brigid hielt ihr Versprechen und blieb im Verborgenen. Hector erzählte Saint John nichts von O'Fallons Brief; dabei war ihm klar, dass seine Chancen, sie zu heiraten, so gut wie zunichte waren. Er konnte sich eine gemeinsame Zukunft mit ihr nicht mehr vorstellen, ohne zugleich auch an Brigid denken und sich mit Gedanken an seine schwangere ehemalige Geliebte quälen zu müssen, die in irgendeinem dreckigen Hotel in einer heruntergekommenen Gegend hauste und mit seinem Kind im Bauch dem Wahnsinn entgegendämmerte. Er wollte Saint John nicht verlieren. Er wollte den Traum nicht aufgeben, jeden Abend zu ihr ins Bett zu kriechen und ihren glatten, knisternden Leib an seiner nackten Haut zu spüren, aber ein Mann ist verantwortlich für seine Taten, und wenn das Kind zur Welt käme, gäbe es kein Entrinnen vor den Konsequenzen seines Tuns. Hunt tötete sich am elften Januar, aber an Hunt dachte Hector da schon gar nicht mehr, und als er am zwölften Januar davon erfuhr, empfand er gar nichts. Die Vergangenheit zählte nicht mehr. Nur noch die Zukunft war wichtig, und die Zukunft war plötzlich ins Wanken geraten. Er würde seine Verlobung mit Dolores lösen müssen, aber das konnte er erst tun, wenn Brigid wieder aufgetaucht war, und da er nicht wusste, wo er sie suchen sollte, konnte er gar nichts machen, konnte sich nicht vom Fleck rühren, an den die Gegenwart ihn geworfen hatte. Und so hatte er zunehmend das Gefühl, er sei mit den Füßen am Boden festgenagelt.

Am vierzehnten Januar arbeitete er bis sieben Uhr abends mit Blaustein und machte dann Schluss. Saint John erwartete ihn in ihrem Haus im Topanga Canyon, wo sie um acht Uhr essen wollten. Normalerweise wäre Hector weit vor acht dort eingetroffen, aber unterwegs hatte er mit seinem blauen DeSoto eine Reifenpanne, und der Radwechsel kostete ihn eine volle Dreiviertelstunde. Ohne diese Reifenpanne wäre das Ereignis, das den Lauf seines ganzen Lebens verändern sollte, vielleicht niemals eingetreten, denn just zu der Zeit, als er in einer dunklen Seitenstraße des La Cienaga Boulevard in die Hocke ging und mit dem Wagenheber zu hantieren anfing, begab es sich, dass Brigid O'Fallon bei Dolores Saint John an die Tür klopfte, und als Hector seine kleine Aufgabe erledigt hatte und wieder am Steuer seines Autos saß, war Saint John das Missgeschick unterlaufen, dass sie O'Fallon eine Kugel vom Kaliber 32 ins linke Auge geschossen hatte.

Jedenfalls behauptete sie, dass es ein Missgeschick war, und die entsetzte Miene, die ihn begrüßte, als er zur Haustür hereinkam, gab Hector keinen Anlass, daran zu zweifeln. Sie habe nicht gewusst, dass der Revolver geladen war, sagte sie. Ihr Agent hatte ihr die Waffe gegeben, als sie vor drei Monaten in dieses allein stehende Haus im Canyon gezogen war. Sie sollte nur ihrem Schutz dienen, und als Brigid mit all diesen verrückten Sachen über sie hergefallen war, von Hectors Baby, aufgeschnittenen Pulsadern, vergitterten Irrenhausfenstern und Blut aus Christi Wunden gezetert hatte, hatte Dolores es mit der Angst bekommen und sie gebeten zu gehen. Aber Brigid dachte gar nicht daran, und ein paar Minuten später beschuldigte sie Dolores, ihr den Mann gestohlen zu haben, drohte ihr mit hirnverbrannten Ultimaten und beschimpfte sie als Teufel, als Flittchen, als miese dreckige Schlampe. Noch vor sechs Monaten war Brigid die nette *Photoplay*-Reporterin mit dem hübschen Lächeln und einem feinen Sinn für Humor gewesen, und jetzt war sie plötzlich verrückt geworden, eine gefährliche Irre, die hemmungslos heulend in Dolores' Wohnzimmer herumtobte, und Dolores wollte sie nur noch loswerden. Da fiel ihr der Revolver ein. Er lag in der mittleren Schublade des Rollpults, keine drei Meter von ihr entfernt, und so ging sie hin und zog die Schublade auf. Sie wollte eigentlich nicht schießen. Ihr einziger Gedanke war, Brigid mit der Waffe zu erschrecken und aus dem Haus zu jagen. Aber als sie das Ding aus der Schublade nahm und ins Zimmer richtete, löste sich irgendwie ein Schuss. Ohne besonders lautes Geräusch. Nur ein leiser Knall, sagte sie, und dann stieß Brigid ein seltsames Grunzen aus und brach zusammen.

Dolores wollte nicht mit ihm ins Wohnzimmer gehen (Es ist zu schrecklich, sagte sie, ich kann das nicht ertragen), also ging er alleine hinein. Brigid lag mit dem Gesicht nach unten auf dem Läufer vor dem Sofa. Ihr Körper war noch warm, aus ihrem Hinterkopf rann Blut. Hector drehte sie um, und als er in ihr zerstörtes Gesicht sah und das Loch erblickte, das einst ihr linkes Auge gewesen war, stockte ihm der Atem. Er konnte nicht gleichzeitig atmen und sie ansehen. Um wieder atmen zu können, musste er den Blick abwenden, und als er das getan hatte, fand er nicht mehr den Mut, sie noch einmal anzusehen. Alles hin. Alles zerstört. Auch das ungeborene Baby in ihr: tot. Schließlich stand er auf, ging in den Flur und nahm eine Decke aus dem Schrank. Als er ins Wohnzimmer zurückkam, sah er sie ein letztes Mal an, und wieder verkrampfte sich seine Lunge. Er schlug die Decke auf und breitete sie über ihren kleinen tragischen Körper.

Sein erster Impuls war, zur Polizei zu gehen, aber Dolores hatte Angst. Wie würde sich ihre Geschichte anhören, wenn man sie wegen der Waffe ausfragen würde, sagte sie, wenn man sie zwingen würde, den ganzen unwahrscheinlichen Ablauf der Ereignisse zum zwölften Mal durchzugehen, wenn sie erklären müsste, warum eine vierundzwanzigjährige Schwangere tot bei ihr im Wohnzimmer lag? Selbst wenn man ihr glauben würde, selbst wenn man akzeptieren wolle, dass die Waffe versehentlich losgegangen war, würde der Skandal sie ruinieren. Mit ihrer Karriere wäre es aus, und mit Hectors Karriere natürlich auch, und warum sollten sie für etwas büßen, an dem sie gar keine

Schuld hätten? Sie sollten Reggie anrufen – gemeint war Reginald Dawes, ihr Agent, derselbe Idiot, der ihr die Waffe gegeben hatte –, der könne sich darum kümmern. Reggie sei klug, er kenne alle Tricks. Reggie würde bestimmt etwas einfallen, wie sie den Kopf aus der Schlinge ziehen könnten.

Aber Hector wusste, dass nichts mehr zu retten war. Redeten sie, gab es Skandal und öffentliche Demütigung; redeten sie nicht, gab es noch viel größeren Ärger. Man konnte sie wegen Mordes anklagen, und wenn der Fall erst einmal vor Gericht aufgerollt wurde, würde kein Mensch glauben, dass Brigids Tod ein Unfall gewesen war. Eins schlimmer als das andere. Hector musste entscheiden. Er musste für sie beide entscheiden, und eine richtige Entscheidung gab es nicht. Lass Reggie da raus, sagte er zu ihr. Wenn Dawes Wind davon bekäme, was sie getan habe, hätte er sie in der Hand. Dann würde sie den Rest ihres Lebens auf blutigen Knien vor ihm herumrutschen müssen. Bloß keinen Dritten hinzuziehen. Entweder ans Telefon gehen und die Polizei holen, oder mit gar keinem reden. Und wenn sie mit niemand redeten, würden sie sich selbst um die Leiche kümmern müssen.

Er wusste, dass er dafür in der Hölle schmoren würde, und er wusste auch, dass er Dolores nie wieder sehen würde, aber er sagte es trotzdem, und dann brachten sie die Sache hinter sich. Das war jetzt keine Frage von Gut und Böse mehr. Es ging nur darum, unter den gegebenen Umständen so wenig Schaden wie möglich anzurichten und nicht sinnlos noch ein zweites Leben kaputtzumachen. Sie luden Brigids Leiche in den Kofferraum von Dolores' Chrysler und fuhren in die Berge, etwa eine Stunde nördlich von Malibu. Die Leiche war noch in die Decke gehüllt, und die wiederum war in den Läufer gewickelt. Eine Schaufel hatten sie ebenfalls eingepackt. Hector hatte sie im Gartenschuppen hinter Dolores' Haus gefunden und benutzte sie dann, um das Loch auszuheben. Wenn ich Dolores auch sonst nichts schulde, dachte er, dann wenigstens das. Schließlich hatte er sie betrogen, und das Bemerkenswerte daran war, dass sie ihm weiter vertraute. Brigids Geschichten waren wirkungslos an ihr abgeprallt. Sie hatte sie als dummes Geschwätz abgetan, als hirnrissige Lügen einer durchgedrehten, eifersüchtigen Frau, und selbst als ihr der Beweis direkt vor ihr schönes Näschen gehalten worden war, hatte sie nichts davon wissen wollen. Es konnte natürlich Eitelkeit gewesen sein, eine ungeheuerliche Eitelkeit, die von der Welt nur sah, was sie sehen wollte, es konnte aber genauso gut auch wahre Liebe gewesen sein, eine so blinde Liebe, dass Hector sich kaum vorzustellen wagte, was er da verlieren sollte. Selbstredend hat er nie erfahren, was von beidem es war. Als sie von ihrem furchtbaren Ausflug in die Berge nach Hause kamen, fuhr er gleich mit seinem eigenen Auto weiter, und seit diesem Abend hat er sie nicht mehr wieder gesehen.

Und er selbst verschwand auch. Bis auf die Kleider, die er trug, und das Bargeld in seiner Brieftasche ließ er alles hinter sich, und um zehn Uhr am nächsten Morgen saß er bereits im Zug nach Seattle. Er rechnete fest damit, geschnappt zu werden. Wenn Brigid erst einmal als vermisst gemeldet wäre, würde es nicht lange dauern, bis jemand einen Zusammenhang zwischen den beiden Vermisstenfällen herstellte. Die Polizei würde ihn vernehmen wollen, und spätestens dann würde man ernsthaft nach ihm zu suchen anfangen. Aber Hector täuschte sich, so wie er sich in allem anderen getäuscht hatte. Nur er selbst wurde vermisst, und dass Brigid verschwunden war, konnte so bald niemand merken. Sie hatte keine Arbeit mehr, keinen festen Wohnsitz, und als sie am Ende dieser Woche zu Beginn des Jahres 1929 nicht auf ihr Zimmer im Fitzwilliam Arms in Los Angeles zurückgekehrt war, ließ der Empfangschef ihre Habseligkeiten in den Keller tragen und vermietete ihr Zimmer an jemand anderen. Daran war nichts Ungewöhnliches. Ständig verschwanden irgendwelche Leute, und man konnte ein Zimmer doch nicht einfach leer stehen lassen, wenn sich ein neuer Mieter fand. Selbst wenn der Empfangsmensch sich Sorgen gemacht und die Polizei verständigt hätte, hätte auch die nichts unternehmen können. Brigid war unter falschem Namen gemeldet, und wie sollte man jemanden suchen, den es gar nicht gab?

Zwei Monate später rief ihr Vater aus Spokane bei der Polizei in Los Angeles an und sprach mit einem Kommissar namens Reynolds, der den Fall bis zu seiner Pensionierung 1936 weiterverfolgte. Vierundzwanzig Jahre danach kamen die Knochen von Mr. O'Fallons Tochter schließlich ans Licht. Ein Bulldozer schaufelte sie auf der Baustelle für eine neue Wohnsiedlung am Rand der Simi Hills aus dem Boden. Sie wurden an das forensische Institut nach Los Angeles geschickt, aber Reynolds' Papierkram war längst in irgendeinem Lager verschwunden, und die Person, der die Knochen gehört hatten, konnte nicht mehr identifiziert werden.

Alma wusste von den Knochen, weil sie danach recherchiert hatte. Hector hatte ihr erzählt, wo sie vergraben waren, und als sie Anfang der achtziger Jahre die Wohnsiedlung besuchte, sprach sie mit mehreren Leuten, die ihr bestätigten, dass sie genau an dieser Stelle gefunden worden waren.

Inzwischen war Saint John auch schon lange tot. Als sie nach Hectors Verschwinden wieder zu ihren Eltern in Wichita gezogen war, hatte sie der Presse noch eine Erklärung gegeben und dann ein sehr abgeschiedenes Leben geführt. Anderthalb Jahre später heiratete sie George T. Brinkerhoff, einen Bankier aus der Gegend. Sie hatten zwei Kinder, Willa und George Junior. 1934 – das ältere Kind war noch keine drei Jahre alt – verlor Saint John auf der Heimfahrt durch heftigen Novemberregen die Kontrolle über ihren Wagen. Sie krachte an einen Telefonmasten, und die Wucht der Kollision schleuderte sie durch die Windschutzscheibe, die ihr die Halsschlagader durchtrennte. Dem polizeilichen Autopsiebericht zufolge verblutete sie, ohne das Bewusstsein wiedererlangt zu haben.

Zwei Jahre später heiratete Brinkerhoff wieder. Als Alma ihm 1983 schrieb und ihn um eine Unterredung bat, antwortete seine Witwe, dass er im vorigen Herbst an Nierenversagen gestorben sei. Die Kinder lebten freilich noch, und Alma sprach mit beiden – mit dem einen in Dallas, Texas, mit dem anderen in Orlando, Florida. Beide hatten nicht viel zu sagen. Sie seien damals noch so jung gewesen, sagten sie. Ihre Mutter hätten sie nur von Fotos in Erinnerung, sonst gar nicht.

ALS Hector am Morgen des 15. Januar zur Central Station ging, war sein Schnurrbart bereits weg. Er maskierte sich, indem er einfach sein Markenzeichen abnahm, sein Gesicht durch schlichte Subtraktion in ein anderes verwandelte. Die Augen und Augenbrauen, die Stirn und das zurückgekämmte Haar hätten einem Kenner seiner Filme auch etwas gesagt, aber kaum hatte Hector seine Fahrkarte gekauft, fiel ihm auch hierfür eine Lösung ein. Und ein neuer Name, sagte Alma, gleich dazu.

Der 9 Uhr 21 nach Seattle ging erst in einer Stunde. Hector beschloss, die Zeit bei einer Tasse Kaffee im Bahnhofsrestaurant totzuschlagen, aber sobald er am Tresen saß und ihm der Geruch von Schinken und Eiern, die dort gebraten wurden, in die Nase stieg, befiel ihn eine schreckliche Übelkeit. Er schaffte es noch zur Toilette, schloss sich in einer Kabine ein, sank auf Hände und Knie und würgte den Inhalt seines Magens in die Kloschüssel. Alles schoss aus ihm heraus, erbärmlich aussehende grüne Flüssigkeit und braune Klümpchen unverdauten Essens, eine bebende Entladung von Scham, Angst und Ekel, und als die Attacke vorbei war, sank er ganz auf den Boden und blieb, um Atem ringend, lange dort liegen. Sein Kopf lehnte an der Rückwand, und aus diesem Blickwinkel konnte er etwas sehen, das ihm sonst entgangen wäre. In der Krümmung des Abflussrohrs unmittelbar hinter der Toilette lag eine Mütze, die jemand dort abgelegt hatte. Hector zog sie aus ihrem Versteck und sah, dass es eine Arbeitermütze war, ein robustes Ding aus grobem Tweed mit schmalem Schirm – nicht viel anders als die Mütze, die er selbst getragen hatte, als er frisch in Amerika angekommen war. Hector stülpte sie um und sah nach, ob nichts darin war, ob sie nicht zu schmutzig war, um sie aufzusetzen. Er sah aber nur den Namen des Besitzers, der mit Tinte auf das lederne Innenband geschrieben war: Herman Loesser. Er fand den Namen gut, vielleicht sogar ausgezeichnet, auf jeden Fall nicht schlechter als irgendeinen anderen. Schließlich war er ja selbst Herr Mann. Wenn er sich jetzt Herman nannte, würde er seine Identität wechseln, ohne sich selbst ganz preiszugeben. Das war das Entscheidende: für die anderen zu verschwinden, selbst aber nicht zu vergessen, wer er war. Nicht weil er es wollte, sondern gerade weil er es nicht wollte.

Herman Loesser. Manche sprachen den Namen aus wie *Lesser*, andere wie *Loser*. So oder so, Hector fand, er habe nun genau den Namen, den er verdient hatte.

Die Mütze passte erstaunlich gut. Sie war weder zu weit noch zu eng, und sie war elastisch genug, dass er den Schirm tief in die Stirn ziehen und seine unverwechselbaren Augenbrauen, die grimmige Klarheit seiner Augen verhüllen konnte. Auf die Subtraktion folgte also eine Addition. Hector minus Schnurrbart, und dann Hector plus Mütze. Die zwei Operationen ergaben null, und als er an diesem Vormittag die Bahnhofstoilette verließ, sah er aus wie jedermann, war seinem *Niemand* wie aus dem Gesicht geschnitten.

In Seattle lebte er sechs Monate, dann zog er für ein Jahr nach Portland und schließlich wieder in den Norden nach Washington zurück, wo er bis zum Frühjahr 1931 blieb. Anfangs trieb ihn die reine Panik um. Hector hatte das Gefühl, er müsse um sein Leben rennen, und in den Tagen nach seinem Verschwinden hatte er nichts anderes im Sinn als jeder andere Kriminelle: Jeder Tag, an dem er nicht geschnappt wurde, war für ihn ein guter Tag. Morgens und abends las er, was die Zeitungen über ihn schrieben, informierte sich über die Entwicklungen in dem Fall, um zu sehen, wie dicht man ihm auf den Fersen war. Die Artikel verblüfften ihn; er war entsetzt, wie wenig Mühe sich die Leute gemacht hatten, ihn wirklich kennen zu lernen. Hunt war nur eine winzige Randfigur, und doch begann und endete jeder einzelne Artikel mit ihm: Börsenmanipulationen, betrügerische Investitionen, Hollywood und seine Geschäfte in ihrer ganzen vermoderten Pracht. Brigids Name wurde nie erwähnt, und bevor Dolores nach Kansas zurückging, hatte sich niemand die Mühe gemacht, mit ihr zu reden. Tag für Tag wurde der Druck kleiner, und als es nach vier Wochen immer noch keinen Durchbruch gab und das Interesse der Zeitungen allmählich nachließ, begann seine Panik sich zu legen. Niemand verdächtigte ihn wegen irgendwas. Wenn er gewollt hätte, hätte er nach Hause zurückgehen können. Er brauchte nur den Zug nach Los Angeles zu nehmen, und dort hätte er sein Leben genau so weiterführen können, wie er es zurückgelassen hatte.

Aber Hector ging nirgendwo hin. Nichts wünschte er sehnlicher, als in seinem Haus am North Orange Drive mit Blaustein auf der Sonnenveranda zu sitzen, Eistee zu trinken und *Punkt und Komma* den letzten Schliff zu geben. Filmemachen glich einem Leben im Delirium. Es war die anstrengendste, anspruchsvollste Arbeit, die jemals erfunden worden war, und je schwieriger sie wurde, desto mehr stärkte sie ihn. Er arbeitete sich hinein, lernte nach und nach die Feinheiten des Handwerks, und er war überzeugt davon, dass er mit etwas mehr Zeit einer der Guten hätte werden können. Das war alles, was er je von sich verlangt hatte: in dieser einen Sache gut zu sein. Nur das hatte er gewollt, und daher war genau dies das eine, das er sich nie wieder erlauben würde. Man treibt eine unschuldige junge Frau nicht in den Wahnsinn, man schwängert sie auch nicht, und man vergräbt ihre Leiche nicht drei Meter tief im Boden und erwartet dann, dass man sein Leben so weiterführen kann wie zuvor. Ein Mann, der getan hatte, was er getan hatte, musste hart bestraft werden. Und wenn die Welt es nicht tat, würde er es eben selbst tun müssen.

Er nahm sich ein Zimmer in einer Pension am Pike Place Market, und als das Geld in seiner Brieftasche aufgebraucht war, fand er Arbeit bei einem der Fischhändler dort. Jeden Morgen um vier stand er auf und entlud Lastwagen im Nebel vor dem Morgengrauen; er schleppte Kisten und Säcke, und die feuchte Kälte des Puget Sound machte ihm die Finger steif und kroch ihm bis tief in die Knochen. Eine kurze Zigarettenpause, dann verteilte er Krabben und Austern auf klein gehacktem Eis, um schließlich nach Tagesanbruch diverse andere Dinge zu tun: klappernde Muscheln auf die Waage schütten und in braune Papiertüten füllen; mit seinem kurzen, tödlichen Krummsäbel Austern aufschlitzen. Wenn er nicht arbeitete, las Herman Loesser Bücher aus der Bücherei, führte Tagebuch und sprach mit keinem Menschen, es sei denn, es ließ sich absolut nicht vermeiden. Sein Ziel dabei war es, sagte Alma, sich unter der selbst auferlegten Not zu winden, sich das Leben so unbequem wie nur möglich zu machen. Als ihm die Arbeit zu einfach wurde, zog er nach Portland weiter, wo er einen Job als Nachtwächter in einer Fassmacherei fand. Nach dem Lärm des überdachten Markts jetzt also die Stille seiner Gedanken. Keine seiner Entscheidungen war endgültig, erklärte Alma. Seine Buße war ein Werk, das nie vollendet wurde, und die Strafen, die er über sich verhängte, wechselten je nachdem, was er jeweils gerade für seine größte Schwäche hielt. Er lechzte nach Gesellschaft, er sehnte sich danach, wieder mit einer Frau zusammen zu sein, er wollte Menschen und Stimmen um sich haben, und er mauerte sich in dieser leeren Fabrikhalle ein, um sich in die Feinheiten der Selbstverleugnung zu vertiefen.

Der Börsencrash fiel in die Portland-Zeit, und als Mitte 1930 die Comstock-Fassfabrik ihre Tore schloss, verlor Hector seinen Job. Inzwischen hatte er sich durch mehrere hundert Bücher gelesen, zunächst die gängigen Romane des 19. Jahrhunderts, von denen jedermann sprach, die aber niemand wirklich gelesen hatte (Dickens, Flaubert, Stendhal, Tolstoi), und dann, als er glaubte, den Dreh herausgefunden zu haben, beschloss er, bei null anzufangen und seine Bildung systematisch zu betreiben. Hector wusste so gut wie nichts. Mit sechzehn war er von der Schule abgegangen, und niemand hatte ihm je erklärt, dass Sokrates und Sophokles zwei verschiedene Menschen waren, dass George Eliot eine Frau war, oder dass *Die Göttliche Komödie* ein Gedicht über das Leben nach dem Tode war und nicht etwa eine Theaterposse, in der am Ende alle Beteiligten den richtigen Partner heiraten. Er hatte immer unter dem Druck der Verhältnisse gestanden und nie die Zeit gehabt, sich mit solchen Dingen zu beschäftigen. Jetzt hatte er plötzlich alle Zeit der Welt. Eingekerkert in seinem privaten Alcatraz, verbrachte er die Jahre seiner Gefangenschaft mit dem Erwerb einer neuen Sprache, in der er über die Bedingungen seines Überlebens nachdenken und den ständigen, erbarmungslosen Schmerz in seiner Seele verstehen lernen konnte. Alma zufolge machte ihn die Strenge dieses intellektuellen Trainings nach und nach zu einem anderen Menschen. Er lernte, sich selbst aus der Distanz zu betrachten, sich erst einmal als einen unter vielen zu sehen, dann als zufällige Ansammlung von Materieteilchen und zuletzt als ein einzelnes Staubkörnchen – und je weiter er sich von seinem Ausgangsort entfernte, sagte sie, desto mehr näherte er sich wahrer Größe. Er hatte ihr seine Tagebücher aus dieser Zeit gezeigt, und so hatte Alma seine Gewissensqualen fünfzig Jahre nach der Tat unmittelbar miterleben können. *Nie so verloren wie jetzt*, zitierte sie mir eine Passage aus dem Gedächtnis, *nie so einsam und verzagt – und doch nie so lebendig.* Diese Worte schrieb er weniger als eine Stunde vor der Abreise aus Portland. Dann fiel ihm noch etwas ein, er setzte sich wieder hin und fügte unten auf der Seite noch folgenden Absatz hinzu: *Ich rede jetzt nur mit den Toten. Sie sind die Einzigen, denen ich vertraue, die Einzigen, die mich verstehen. Wie sie lebe ich ohne Zukunft.*

In Spokane gab es Arbeit, sagte man. Bei den Sägewerken waren angeblich Stellen frei, und mehrere Holzfällerlager im Osten und Norden sollten noch Leute suchen. Hector interessierte sich nicht für diese Jobs, aber eines Nachmittags, nicht lange nach der Schließung der Fassfabrik, bekam er zufällig mit, wie zwei Burschen sich über die Chancen dort oben unterhielten, und das brachte ihn auf eine Idee; und als er erst über diese Idee nachzudenken begann, konnte er ihr nicht mehr widerstehen. Brigid war in Spokane aufgewachsen. Ihre Mutter war tot, aber ihr Vater war noch da, und es gab auch zwei jüngere Schwestern in der Familie. Keine Folter, die Hector sich vorstellen konnte, kein Schmerz, den er sich selbst zufügen konnte, war schlimmer als der Gedanke, in die Stadt zu ziehen, in der diese Menschen lebten. Er würde Mr. O'Fallon und die beiden Mädchen nur einmal kurz sehen müssen, um ihre Gesichter niemals mehr zu vergessen, und wenn er dann an das Leid dächte, das er ihnen zugefügt hatte, wären sie ihm immer präsent. Er fand, er habe solche Qualen verdient. Er fühlte sich verpflichtet, diese Menschen für sich lebendig zu machen, sie in seinem Gedächtnis ebenso wirklich werden zu lassen wie Brigid selbst.

Seit Kindheitstagen als der Rothaarige bekannt, hatte Patrick O'Fallon in den vergangenen zwanzig Jahren ein Geschäft im Zentrum von Spokane geführt; der Laden hieß

Red's Sporting Goods. Am Morgen seiner Ankunft fand Hector zwei Straßen westlich des Bahnhofs ein billiges Hotel, zahlte eine Nacht im Voraus und machte sich auf die Suche; fünf Minuten später hatte er den Laden gefunden. Was er tun wollte, wenn er einmal da wäre, hatte er sich nicht überlegt, aber vorsichtshalber wollte er lieber draußen bleiben und versuchen, durchs Schaufenster einen Blick auf O'Fallon zu erhaschen. Hector hatte keine Ahnung, ob Brigid in ihren Briefen nach Hause jemals von ihm erzählt hatte. Wenn ja, wäre in der Familie bekannt, dass er mit spanischem Akzent sprach. Wichtiger noch, man hätte seinem Verschwinden 1929 besondere Beachtung geschenkt, und da Brigid selbst ebenfalls seit fast zwei Jahren verschwunden war, waren sie womöglich die einzigen Menschen in Amerika, die einen Zusammenhang zwischen diesen beiden Fällen argwöhnten. Er brauchte nur in den Laden zu gehen und den Mund aufzumachen. Wenn O'Fallon wusste, wer Hector Mann war, stand zu erwarten, dass er nach drei oder vier Sätzen Verdacht schöpfen würde.

Aber O'Fallon war überhaupt nicht zu sehen. Als Hector die Nase ans Schaufenster drückte und so tat, als interessiere er sich für die dort ausgestellten Golfschläger, hatte er einen guten Blick in den Laden, und soweit er das vom Fenster aus erkennen konnte, war dort niemand. Keine Kundschaft, kein Verkäufer hinter dem Ladentisch. Es war noch früh – kurz nach zehn –, aber das Schild an der Tür sagte OFFEN, und statt auf dem bevölkerten Bürgersteig zu bleiben und zu riskieren, die allgemeine Aufmerksamkeit auf sich zu ziehen, verwarf Hector seinen Plan und beschloss hineinzugehen. Sollten sie herausfinden, wer er war, dann mochte es eben so sein, dachte er.

Die Tür klingelte, als er sie aufzog, und die nackten

Holzdielen knarrten unter seinen Schritten, als er nach hinten zum Ladentisch ging. Der Raum war nicht groß, aber die Regale waren voll gestopft mit allen möglichen Dingen; es schien dort alles zu geben, was irgendein Sportler oder Jäger sich nur wünschen konnte: Angelruten und Spulen, Schwimmflossen und Taucherbrillen, Schrotflinten und Jagdgewehre, Tennisschläger und Baseballhandschuhe, Fußbälle, Basketbälle, Schulterpolster und Helme, Schuhe mit Spikes und Schuhe mit Eisenkappen, Abschlag-Tees für Football und Golf, Kegel, Hanteln und Medizinbälle. Zwei Reihen regelmäßig angeordneter Stützpfeiler zogen sich durch den ganzen Laden, und an jedem einzelnen hing ein gerahmtes Foto von Red O'Fallon. Die Bilder zeigten ihn als jungen Mann, und auf allen war er bei irgendeiner sportlichen Betätigung zu sehen. Einmal als Baseballspieler, ein andermal als Footballspieler, vor allem aber als Läufer im knappen Dress eines Leichtathleten. Auf einem Foto hatte ihn die Kamera mitten im Lauf erwischt, beide Füße in der Luft, zwei Meter vor seinem nächsten Verfolger. Auf einem anderen, aufgenommen 1904 bei den Olympischen Spielen in Saint Louis, schüttelte ihm ein Mann in Frack und Zylinder die Hand und überreichte ihm eine Bronzemedaille.

Als Hector an den Ladentisch trat, kam eine junge Frau aus einem Hinterzimmer. Sie wischte sich noch mit einem Handtuch die Hände ab, hielt den Kopf ein wenig schräg und sah zu Boden, aber auch wenn ihr Gesicht ihm größtenteils verborgen blieb, war etwas an ihrem Gang, etwas an ihren abfallenden Schultern, etwas an der Art, wie sie das Handtuch über ihre Finger rieb, das ihn sofort an Brigid erinnerte. Einige Sekunden lang hatte er das Gefühl, als habe es die vergangenen neunzehn Monate nie gegeben.

Brigid war nicht mehr tot. Sie hatte sich aus ihrem Grab erhoben, sich aus der Erde gegraben, die er auf sie geworfen hatte, und da war sie nun wieder, unversehrt und lebendig, ohne Kugel im Gehirn und ohne Loch im Auge, und arbeitete als Verkäuferin im Laden ihres Vaters in Spokane, Washington.

Die Frau kam langsam auf ihn zu, hielt nur einmal kurz an, um das Handtuch auf einen ungeöffneten Karton zu legen, und dann geschah etwas Unheimliches, denn als sie den Kopf hob und ihm in die Augen sah, blieb die Illusion bestehen. Sie hatte tatsächlich Brigids Gesicht. Dieselbe Wangenpartie, derselbe Mund, dieselbe Stirn und dasselbe Kinn. Als sie ihn dann anlächelte, sah er, dass sie auch dasselbe Lächeln hatte. Erst als sie bis auf zwei Meter an ihn herangekommen war, konnte er gewisse Unterschiede feststellen. Ihr Gesicht war voller Sommersprossen, was man von Brigids Gesicht nicht hatte sagen können, und das Grün ihrer Augen war dunkler. Auch standen sie weiter auseinander, ein wenig weiter von der Nasenwurzel entfernt, und gerade diese winzige Abweichung steigerte die Harmonie ihrer Züge und ließ sie noch ein klein wenig hübscher als ihre Schwester erscheinen. Hector erwiderte ihr Lächeln, und als sie am Ladentisch angekommen war und ihn mit Brigids Stimme fragte, ob sie ihm helfen könne, hatte er nicht mehr das Gefühl, in tödlicher Ohnmacht auf den Boden sinken zu müssen.

Er suche Mr. O'Fallon, sagte er, und wolle wissen, ob er ihn sprechen könne. Er gab sich keine Mühe, seinen Akzent zu verheimlichen, sprach das Wort *Miester* mit übertrieben gerolltem R am Ende und forschte dann in ihrem Gesicht nach irgendeiner Reaktion. Nichts geschah, beziehungsweise das Gespräch ging weiter, als ob nichts geschehen wäre, und Hector war sofort klar, dass Brigid nichts von ihm erzählt hatte. Sie war in einer katholischen Familie aufgewachsen, und sie musste vor dem Gedanken zurückgeschreckt sein, ihrem Vater und ihren Schwestern mitzuteilen, dass sie mit einem Mann ins Bett stieg, der mit einer anderen Frau verlobt war, und dass dieser Mann, dessen Penis beschnitten war, nicht die Absicht hatte, die Verlobung zu lösen, um sie zu heiraten. Wenn das stimmte, wussten sie wahrscheinlich auch nicht, dass sie schwanger gewesen war. Und dass sie sich in der Badewanne die Pulsadern aufgeschnitten hatte und dass sie zwei Monate lang in einem Krankenhaus von besseren und effizienteren Möglichkeiten geträumt hatte, sich umzubringen. Es war sogar denkbar, dass sie ihnen schon lange vor Saint Johns Dazwischenkunft zu schreiben aufgehört hatte, zu einer Zeit, als sie noch zuversichtlich daran glaubte, dass alles sich nach ihren Wünschen entwickeln würde.

Hectors Gedanken rasten jetzt in verschiedenen Richtungen hin und her, und als die Frau hinter dem Ladentisch sagte, ihr Vater sei diese Woche nicht in der Stadt, er habe geschäftlich in Kalifornien zu tun, glaubte Hector zu wissen, um was für Geschäfte es sich handelte. Red O'Fallon war nach Los Angeles gefahren, um mit der Polizei über seine verschwundene Tochter zu reden. Er drängte, es müsse endlich etwas unternommen werden in diesem Fall, der sich nun schon so viele Monate hinzog, und wenn er von der Polizei keine befriedigende Auskunft erhielt, würde er einen Privatdetektiv anheuern und die Suche noch einmal ganz von vorne beginnen. Koste es, was es wolle, hatte er wahrscheinlich zu seiner Tochter in Spokane gesagt, bevor er aufgebrochen war. Irgendetwas muss jetzt getan werden, ehe es zu spät ist.

Die Tochter sagte, sie vertrete ihren Vater, solange er nicht da sei, aber wenn Hector ihr seinen Namen und seine Telefonnummer aufschreiben würde, könne sie ihm das geben, wenn er am Freitag zurückkomme. Nicht nötig, sagte Hector, er werde sich am Freitag selbst wieder melden, und dann fragte er sie – aus reiner Höflichkeit, vielleicht auch, weil er einen guten Eindruck machen wollte –, ob sie den Laden jetzt wirklich ganz allein führen müsse. Für nur eine Person scheine ihm das doch etwas zu viel zu sein, sagte er.

Eigentlich seien sie zu dritt, antwortete sie, aber der Buchhalter habe sich heute Morgen krankgemeldet, und der Lagergehilfe sei letzte Woche gefeuert worden, weil er Baseballhandschuhe geklaut und zum halben Preis an die Kinder in der Nachbarschaft verkauft habe. Sie komme sich tatsächlich ein wenig verloren vor, sagte sie. Es sei ewig lange her, dass sie im Geschäft ausgeholfen habe, sie könne einen Putter nicht von einem Holz unterscheiden, ja sie könne sogar kaum die Kasse bedienen, ohne ein Dutzend verkehrte Knöpfe zu drücken und alles durcheinander zu bringen.

Sie sagte das alles sehr freundlich und offen. Anscheinend machte es ihr nichts aus, ihm so etwas anzuvertrauen, und im weiteren Verlauf der Unterhaltung erfuhr Hector, dass sie in den vergangenen vier Jahren für den Lehrerberuf studiert hatte, an einer Uni, die sie State nannte und bei der es sich, wie er dann herausbekam, um das State College of Washington in Pullman handelte. Im Juni hatte sie ihr Examen bestanden, und jetzt wohnte sie wieder bei ihrem Vater und konnte demnächst eine vierte Klasse an der Horace-Greeley-Grundschule übernehmen. Sie könne ihr Glück noch gar nicht fassen, sagte sie. Das sei dieselbe Schule, die sie als Mädchen besucht habe, und sie und ihre beiden älteren Schwestern hätten alle in der vierten Klasse Mrs. Neergaard gehabt. Mrs. N. habe dort zweiundvierzig Jahre lang unterrichtet, und es komme ihr wie ein Wunder vor, dass ihre alte Lehrerin genau in dem Moment in Pension gegangen sei, als sie angefangen habe, sich nach einer Stelle umzusehen. In nicht einmal mehr sechs Wochen werde sie als Lehrerin in demselben Klassenraum stehen, in dem sie als zehnjährige Schülerin täglich gesessen habe. Und sei es nicht seltsam, sagte sie, sei es nicht komisch, wie es im Leben manchmal zugehe?

Ja, sehr komisch, sagte Hector, sehr seltsam. Er wusste jetzt, dass er mit Nora sprach, dem jüngsten der O'Fallon-Mädchen, und nicht mit Deirdre, die mit neunzehn geheiratet hatte und nach San Francisco gezogen war. Nach drei Minuten in ihrer Gesellschaft war Hector sich darüber im Klaren, dass Nora ganz anders als ihre tote Schwester war. Sie mochte Brigid äußerlich ähnlich sein, aber sie hatte nichts von ihrer reizbaren, besserwisserischen Energie, nichts von ihrem Ehrgeiz, nichts von ihrer nervösen, blitzschnellen Intelligenz. Diese hier war weicher und naiver und fühlte sich wohl in ihrer Haut. Er erinnerte sich daran, dass Brigid sich selbst einmal als die einzige der O'Fallon-Schwestern bezeichnet hatte, in deren Adern echtes Blut flösse. Deirdre sei aus Essig, hatte sie gesagt, und Nora bestünde komplett aus warmer Milch, und eigentlich hätte *sie* Brigid heißen müssen, nach der heiligen Brigid, der Schutzheiligen Irlands, denn wenn jemals ein Mensch dazu bestimmt gewesen sei, sein Leben der Selbstaufopferung und guten Taten zu weihen, dann ihre kleine Schwester Nora.

Wieder war Hector schon kurz davor, den Laden zu verlassen, und wieder hielt ihn etwas fest. Ein neuer Gedanke war ihm in den Kopf gekommen – eine völlig irrsinnige Idee, derart riskant und selbstzerstörerisch, dass er staunte, wie er überhaupt darauf kommen konnte, geschweige denn, woher er den Mut nahm, sie in die Tat umzusetzen.

Wer nicht wagt, der nicht gewinnt, sagte er zu Nora – er hob die Achseln und bat sie lächelnd um Verzeihung –, aber er sei hier, weil er Mr. O'Fallon fragen wolle, ob er Arbeit für ihn habe. Er habe von der Sache mit dem Lagergehilfen gehört und wolle wissen, ob die Stelle noch frei sei. Das ist ja merkwürdig, sagte Nora. Die Geschichte sei erst gestern passiert, und sie seien noch nicht dazu gekommen, eine Anzeige in die Zeitung zu setzen. Das hätten sie erst tun wollen, wenn ihr Vater von seiner Reise zurückgekommen sei. Tja, so was spricht sich schnell rum, sagte Hector. Das sei wohl wahr, antwortete Nora, aber wieso wolle er denn als Lagergehilfe arbeiten? Das sei ein Job für Leute, die Muskeln hätten, aber nichts im Kopf und keinen Ehrgeiz; er werde bestimmt etwas Besseres finden. Nicht unbedingt, sagte Hector. Die Zeiten seien hart, und jeder Job, mit dem man in solchen Zeiten Geld verdienen könne, sei ein guter Job. Ob sie ihm nicht eine Chance geben wolle? Sie sei ganz allein in dem Laden, und er wisse, sie könne Hilfe brauchen. Wenn sie mit ihm zufrieden sei, könne sie bei ihrem Vater vielleicht ein gutes Wort für ihn einlegen. Was Miss O'Fallon davon halte? Sei die Sache abgemacht?

Herman Loesser war noch keine Stunde in Spokane, und schon hatte er wieder Arbeit. Über die Verwegenheit seiner Bewerbung lachend, gab Nora ihm die Hand, und dann zog Hector sein Jackett aus (das einzige anständige Kleidungsstück, das er besaß) und machte sich an die Arbeit. Er war zu einer Motte geworden und flatterte den Rest des Tages um eine heiße, brennende Kerze herum. Er wusste, er konnte sich jederzeit die Flügel verbrennen, aber je näher er an die Flamme kam, desto deutlicher spürte er, dass er sein Schicksal erfüllte. Wie er an diesem Abend in sein Tagebuch schrieb: *Falls ich mein Leben wirklich retten will, muss ich erst ganz kurz davor sein, es zu zerstören.*

WIDER Erwarten hielt Hector fast ein Jahr lang durch. Erst als Lagergehilfe im Hinterzimmer, dann als Buchhalter und stellvertretender Geschäftsführer, unmittelbar unter O'Fallon selbst. Nora sagte, ihr Vater sei dreiundfünfzig, aber als Hector ihm am folgenden Montag vorgestellt wurde, fand er, dass er viel älter aussah, eher wie sechzig, vielleicht sogar wie hundert. Das Haar des ehemaligen Leichtathleten war nicht mehr rot, der einst geschmeidige Oberkörper nicht mehr in Form, und manchmal konnte er sich wegen eines arthritischen Knies nur humpelnd fortbewegen. O'Fallon erschien jeden Morgen Punkt neun im Laden, hatte aber offensichtlich kein Interesse mehr an der Arbeit und war gewöhnlich um elf oder halb zwölf wieder verschwunden. Wenn sein Bein es erlaubte, fuhr er in den Country Club und spielte mit zwei oder drei alten Freunden eine Partie Golf. Wenn nicht, ging er zu einem ausgiebigen Mittagessen ins Bluebell Inn, ein Restaurant auf der anderen Straßenseite, und verbrachte dann den Nachmittag zu Hause im Bett, las die Zeitung und trank Jameson's Irish Whiskey, den er jeden Monat aus Kanada herüberschmuggelte.

An Hector und seiner Arbeit hatte er nie etwas auszusetzen. Er lobte ihn aber auch nie. O'Fallon bekundete seine

Dankbarkeit, indem er gar nichts sagte, und wenn er gelegentlich einmal freundlicher gestimmt war, grüßte er Hector mit einem kaum merklichen Nicken. Mehr Kontakt gab es monatelang kaum zwischen den beiden. Anfangs machte das Hector zu schaffen, aber mit der Zeit lernte er, es nicht persönlich zu nehmen. Der Mann lebte in einer stummen Innenwelt, in endlosem Widerstand gegen die Außenwelt, er schien sich mit keinem anderen Ziel durch die Tage treiben zu lassen als dem, die Stunden so schmerzlos wie möglich hinter sich zu bringen. Er verlor niemals die Geduld, er stellte nur selten ein Lächeln zur Schau. Er war fair und reserviert, abwesend auch dann, wenn er anwesend war, und er brachte für sich selbst nicht mehr Mitgefühl und Sympathie auf als für jeden anderen.

So verschlossen und gleichgültig O'Fallon ihm gegenüber war, so offen und engagiert war Nora. Schließlich war sie es gewesen, die Hector eingestellt hatte, und sie fühlte sich auch weiter für ihn verantwortlich und behandelte ihn abwechselnd als Freund, als Schützling und als Gegenstand von Bekehrungsversuchen. Nachdem ihr Vater aus Los Angeles zurückgekommen und der Buchhalter von seiner Gürtelrose genesen war, waren Noras Dienste im Laden nicht mehr gefragt. Sie bereitete sich auf das anstehende Schuljahr vor, besuchte alte Klassenkameraden und ließ sich von etlichen jungen Männern den Hof machen, nahm sich aber trotzdem den ganzen Sommer lang immer wieder am frühen Nachmittag die Zeit, bei Red's vorbeizuschauen und sich nach Hectors Wohlergehen zu erkundigen. Sie hatten nur vier Tage zusammen gearbeitet und während der halbstündigen Mittagspause im Lagerraum jedes Mal ihre Käsebrote geteilt, und das war zur Tradition geworden. Sie brachte weiter ihre Käsebrote, und sie sprachen in diesen halben Stunden weiter über Bücher. Für Hector, den angehenden Autodidakten, war dies eine Chance, etwas zu lernen. Für Nora, frisch vom College und angehende Lehrerin, war es eine Chance, einem klugen und lernbegierigen Schüler etwas mitzuteilen. Hector ackerte sich in diesem Sommer durch Shakespeare, und Nora las die Stücke parallel dazu auch, erklärte ihm die Wörter, die er nicht verstand, erläuterte die eine oder andere historische oder bühnentechnische Frage und sprach über Psychologie und Motivation der Figuren. Als Hector bei einem dieser Hinterzimmergespräche im dritten Akt von *Lear* über die Aussprache der Worte *Thou ow'st* stolperte, gestand er ihr, wie peinlich es ihm sei, einen solchen Akzent zu haben. Er komme mit dieser verfluchten Sprache einfach nicht zurecht, sagte er, und wenn er vor Leuten wie ihr etwas sage, werde er sich immer anhören wie ein Idiot. Nora wollte von solchem Pessimismus nichts wissen. Sie habe am State als Nebenfach Sprachtherapie studiert, sagte sie, und es gebe konkrete Hilfsmittel, praktische Übungen und Techniken zur Verbesserung der Aussprache. Wenn er bereit sei, sich der Herausforderung zu stellen, verspreche sie ihm, dass sie ihn von seinem Akzent befreien und alle Spuren des Spanischen von seiner Zunge entfernen werde. Hector erinnerte sie daran, dass er nicht in der Lage sei, für einen solchen Unterricht zu zahlen. Wer hat denn von Geld geredet?, erwiderte Nora. Wenn er die Mühe nicht scheue, wolle sie ihm helfen.

Als im September das Schuljahr anfing, stand die junge Lehrerin für die Mittagspause nicht mehr zur Verfügung. Stattdessen arbeitete sie abends mit ihrem Schüler, jeden Dienstag und Donnerstag von sieben bis neun, im Wohnzimmer des Hauses O'Fallon. Hector mühte sich sehr mit dem kurzen *i* und *e*, dem gelispelten *th*, dem zahnlosen *r*. Stumme Vokale, dentale Verschlusslaute, Labiale, Frikative, Palatale, Phoneme. Meist hatte er keine Ahnung, wovon Nora überhaupt redete, aber die Übungen schienen Wirkung zu zeigen. Seine Zunge begann Laute zu produzieren, die ihr früher nie gelungen waren, und nach neun anstrengenden Monaten hatte er solche Fortschritte gemacht, dass man kaum noch hören konnte, wo er zur Welt gekommen war. Er sprach vielleicht nicht wie ein Amerikaner, aber auch nicht wie ein unerfahrener, ungebildeter Einwanderer. Nach Spokane zu gehen mochte ein großer Fehler gewesen sein, hatte sich aber allein schon wegen Noras Ausspracheunterricht gelohnt, der bei Hector einen tiefen und bleibenden Eindruck hinterließ. Er bewahrte sich das Erlernte für den Rest seines Lebens, und jedes Wort, das er in den nächsten fünfzig Jahren sprach, war davon beeinflusst.

O'Fallon blieb an diesen Dienstagen und Donnerstagen meist oben in seinem Zimmer, oder er spielte Poker bei Freunden. Eines Abends Anfang Oktober läutete während des Unterrichts das Telefon, und Nora ging auf den Flur und nahm den Hörer ab. Sie sprach kurz mit der Vermittlung, dann rief sie nervös und aufgeregt zu ihrem Vater hinauf, Stegman sei am Apparat. Er sei in Los Angeles, sagte sie, und wolle ein R-Gespräch. Ob sie es annehmen solle? O'Fallon sagte, er käme sofort. Nora schloss die Schiebetür zwischen Wohnzimmer und Flur, damit ihr Vater ungestört reden konnte, aber O'Fallon war etwas angetrunken und sprach so laut, dass Hector manches davon mitbekam. Nicht alles, aber genug, um zu erkennen, dass der Anruf keine guten Nachrichten gebracht hatte.

Zehn Minuten später ging die Schiebetür wieder auf,

und O'Fallon schlurfte ins Wohnzimmer. Er trug ausgelatschte Lederpantoffeln, und seine Hosenträger waren von den Schultern gerutscht und hingen ihm um die Knie. Schlips und Kragen hatte er abgenommen, und um nicht aus dem Gleichgewicht zu geraten, musste er sich an der Kante des Walnusstischs festhalten. In den nächsten Minuten sprach er nur mit Nora, die neben Hector auf der Couch mitten im Zimmer saß. Der Schüler seiner Tochter hätte ebenso gut unsichtbar sein können, so wenig beachtete er ihn. Nicht dass O'Fallon ihn ignorierte oder so tat, als sei er gar nicht da, nein, er nahm ihn schlichtweg nicht wahr. Und Hector, der jede Einzelheit des folgenden Gesprächs verstand, wagte nicht, das Zimmer zu verlassen.

Stegman habe das Handtuch geworfen, sagte O'Fallon. Er habe monatelang an dem Fall gearbeitet und keinen einzigen brauchbaren Hinweis gefunden. Die Sache gehe ihm an die Nieren. Er wolle ihr Geld nicht mehr nehmen.

Nora fragte ihren Vater, wie er darauf reagiert habe, und O'Fallon sagte, er habe ihm erklärt, wenn er so ein schlechtes Gewissen habe, ihr Geld zu nehmen – warum zum Teufel müsse er sie dann dauernd per R-Gespräch anrufen? Und dann habe er ihm gesagt, er sei hundsmiserabel in seinem Job. Wenn Stegman aufhören wolle, werde er sich eben einen anderen nehmen.

Nein, Dad, sagte Nora, das stimmt nicht. Wenn Stegman sie nicht finden könne, könne niemand sie finden. Er sei der beste Privatdetektiv der ganzen Westküste. Das habe Reynolds gesagt, und Reynolds könne man vertrauen.

Reynolds kann mich mal, sagte O'Fallon. Und Stegman auch. Die könnten sagen, was sie wollten, aber er werde ganz bestimmt nicht aufgeben.

Nora schüttelte den Kopf, ihre Augen füllten sich mit Tränen. Sie müssten den Tatsachen allmählich ins Gesicht sehen, sagte sie. Wenn Brigid noch am Leben wäre, hätte sie geschrieben. Oder angerufen. Ihnen irgendwie mitgeteilt, wo sie sei.

Von wegen hätte sie das, sagte O'Fallon. Seit über vier Jahren habe sie nicht mehr geschrieben. Sie habe mit ihrer Familie gebrochen, und das sei die Tatsache, der man ins Auge sehen müsse.

Nicht mit der Familie, sagte Nora. Nur mit ihm. Ihr habe Brigid die ganze Zeit geschrieben. Als sie in Pullman studiert habe, habe sie alle drei, vier Wochen einen Brief von ihr bekommen.

Aber davon wollte O'Fallon nichts hören. Er wolle nicht mehr darüber reden, und wenn sie nicht zu ihm stünde, werde er eben allein weitermachen. Er pfeife auf sie und ihre gottverdammten Meinungen. Und mit diesen Worten ließ O'Fallon den Tisch los, schwankte gefährlich, bis er sich mühsam ausbalanciert hatte, und torkelte aus dem Zimmer.

Hector hätte bei dieser Szene nicht zugegen sein dürfen. Er war nur der Lagergehilfe, kein vertrauter Freund, und er hatte weder das Recht, private Unterhaltungen zwischen Tochter und Vater zu belauschen, noch überhaupt dabei zu sein, wenn sein Boss betrunken und verschlampt durchs Zimmer taumelte. Hätte Nora ihn gebeten zu gehen, wäre die Sache ein für alle Mal erledigt gewesen. Er hätte nicht gehört, was er gehört hatte, er hätte nicht gesehen, was er gesehen hatte, und das Thema wäre nie wieder zur Sprache gekommen. Sie hätte nur einen einzigen Satz zu sagen brauchen, irgendeine lahme Ausrede, und Hector hätte sich von der Couch erhoben und gute Nacht gesagt.

Aber Nora besaß kein Talent zur Heuchelei. Die Tränen standen ihr noch in den Augen, als O'Fallon aus dem Zimmer ging, und da das verbotene Thema nun einmal angesprochen war, hatte sie keinen Grund mehr, davon zu schweigen.

Ihr Vater sei nicht immer so gewesen, sagte sie. Als sie und ihre Schwestern klein waren, sei er ein ganz anderer Mensch gewesen, und jetzt erkenne man ihn kaum wieder, wisse man kaum noch, wie er früher einmal gewesen war. Red O'Fallon, der Blitz des Nordwestens. Patrick O'Fallon, der Mann von Mary Day. Dad O'Fallon, der Abgott der kleinen Mädchen. Aber wenn man an die letzten sechs Jahre denke, sagte sie, wenn man bedenke, was er durchgemacht habe, sei es vielleicht nicht mehr so seltsam, dass er nur noch einen einzigen Freund habe, diesen Jameson – diesen finsteren stummen Kerl da oben in all den Flaschen mit der bernsteingelben Flüssigkeit. Der erste Schlag war der Tod ihrer Mutter; sie starb mit vierundvierzig an Krebs. Das war schon hart genug, sagte sie, aber dann kam es immer schlimmer, ein Unglück nach dem anderen für die Familie, ein Schlag in den Magen und dann einer ins Gesicht, so lange, bis er alldem nichts mehr entgegenzusetzen hatte. Weniger als ein Jahr nach der Beerdigung wurde Deirdre schwanger, und als sie sich weigerte, den Mann zu heiraten, den O'Fallon ihr bestimmt hatte, warf er sie aus dem Haus. Dadurch brachte er auch Brigid gegen sich auf, sagte Nora. Ihre älteste Schwester war damals im letzten Studienjahr am Smith College, lebte also räumlich sehr weit entfernt, doch als sie hörte, was geschehen war, schrieb sie ihrem Vater, wenn er Deirdre nicht wieder zu Hause aufnehme, werde sie nie mehr ein Wort mit ihm reden. O'Fallon blieb stur. Er zahle für Brigids Ausbildung, und für wen halte sie sich eigentlich, dass sie sich erdreiste, ihm Vorschriften zu machen? Die Kosten für das letzte Semester bestritt sie selbst, und nach dem Examen zog sie direkt nach Kalifornien, um Schriftstellerin zu werden. Nicht mal zu einem kurzen Besuch kam sie in Spokane vorbei. Sie war genauso störrisch wie ihr Vater, sagte Nora, und Deirdre war zweimal so störrisch wie die beiden zusammen. Es zählte nicht, dass Deirdre jetzt verheiratet war und noch ein Kind bekommen hatte. Sie sprach immer noch nicht mit ihrem Vater und Brigid auch nicht. Unterdessen zog Nora zum Studium nach Pullman. Sie hielt regelmäßigen Kontakt mit beiden Schwestern, aber Brigid war die bessere Korrespondentin, und selten verging ein Monat, in dem Nora nicht mindestens einen Brief von ihr erhielt. Doch als Nora ins vorletzte Studienjahr kam, schrieb Brigid plötzlich nicht mehr. Anfangs schien das nicht sonderlich beunruhigend, aber nach drei, vier Monaten Funkstille fragte Nora Deirdre in einem Brief, ob sie in letzter Zeit mal wieder was von Brigid gehört habe. Als Deirdre antwortete, sie habe schon seit sechs Monaten nichts mehr von ihr gehört, begann Nora sich Sorgen zu machen. Sie sprach mit ihrem Vater darüber, und der arme O'Fallon, überwältigt von Schuldgefühlen wegen dem, was er seinen beiden älteren Töchtern angetan hatte, wollte die Sache wieder gutmachen und nahm umgehend Kontakt mit der Polizei in Los Angeles auf. Ein Kommissar namens Reynolds wurde mit dem Fall betraut. Die Nachforschungen liefen sofort an, und schon nach wenigen Tagen waren viele der wesentlichen Tatsachen ermittelt: dass Brigid ihre Arbeit bei der Zeitschrift gekündigt hatte, dass sie einen Selbstmordversuch begangen hatte und ins Krankenhaus gekommen war, dass sie schwanger gewesen war, dass sie aus ihrer Wohnung ausgezogen war und keine Nachsendeadresse hinterlassen hatte, dass sie in der Tat verschwunden war. So trübe diese Neuigkeiten auch waren, so niederschmetternd es auch war, darüber nachzugrübeln, was diese Fakten zu bedeuten haben mochten, sah es dennoch so aus, als sei Reynolds kurz davor herauszufinden, was mit ihr passiert war. Dann aber wurde die Spur allmählich kalt. Ein Monat verging, dann drei Monate, dann acht Monate, und Reynolds hatte nichts Neues zu berichten. Er und seine Leute hätten mit allen gesprochen, die sie kannten, sagte er, sie täten wirklich ihr Möglichstes, aber nachdem sie Brigids Spur bis zum Fitzwilliam Arms verfolgt hätten, stünden sie vor einer Mauer. Enttäuscht vom Stocken der Ermittlungen, beschloss O'Fallon, wieder Schwung in die Sache zu bringen und die Dienste eines Privatdetektivs in Anspruch zu nehmen. Reynolds empfahl ihm Frank Stegman, und eine Zeit lang konnte O'Fallon wieder hoffen. Der Fall war sein ganzer Lebensinhalt, sagte Nora, und jedes Mal wenn Stegman auch nur die kleinste Neuigkeit, den winzigsten Hinweis auf irgendeine Spur zu melden hatte, nahm ihr Vater den nächsten Zug nach Los Angeles, notfalls auch den Nachtzug, und erschien dann gleich am nächsten Morgen in Stegmans Büro. Aber jetzt waren Stegman die Ideen ausgegangen, er war so weit, dass er aufgeben wollte. Hector hatte es selbst gehört. Darum sei es eben bei dem Telefonat gegangen, sagte sie, im Grunde könne sie ihm keine Vorwürfe machen, dass er aussteigen wolle. Brigid sei tot. Sie wisse das, Reynolds und Stegman wüssten es, aber ihr Vater wolle es immer noch nicht akzeptieren. Er gebe sich die Schuld an allem, und nur solange er noch hoffen könne, nur solange er sich betrügen und glauben könne, dass man Brigid doch noch finden werde, könne er überhaupt mit sich leben.

So einfach sei das, sagte Nora. Ihr Vater werde sterben. Der Schmerz sei zu groß für ihn, er werde umfallen und sterben.

VON diesem Abend an erzählte Nora ihm alles. Es war verständlich, dass sie ihre Sorgen mit jemandem teilen wollte, aber es gab doch so viele Menschen auf der Welt, so viele Kandidaten, unter denen sie wählen konnte, und ihre Wahl traf ausgerechnet auf Hector. Er wurde Noras Vertrauter, der Empfänger von Informationen über sein eigenes Verbrechen, und jeden Dienstag und Donnerstag, wenn er abends neben ihr auf der Couch saß und sich durch eine seiner Lektionen quälte, fühlte er ein wenig mehr von seinem Hirn zu Staub zerfallen. Das Leben war ein Fiebertraum, stellte er fest, und die Wirklichkeit eine bodenlose Welt aus Hirngespinsten und Halluzinationen, ein Ort, an dem alles, was man sich ausmalte, wahr wurde. Ob er Hector Mann kenne? Diese Frage stellte Nora ihm tatsächlich eines Abends. Stegman habe eine neue Theorie entwickelt, erzählte sie; zwar sei er vor zwei Monaten aus der Sache ausgestiegen, aber am Wochenende habe er O'Fallon angerufen und um eine zweite Chance gebeten. Er habe herausgefunden, dass Brigid einen Artikel über Hector Mann geschrieben habe. Elf Monate später sei Mann verschwunden, und er frage sich, ob es wirklich nur Zufall sei, dass Brigid um die gleiche Zeit verschwunden sei. Wenn es nun einen Zusammenhang zwischen den beiden ungelösten Fällen gebe? Stegman könne nichts versprechen, aber immerhin habe er jetzt einen Ansatzpunkt, und mit O'Fallons

Erlaubnis werde er von dort aus weiterforschen. Wenn er nachweisen könnte, dass Brigid sich nach diesem Artikel weiter mit Mann getroffen hatte, gäbe es jedenfalls wieder einigen Grund, optimistisch zu sein.

Nein, sagte Hector, von dem habe er noch nie gehört. Wer sei dieser Hector Mann? Nora wusste auch nicht viel über ihn. Ein Schauspieler, sagte sie. Er habe vor einigen Jahren ein paar Stummfilme gemacht, aber sie habe keinen davon gesehen. Auf dem College habe sie keine Zeit fürs Kino gehabt. Ja, sagte Hector, er gehe auch nicht oft ins Kino. Das koste nur Geld, und außerdem habe er mal irgendwo gelesen, dass Filme schlecht für die Augen seien. Nora sagte, sie erinnere sich dunkel, von dem Fall gehört zu haben, habe ihn aber damals nicht so genau verfolgt. Stegman zufolge werde Mann seit fast zwei Jahren vermisst. Und warum sei er verschwunden?, wollte Hector wissen. Das sei nicht bekannt, sagte Nora. Eines Tages sei er einfach verschwunden, und seitdem habe man nichts mehr von ihm gehört. Das klinge nicht sehr viel versprechend, sagte Hector. Kein Mensch könne sich ewig verstecken. Wenn man ihn bis jetzt nicht gefunden habe, sei er höchstwahrscheinlich tot. Ja, wahrscheinlich, stimmte Nora zu, und Brigid sei wahrscheinlich auch tot. Aber es gebe Gerüchte, fuhr sie fort, und denen wolle Stegman nachgehen. Was sind das für Gerüchte?, fragte Hector. Dass er nach Südamerika zurückgegangen sein könnte, sagte Nora. Da sei er nämlich her. Brasilien, Argentinien, welches Land genau, habe sie vergessen, aber es sei doch unglaublich. Wieso unglaublich?, fragte Hector. Dass Hector Mann aus derselben Gegend stammen solle wie er. Was denn dagegen spreche? Sie bedenke nicht, dass Südamerika ein sehr großes Land sei, sagte Hector. Südamerikaner seien überall.

Ja, das wisse sie, sagte Nora, aber trotzdem, wäre es nicht unglaublich, wenn Brigid mit ihm dorthin gegangen wäre? Allein die Vorstellung mache sie glücklich. Zwei Schwestern, zwei Südamerikaner. Brigid mit ihrem dort, sie mit ihrem hier.

Das wäre nicht so furchtbar gewesen, wenn er sie nicht so gern gehabt hätte, wenn nicht ein Teil von ihm sich vom ersten Tag an in sie verliebt hätte. Hector war sich bewusst, dass sie für ihn verboten war, dass auch nur der Gedanke an die Möglichkeit, sie zu berühren, eine unverzeihliche Sünde gewesen wäre, und doch kam er weiter jeden Dienstag und Donnerstag zu ihr ins Haus und starb jedes Mal einen kleinen Tod, wenn sie sich neben ihn auf die Couch setzte und ihren zweiundzwanzig Jahre alten Körper in die burgunderroten Velourspolster schmiegte. Es wäre so einfach gewesen, die Hand auszustrecken und ihren Hals zu streicheln, ihr mit den Fingern über den Arm zu streichen, sich zu ihr umzudrehen und die Sommersprossen auf ihrem Gesicht zu küssen. So grotesk ihre Gespräche zuweilen waren (Brigid und Stegman, der schlimme Zustand ihres Vaters, die Suche nach Hector Mann), noch viel schwerer war es für ihn, diesen Drang zu unterdrücken, und er brauchte seine ganze Energie, diese Grenze nicht zu überschreiten. Nach solchen qualvollen Stunden ging er nicht selten direkt vom Unterricht zum Fluss, wanderte durch die Stadt, bis er ein kleines Viertel aus verfallenden Häusern und zweistöckigen Hotels erreichte, wo man Frauen für zwanzig oder dreißig Minuten kaufen konnte. Das war eine erbärmliche Lösung, aber es gab keine Alternative. Keine zwei Jahre war es her, dass sich die attraktivsten Frauen von Hollywood darum geprügelt hatten, mit Hector ins Bett zu steigen. Jetzt bezahlte er dafür in den Seitengassen von

Spokane, verpulverte einen halben Tageslohn für ein paar Minuten Entspannung.

Hector kam nie auf die Idee, dass Nora etwas für ihn empfinden könnte. Er war eine Jammergestalt, ein Mann, den man gar nicht erst in Betracht zog, und wenn Nora bereit war, ihm so viel Zeit zu opfern, dann nur, weil sie ihn bemitleidete, weil sie jung und mitfühlend war und sich als Retterin verlorener Seelen sah. Die heilige Brigid, wie ihre Schwester sie genannt hatte, die Märtyrerin der Familie. Hector war der nackte afrikanische Eingeborene, und Nora war die amerikanische Missionarin, die sich durch den Dschungel gekämpft hatte, um sein Schicksal zu verbessern. Er hatte noch nie einen Menschen kennen gelernt, der so unvoreingenommen, so optimistisch war und so wenig von den dunklen Mächten ahnte, die in der Welt ihr Wesen trieben. Manchmal fragte er sich, ob sie nicht einfach nur dumm sei. Manchmal auch schien sie ihm besessen von einer einzigartigen, vergeistigten Weisheit. Und manchmal, wenn sie ihn mit diesem eifrigen, unbeugsamen Ausdruck in den Augen anblickte, glaubte er, das Herz müsse ihm brechen. Das war das Paradoxe an dem Jahr, das er in Spokane verbrachte. Nora machte ihm das Leben unerträglich, und doch war Nora das Einzige, wofür er lebte, der einzige Grund, warum er nicht die Koffer packte und abreiste.

Die Hälfte der Zeit hatte er Angst, er würde ihr alles beichten. Die andere Hälfte der Zeit hatte er Angst, er würde geschnappt. Dreieinhalb Monate lang verfolgte Stegman die Sache mit Hector Mann, dann gab er wieder auf. Der Detektiv hatte versagt, wie die Polizei versagt hatte, aber damit war Hectors Lage keineswegs sicherer geworden. Im Herbst und Winter war O'Fallon mehrmals nach Los Angeles gefahren, und es war anzunehmen, dass Stegman ihm bei dieser Gelegenheit auch Fotos von Hector Mann gezeigt hatte. Was, wenn O'Fallon die Ähnlichkeit zwischen seinem fleißigen Lagergehilfen und dem verschwundenen Schauspieler aufgefallen wäre? Anfang Februar, kurz nach der Rückkehr von seiner letzten Reise nach Kalifornien, fing O'Fallon an, Hector mit anderen Augen zu betrachten. Er schien irgendwie wachsamer, neugieriger, und Hector musste sich fragen, ob Noras Vater ihm nicht auf die Schliche gekommen war. Nach monatelangem Schweigen und kaum verhohlener Verachtung wandte der alte Mann dem bescheidenen Kistenschlepper, der sich im Hinterzimmer seines Ladens abmühte, plötzlich seine Aufmerksamkeit zu. Statt gleichgültig zu nicken, lächelte er jetzt, und ab und zu klopfte er seinem Angestellten scheinbar grundlos auf die Schulter und fragte, wie es ihm gehe. Noch bemerkenswerter: Wenn Hector zu seinem abendlichen Unterricht zu den O'Fallons kam, machte ihm jetzt der Alte persönlich die Tür auf. Er schüttelte ihm die Hand wie einem gern gesehenen Gast und blieb dann, etwas unbeholfen, aber offensichtlich in bester Absicht, noch ein wenig stehen, machte eine Bemerkung über das Wetter und zog sich erst dann nach oben in sein Zimmer zurück. Bei jedem anderen hätte man ein solches Verhalten für ganz normal gehalten, für das von der Höflichkeit geforderte Minimum, aber in O'Fallons Fall war es völlig verwirrend, und Hector betrachtete es mit Misstrauen. Zu viel stand auf dem Spiel, als dass er sich von einem höflichen Lächeln und netten Worten einwickeln lassen durfte, und je länger diese unechte Freundlichkeit anhielt, desto mehr steigerten sich Hectors Befürchtungen. Mitte Februar war ihm klar, dass seine Tage in Spokane gezählt waren. Man wollte ihm eine Falle stellen, und er musste jederzeit darauf gefasst sein, die Stadt zu verlassen, in die Nacht davonzulaufen und sein Gesicht für immer vor ihnen zu verbergen.

Und dann geschah etwas völlig Unerwartetes. Als Hector sich bereits seine Abschiedsrede für Nora zurechtgelegt hatte, ging O'Fallon eines Nachmittags im Hinterzimmer des Ladens auf ihn zu und fragte, ob er an einer Lohnerhöhung interessiert sei. Goines habe gekündigt, sagte er. Der Buchhalter gehe nach Seattle, um die Druckerei seines Schwagers zu übernehmen, und O'Fallon wolle die Stelle so schnell wie möglich besetzen. Er wisse, dass Hector keine Erfahrung im Handel habe, aber er habe ihn beobachtet, sagte er, er habe darauf geachtet, wie er mit der Arbeit fertig werde, und er sei überzeugt, er werde nicht lange brauchen, sich mit der neuen Aufgabe vertraut zu machen. Es kämen mehr Verantwortung und längere Arbeitszeiten auf ihn zu, aber dafür würde er auch doppelt so viel Lohn bekommen wie bisher. Ob er sich das überlegen wolle, oder könne er das sofort akzeptieren? Hector konnte sofort akzeptieren. O'Fallon schüttelte ihm die Hand, gratulierte ihm zur Beförderung und gab ihm für den Rest des Tages frei. Gerade als Hector jedoch den Laden verlassen wollte, rief O'Fallon ihn zurück. Mach die Kasse auf und nimm dir zwanzig Dollar, sagte der Boss. Dann gehst du zu Presslers Herrenschneiderei und kaufst dir einen neuen Anzug, ein paar weiße Hemden und eine Fliege. Du wirst jetzt vorne im Laden arbeiten, da musst du einen guten Eindruck machen.

Damit hatte O'Fallon das Geschäft praktisch auf Hector übertragen. Er hatte ihn zum Buchhalter ernannt, aber Tatsache war, dass Hector jetzt viel mehr war als das. Er trug die Verantwortung für den ganzen Laden, und O'Fallon, offiziell der Inhaber seines Unternehmens, trug keine mehr. Red verbrachte zu wenig Zeit im Geschäft, um sich mit belanglosen Kleinigkeiten abzugeben, und als er einmal begriffen hatte, dass dieser forsche ausländische Emporkömmling die Pflichten seines neuen Postens zu erfüllen wusste, kam er so gut wie gar nicht mehr. Er war des Ladens so überdrüssig, dass er sich nicht einmal den Namen des neuen Lagergehilfen merken wollte.

Als De-facto-Geschäftsführer von Red's Sporting Goods machte Hector eine ausgezeichnete Figur. Nach dem einsamen Jahr in der Fassfabrik in Portland und der Einzelhaft in O'Fallons Lagerraum begrüßte er die Chance, wieder unter Menschen zu kommen. Der Laden war wie ein kleines Theater, und die Rolle, die man ihm zugewiesen hatte, war im Wesentlichen die gleiche, die er auch in seinen Filmen gespielt hatte: Hector als gewissenhafter Befehlsempfänger, als flotter, Fliege tragender Angestellter. Nur mit dem Unterschied, dass er jetzt Herman Loesser hieß und keine Faxen machen durfte. Keine tollpatschigen Stürze, kein Gestolper, keine albernen Verrenkungen oder Schläge auf den Kopf. Kunden überzeugen, die Geschäftsbücher führen und sportliche Betätigung preisen – das waren jetzt seine Aufgaben. Aber niemand sagte, dass er dies mit mürrischer Miene zu tun habe. Er hatte wieder ein Publikum vor sich und jede Menge Requisiten, mit denen er arbeiten konnte, und als er einmal auf den Trichter gekommen war, meldeten sich auch seine alten Schauspielerinstinkte schnell zurück. Er bezauberte die Kunden mit wortreichen Werbesprüchen, begeisterte sie mit Vorführungen im Gebrauch von Fängerhandschuhen und künstlichen Angelfliegen, gewann ihre Herzen mit seiner Bereitschaft, ihnen fünf, zehn oder gar fünfzehn Prozent vom Listenpreis nachzulassen. 1931 saß das Geld nicht locker, aber Sport und Spiel boten eine erschwingliche Abwechslung und halfen vergessen, was man sich alles nicht leisten konnte, und der Laden lief weiterhin recht ordentlich. Jungen spielen Ball, was auch immer um sie herum vorgehen mag, und Männer hören niemals auf, Angeln auszuwerfen und wilden Tieren Kugeln in den Leib zu jagen. Und nicht zu vergessen: Trikots und Uniformen. Nicht nur für die Mannschaften der Highschools und Colleges, sondern auch für die zweihundert Mitglieder der Bowling-Liga des Rotary Clubs, die zehn Teams der Basketball-Vereinigung der Katholischen Wohlfahrt und die drei Dutzend Softball-Amateurvereine. Seit O'Fallon diesen Markt vor anderthalb Jahrzehnten erobert hatte, liefen in jeder Saison die Bestellungen ein, so exakt und regelmäßig wie die Phasen des Mondes.

Als Hector und Nora eines Dienstagabends Mitte April ihren Unterricht beendeten, wandte Nora sich ihm zu und erklärte, sie habe einen Heiratsantrag erhalten. Die Bemerkung kam wie aus dem Nichts, ohne Bezug auf irgendetwas, was davor gesagt worden war, und sekundenlang glaubte Hector, er habe sich womöglich verhört. Eine solche Mitteilung wurde gewöhnlich von einem Lächeln, vielleicht gar einem Lachen begleitet, aber Nora lächelte nicht, und sie schien auch alles andere als erfreut, ihm das sagen zu müssen. Hector fragte nach dem Namen des Glücklichen. Nora schüttelte den Kopf, sah zu Boden und fingerte nervös an ihrem blauen Baumwollkleid herum. Als sie wieder aufblickte, schimmerten Tränen in ihren Augen. Ihre Lippen bewegten sich, doch ehe sie ein Wort herausbekam, stand sie jählings auf, nahm die Hand vor den Mund und stürzte aus dem Wohnzimmer.

Sie war weg, ehe er zur Besinnung kam. Er hatte nicht einmal Zeit, ihr nachzurufen, und als er Nora die Treppe hinauflaufen und die Tür ihres Zimmers zuschlagen hörte, war ihm klar, dass sie an diesem Abend nicht mehr herunterkommen würde. Der Unterricht war vorbei. Ich sollte jetzt gehen, sagte er sich, aber Minuten später hatte er sich noch immer nicht von der Couch erhoben. Und dann tauchte O'Fallon auf. Es war kurz nach neun, und Red war in seinem gewöhnlichen abendlichen Zustand, aber nicht so benebelt, dass er nicht noch das Gleichgewicht halten konnte. Er fixierte Hector und starrte seinen Buchhalter endlos lange an, musterte ihn von oben bis unten, und dabei verzog sich seine Unterlippe ganz langsam zu einem schiefen Lächeln. Hector war sich unschlüssig, ob dieses Lächeln Mitleid oder Spott bedeutete. Es schien beides zu beinhalten, bekundete eine Art von mitfühlender Geringschätzung, falls es so etwas geben konnte, und Hector sah darin ein beunruhigendes Zeichen irgendeiner nagenden Feindseligkeit, die O'Fallon monatelang unterdrückt haben mochte. Schließlich stand Hector auf und fragte: Stimmt es, dass Nora heiratet? Der Boss stieß ein kurzes, sarkastisches Lachen aus. Wie zum Teufel soll ich das wissen?, sagte er. Fragen Sie sie doch selbst! Er schickte seinem Lachen noch ein Knurren hinterher, drehte sich um und ging aus dem Zimmer.

Zwei Abende später entschuldigte sich Nora für ihren Ausbruch. Jetzt gehe es ihr wieder besser, sagte sie, die Krise sei überstanden. Sie habe den Bewerber abgelehnt, die Sache sei erledigt. Aus und vorbei, kein Grund mehr zur Sorge. Albert Sweeney sei ein guter Mensch, aber eigentlich noch ein Junge, und sie habe es satt, sich mit Jungen abzugeben, insbesondere mit reichen Jungen, die vom

Geld ihres Vaters lebten. Sollte sie jemals heiraten, dann nur einen Mann, einen richtigen Mann, der sich in der Welt zu bewegen wisse und für sich selbst sorgen könne. Hector sagte, sie könne Sweeney doch nicht vorwerfen, dass er einen reichen Vater habe. Das sei nicht seine Schuld, und überhaupt, was sei denn so schlimm daran, reich zu sein? Nichts, sagte Nora. Sie wolle ihn einfach nicht heiraten, das sei alles. Die Ehe sei etwas Endgültiges, und sie wolle ihr Jawort erst geben, wenn ihr der Richtige über den Weg laufe.

Nora war bald wieder die Alte, aber Hectors Verhältnis zu O'Fallon schien in eine neue, beunruhigende Phase eingetreten zu sein. Der Wendepunkt war die Szene im Wohnzimmer gewesen, der lange, abschätzende Blick und das kurze, höhnische Lachen: Seit diesem Abend hatte Hector wieder das Gefühl, unter Beobachtung zu stehen. Wenn O'Fallon jetzt in den Laden kam, kümmerte er sich weder um die Abwicklung der Geschäfte noch um die Kundschaft. Statt, wenn einmal Hochbetrieb herrschte, mit anzupacken oder an der Kasse auszuhelfen, pflanzte er sich auf einen Stuhl neben der Vitrine mit den Tennisschlägern und Golfhandschuhen, las seelenruhig die Morgenzeitungen und sah nur gelegentlich auf, um mit diesem sarkastischen Lächeln auf der Unterlippe umherzublicken. Es war, als betrachte er seinen Gehilfen als drolliges Schoßhündchen oder Aufziehpuppe. Hector brachte ihm gutes Geld in die Kasse, arbeitete zehn, elf Stunden am Tag, sodass O'Fallon praktisch wie ein Ruheständler leben konnte, doch all diese Anstrengungen schienen ihn nur misstrauischer, überheblicher zu machen. So argwöhnisch Hector das beobachtete, er ließ sich nichts davon anmerken. Auch gut, wenn man für einen übereifrigen Trottel gehalten wird, dachte er; vielleicht wäre es gar nicht schlecht, wenn er anfangen würde, dich Muchacho oder Señor zu nennen, und wenn er auftaucht, solltest du immer darauf achten, mit dem Rücken zur Wand zu stehen.

Aber als er dich eines schönen Sonntagmorgens Anfang Mai in seinen Country Club auf eine Partie Golf eingeladen hat, hast du nicht Nein gesagt. Und du hast auch nicht abgelehnt, als er dir im Bluebell Inn ein Mittagessen spendieren wollte, nicht einmal, sondern zweimal in einer einzigen Woche; und beide Male hat er darauf bestanden, dass du das teuerste Gericht auf der Karte nahmst. Solange er dein Geheimnis nicht kannte, solange er nicht argwöhnte, was dich nach Spokane verschlagen hat, hast du den Druck seiner ständigen Wachsamkeit aushalten können. Du hast seine Nähe genau deshalb ertragen, weil sie dir unerträglich war, weil du Mitleid mit dem Wrack hattest, das er geworden ist, weil du jedes Mal wenn du diese zynische Verzweiflung in seiner Stimme hörtest, gewusst hast, du selbst warst daran mitbeteiligt, ihn in diese Verzweiflung zu stürzen.

Ihr zweites Mittagessen im Bluebell Inn fand an einem Mittwoch Ende Mai statt. Wäre Hector auf das, was dort geschehen sollte, vorbereitet gewesen, hätte er wahrscheinlich anders reagiert, aber nach fünfundzwanzig Minuten zusammenhanglosen Geredes traf ihn O'Fallons Frage völlig überraschend. Als Hector am Abend in seine Pension am anderen Ende der Stadt zurückkehrte, schrieb er in sein Tagebuch, das Universum habe für ihn in einem einzigen Augenblick seine Gestalt verändert. *Ich habe nichts bemerkt. Ich habe alles missverstanden. Die Erde ist der Himmel, die Sonne ist der Mond, die Flüsse sind Berge. Ich habe die falsche Welt beobachtet.* Und dann – die Ereignisse des Nachmittags waren ihm noch frisch in Erinnerung – schrieb er sein Gespräch mit O'Fallon Wort für Wort auf:

Also, Loesser, fragte ihn O'Fallon plötzlich, erzählen Sie mir von Ihren Absichten.

Das verstehe ich jetzt nicht, antwortete Hector. Vor mir liegt ein hübsches Steak, und ich habe die Absicht, es aufzuessen. Zielt Ihre Frage darauf ab?

Sie sind ein schlauer Bursche, Chico. Sie wissen genau, was ich meine.

Ich bitte um Verzeihung, Sir, aber Ihre Frage nach meinen Absichten verwirrt mich. Ich kapiere das nicht.

Langfristige Absichten.

Ah, ja, verstehe. Sie beziehen sich auf die Zukunft, auf meine Pläne für die Zukunft. Ich kann Ihnen mit gutem Gewissen sagen, dass ich ausschließlich die Absicht habe, so weiterzumachen wie bisher. Für Sie zu arbeiten. Mein Bestes für das Geschäft zu geben.

Und sonst?

Sonst nichts, Mr. O'Fallon. Ganz ehrlich. Sie haben mir eine großartige Gelegenheit gegeben, und die gedenke ich zu nutzen.

Und was glauben Sie, wer mich dazu überredet hat, Ihnen diese Gelegenheit zu geben?

Das weiß ich nicht. Ich habe immer gedacht, das sei Ihre Entscheidung gewesen, Sie hätten mir diese Chance gegeben.

Nein, es war Nora.

Miss O'Fallon? Das hat sie mir nie erzählt. Ich hatte keine Ahnung, dass sie dahintersteckt. Ich schulde ihr bereits so viel, und jetzt stehe ich offenbar noch tiefer in ihrer Schuld. Das macht mich sehr verlegen, was Sie mir da sagen.